封魔师 1

陨落星辰 著

SPM 南方出版传媒 广东人民出版社
·广州·

图书在版编目（CIP）数据

封魔师 / 陨落星辰著 . — 广州 : 广东人民出版社 , 2016.9

ISBN 978-7-218-11162-9

Ⅰ . ①封… Ⅱ . ①陨… Ⅲ . ①长篇小说 – 中国 – 当代
Ⅳ . ① I247.5

中国版本图书馆 CIP 数据核字 (2016) 第 199561 号

FENG MO SHI

封魔师　　陨落星辰　著

出 版 人： 曾　莹

特约编辑： 朱静静
责任编辑： 肖风华　钱飞遥
责任技编： 周　杰　黎碧霞

出版发行： 广东人民出版社
地　　址： 广州市大沙头四马路 10 号（邮政编码：510102）
电　　话：（020）83798714（总编室）
传　　真：（020）83780199
网　　址： http://www.gdpph.com.
印　　刷： 富达印刷有限公司
开　　本： 690 毫米 ×980 毫米　1/16
印　　张： 15　　**字　　数：** 260 千
版　　次： 2016 年 9 月第 1 版　2016 年 9 月第 1 次印刷
定　　价： 26.80 元

如发现印装质量问题，影响阅读，请与出版社（020-83795749）联系调换。
售书热线：（020）83790604　83791487　邮　购：（020）83781421

封魔师

FENG MO SHI

目 录

Contents

FENG MO SHI 目 录 Contents

第一章　希望之城

荒野杂草丛生，无数枯枝败叶撒落其上，看上去很荒凉。偌大的荒野上一片寂静，只剩下天空中的一轮如血残阳。血色的光辉挥洒下来，让本就荒芜的大地多了一抹血色的狰狞，在这血色的大地之上，一条蜿蜒的公路将这一片荒野分成了不规则的两半。

一对少男少女正背对着夕阳，行走在这一条公路之上，在残阳的余晖下，他们的身影被拉得老长老长。两人都没有说话，就这么沉默地走在沉寂的荒野上，走过了黄昏，踏过了黑夜，一直走到了黎明的到来，一座城池也在这个时候出现在两人的眼前。

这是一座巨大的城池，也是一座残破的城池，钢铁铸就的城墙坑坑洼洼，很多地方甚至直接断裂，就连所谓的城门也整个坍塌，任何人都可以轻易地进入城里，不会受到半点阻碍，似乎这是一座完全不设防的城池。

实际上，自从十三年前的一场混战，城主白无悔战死沙场之后，这座名叫白鹿的城市已经变成了一座被遗弃的城市。在帝国高层的眼中，这不过是一个针对黑暗种族的试炼之地，甚至连据点都算不上。作为一个曾经五星级别的大城市，帝国在这里的最高指挥官也不过是一个上校而已。实际上，按照常规军团的配置，类似的五星级别城市，驻军指挥官最差也是一名中将。

尽管这座城市基本被帝国所遗弃，可是对于生活在荒野的流民来说，这仍是一座希望之城。毕竟城市再破旧也是一座城市，不管是居住在城市里的人口，还是城市的基础建设，都远远高于荒野的聚居地，在城市中生存的几率也远远高于荒野。

最重要的一点，在这座几乎被帝国所遗弃的城市里，还有一个能够让荒野流民成为帝国正式居民，甚至进入军队的机构——白鹿学院。

一千多年前，黑暗种族入侵，为了抵御黑暗种族，各种核武器、生化武器先后使出，可是依旧使得无数国家覆灭，无数人类死亡，人类的文明更是险些毁于一旦。逐渐过去了数百年，人类才逐步适应残酷的末世，更是在八百年前，建立了末世的第一个帝国——龙庭。

不过即便是八百年后的今天，生存资源依然紧缺，龙庭帝国再强盛，也无法照应所有人类。依旧有许多人在荒野之中苟延残喘，这类人被帝国的居民称为流民。

帝国居民可以生活在帝国管辖的城市里面，享受帝国军队的保护，可以进入帝国开放的各种学院学习各种生存技能，各种生活配套设施和和平年代的人类相差不大，可是荒野流民却完全不同。

这类人没有固定居所，没资格进入城市，无法得到军队的保护。不仅时刻要面对黑暗种族或者黑暗魔物的攻击，甚至每天都在为下一顿的食物发愁，很多荒野上的流民为了生存下去，树根、杂草等都是食物，有时候甚至为了抢夺一块黑面包大打出手。也正因为如此，在帝国居民的眼中所有流民都是下贱的，和那些黑暗魔物并没有太大区别。对于帝国居民来说，荒野流民是可以随意杀死的，哪怕是一个最普通的帝国居民，也可以任意屠戮一个聚居地流民而不受任何惩罚。荒野流民的地位，甚至不如一个帝国奴隶。

正是在这样的情况下，任何一个荒野流民都迫切地希望能够成为一名帝国居民，可是帝国的资源就这么多，想要成为一名帝国居民谈何容易。很多地方的流民为了能够进入城市生活，甚至甘愿做别人的奴隶。也有一些流民加入帝国的炮灰军团，用自己的生命去换取一线生机。可是不管哪一种方法，最终能够活下来并且成为帝国居民的不足万分之一。在这样的情况下，只要成为了白鹿学院的学员，就可以获得帝国正式居民的待遇，对于无数的流民来说，简直就是天上掉下来的一块馅饼。

不过白鹿学院的收人要求也极为严格，虽说不在意学员的身份，但对学员的能力要求极高，第一点就是年龄不能超过十八岁，每一年只招收一千名学员。这一千个名额还包括了帝国的普通居民子弟，甚至一些豪门贵族也会将家族的一些地位不算太高、但天赋还算不错的子弟送到这里。毕竟白鹿学院怎么说也是帝国三大学院之一，加上特殊的地理位置，残酷的竞争环境，任何能够从白鹿学院顺利毕业的人战力都极为可怕。

比起那些流民来，不管是豪门子弟还是普通的居民学子，他们各方面的条件都好很多。很多时候，这一千个名额中真正留给流民的名额甚至不到十分之一，正是为了这不到十分之一的名额，无数出生荒野的少男少女历经重重磨难，来到白鹿。大部分人死在了路上，只有极少部分的人能够到达这里，而最终能够顺利进入学院的，更是寥寥无几。

“婷婷，我们到了！”看着前方残破不堪却代表着无尽希望的城池，少年轻声叨念着。

他穿着一件黑色的布衣，有着一头乌黑的碎发，脸上虽然一副风尘仆仆的样子，可是却难以掩盖俊俏的脸庞，特别是那双眼睛，如同黑宝石一般明亮。

他的身边站着一名身材单薄的少女，或者说这应该还是一个小女孩，看上去最多十来岁，也许因为长期的营养不良，让她的身材显得极为单薄，灰白色的布衣套在她的身上，看上去很宽松。一头灰色的短发搭在头上，遮住了额头，露出一张布有污迹的小脸，看上去像个乞丐。不过她灰色的眼眸却极为明亮，甚至比少年的还要亮，如同夜空的皓月。不过最引人注意的还是她背着的一把刀，被布条包裹得严严实实。刀很长，只是刀柄就有一尺来长，大半个刀柄探出脑袋，而刀尖却几乎触到了地面，这是一把比她还要高的刀。刀身很重，她背在身上，每走一步都似乎极为艰难，然而她却背着这把长刀走了数百里。

“嗯！”也许是太过疲累，面对少年的话，女孩只是轻轻地点了点头。

“我们走吧，今天是学院招生的日子，我们一定能够进入学院的！”少年也不在意，继续开口说道。

“嗯！”女孩再一次点了点头。

少年没有再多说什么，而是伸手牵起少女的小手，大步地朝着不远处的白鹿市走去。在朝阳的光辉下，少年俊朗的面庞浮现出一抹自信的笑容，笑容之中充满了希望的喜悦，只是在希望的背后，似乎还隐藏着什么。两人的身影再一次被拉得老长，只不过这一次，他们却面对朝阳，迎向希望。

白鹿学院坐落在白鹿市西南角，和白鹿市残破的城墙一样，白鹿学院的围墙也是极为破旧，很多地方都已经倒塌。可是校方根本没有维修的打算，就连所谓的学院大门，也不过只剩下两根三丈多高的柱子。

此刻，在两根柱子的中央，摆放着一张破旧的长桌，两名身穿长衫的男子正趴在桌子前，为前来报名的学员做着登记。

在他们身后不远处，还有一名头发花白、身材伛偻的老者半躺在一块平台上晒着太阳，老人的手中还拿着一个旱烟袋，正有一口没一口地吸着。

除此之外，大门的前面还排着两列长长的队伍，这些人全部是参加学院报名的，有贵族子弟、平民学子，也有来自荒野的流民少年。

落星辰牵着落婷婷的手静静地排在队伍的中央，为了能够赶上报名，他们从十一号聚居地徒步赶来，已经三天三夜没有合眼了。可是不管是落星辰还是落婷婷，脸上都没有半点儿疲倦之色，反而随着报名地点越来越近，眼中充满了兴奋。

终于要进入白鹿学院了，只要通过了考核，成为了白鹿学院的正式学员，他们就成为了帝国的正式居民，就可以生活在白鹿市了。这只是第一步，接下来，还要想办法把十一号聚居地的人们接过来，再然后……想到了隐藏在内心深处的那个秘密，落星辰如宝石一般的黑色眼眸闪过了一抹坚定。

“姓名。”不知不觉间，落星辰已经排到了队伍的前面，负责登记的老师头也不抬地开口道。

落星辰就要开口报出自己的名字，地面忽然传来了一阵剧烈的震动，背后更是传来了“轰隆隆”的巨响。连埋头登记的两名老师也抬起头来，落星辰也本能地回头望去。一辆经过特别改装的越野战车野蛮地冲了过来，根本不管前方还有很多排队的学员，原本排列整齐的队伍更是一阵凌乱，很多人慌张地躲开，那辆越野战车就这么直接冲到了大门的前面，甩出了一个一百八十度的漂移急停，稳稳地停在了门口。

荡起的尘土就连两名负责登记的老师都被呛得不行，两名老师本能地就要发怒，可是当看到车头图案的时候，却明智地闭上了嘴巴，反而露出了恭敬的神色。那是一片叶子，一片纹路清晰的柳叶，在这里绝大多数的人都不知道这图案代表着什么，可是身为学院的老师，却不可能不明白。正因为明白，所以他们恭敬地站了起来。

越野车的车门也在这个时候打开，一名身穿帝国军队制服，不过却没有任何军衔标志的男子跳了下来。他的身材极为魁梧，足足有两米开外，双脚落地的刹那甚至能够感觉到大地轻微的震动，威严的目光扫过了全场，无数人迅速低下了脑袋，那是恐惧——发自灵魂深处的恐惧，甚至连两名老师也不由自主地垂下了眼帘。

可是当他扫过落星辰的时候，落星辰却眉头都没有皱一下，黑宝石一般的眸子依旧静静地看着他。

男子有些诧异，但并没有理会，而是走到了后座的位置，亲自拉开了车门，朝着车内恭敬地叫了一声，“小姐，我们到了！”

“嗯！”车里传来了一个冷漠的声音，一名身穿白色纱裙的少女自车上跳了下来。她的步伐很轻盈，和男子重重的落地不同，她明明是从车上跳下来的，可是双脚落地的时候却没有荡起半点尘埃，就如同一片落叶轻轻掉落在地面一样。唯有裙角轻微上摆，如一缕微风拂过一样。

只是这么一个简单的动作就让两名负责登记的老师眼睛一亮，好高明的身手，这一届，学院将迎来这等天赋的学员不成？

似乎是为了满足两名老师的期待，少女几步之间已经来到了桌子前面，朝着本该负责给落星辰登记的老师说道，“我叫叶轻舞，前来报名！”

果然是来报名的，两名老师大喜，这才发现少女不仅身手了得，长相也是极为美丽。一头乌黑的秀发披在两肩，露出了一张完美无瑕的脸庞，再配合冷漠高贵的气质，让常年生活在白鹿市这块遗弃之地的两人直叹仙女下凡。不仅是他们，就连周围排队报名的学员们，不管男女也都被少女高贵出尘的气质深深折服。

“好的，我马上就为你登记！”惊愣了片刻，那名老师这才回过神来，赶紧一脸献媚地笑着要为少女登记。完全忘记了少女其实是在插队，这已经破坏了学院招生的规则。现场也没有人注意到这一点，或者就算注意了也不会有人说什么。只要不是傻子，都应该明白少女的身份不简单，更何况她还这般漂亮。

“等一下，是我先来的！”就在老师要为少女登记的时候，一个不合时宜的声音却打破了这一片寂静。

说话的是落星辰，他不是傻子，自然也明白少女的身份不简单，能够让高高在上的学院老师这般尊敬的人绝对不是普通的平民子弟，论身份，来自荒野的他远远不如眼前的少女高贵。按照常理他应该不吭声，等那名老师为少女办理了手续，下一个就轮到他了。多等片刻根本不算什么，可是少女目空一切的高冷却让他很不爽。

从始至终少女都没有征求过他的意见，甚至没有正眼瞧过他一次，仿佛他就是一个空气。对于荒野的流民来说，最重要的事情就是活着，可是对落星辰来说，却有一件东西比生命更重要，那就是尊严！所以，哪怕明知道对方身份不简单，哪怕明知道自己一开口就会得罪对方，在感受到自己的尊严遭受到侮辱的时候，他依然开口了。

他的声音不大，却让在场每一个人都听得清清楚楚，很多人，包括两名老师都露出了诧异之色。

“这家伙不会脑子有病吧？那位小姐一看身份就不简单，等一下又怎样？”

“就是，能够借此机会结下善缘，这可是好事啊！”

“一个荒野的贱民而已，简直不知道天高地厚！”人群之中响起了轻微的议论声。

每一个人都如同看白痴一样看向了落星辰。

而叶轻舞似乎这个时候才注意到落星辰的存在，不过她冰冷的眸子只是扫了一眼落星辰，就移到了登记老师的身上，“我的时间有限！”她再一次无视了落星辰。似乎在她的眼中，这不过是一只随时可以捏死的蝼蚁，人哪里需要在意蝼蚁的意见。

“好的！马上就给您办理！”似乎是感受到少女身上的冷漠，那名老师不自觉地用上了敬语。

“按照学院的规矩，任何人，不管身份贵贱，都不允许插队，一旦插队，取消报名资格，你应该先给我报名！”叶轻舞的藐视彻底激怒了落星辰，朝前踏出一步，直视那名老师，没有丝毫退缩的意思。

那名老师也是一阵恼怒，学院的确有这样的一条规矩，这是为了避免报名的时候引发混乱。可是规矩是死的，这位可是来自叶家的大人物，你一个来自荒野的流民跟人家争什么争，你让一让要死啊？眼前的少女，他是绝对不敢得罪的，可当着这么多人的面公然违背学院的制度，他也不敢。这一刻的他简直恨死了这个不知道天高地厚的小子。

“找死！”就在这名老师极度为难的时候，少女的身后却传来了一声暴喝，那名身材魁梧的男子上前一步踏出，已经来到了落星辰的身前，一拳就朝落星辰的心口砸去。

拳头还没有落在落星辰的身上，狂暴的拳风已经撕得落星辰的脸庞深深作痛，这一拳若是落实了，落星辰必死无疑。

在这千钧一发的时候，落星辰身子朝后仰去，双手迅速护在胸前，“砰”的一声，男子的拳头已经砸在了他的手上，连同手臂一起撞在了他的心口上。落星辰的身子顿时飞了起来，足足飞出了七八米才落在地上，不断朝后退去，足足退出了十多步才稳住了身形。

“扑哧”一声，一口鲜血喷出，他的脸色也变得苍白一片。

很多人的心同时一跳，都在暗暗比较，若是自己面对这一拳能否承受，结果大多数人都扪心自问没办法挡住这样的一记重拳。不少人看向落星辰的目光多了一丝忌惮，就连那名躺在平台上晒太阳仿佛一切都漠不关心的老人眼中也闪过了一抹异色。

至于男子更是难以置信，虽说这一拳他并没有尽全力，可不过是对付一个前来报名的荒野贱民而已，一成的力道已经足以将其击杀，他怎么就躲过了呢？惊诧之后是极度的恼怒，作为一名在职少尉，肉身力量达到三千斤的他竟然没办法一拳击杀一个还未进入白鹿学院的贱民，这本身就是一种耻辱。

愤怒的男子大步跨出，一步之间已经来到了落星辰的身前，又是一拳砸向了落星辰。这一拳，他蕴含了全身的力量，不要说身前的只是一个人，就算是一块岩石，也得砸粉碎。

面对恐怖的拳劲，落星辰脸色苍白得可怕，可是他的眼中却没有绝望，反而露出一抹疯狂，就在他要准备拼命的时候，耳边却传来了一声暴喝。

“滚！”一股劲风袭来，却轰在了男子身上，男子魁梧的身躯好似炮弹一样倒飞了出去，一头砸在了那辆越野车上，整个车身当场变形，男子的大半个身子都陷了进去。越野车更是被撞得横移了数十米，在地上划出深深的痕迹才停下。

“扑通”一声，男子的身子从车上掉下，跪倒在地，一时之间竟然无力站起来。只是满脸诧异地抬起头来看向了前方，眼中充满了惊骇。

那名原本坐在平台上晒太阳的老人不知何时已经站了起来，“小家伙说的没错，任何人，不管身份贵贱，都不许插队，这是学院的规矩，没有任何人可以违背！”老人双手负于身后，留下这么一句话，就大步离去了。

全场一片寂静，所有人都目送着老者离去，很多人看向老者的目光充满了灼热。

星力，那绝对是星力，只有掌控了星力的星武斗士，才能拥有隔空伤人的能耐。对于普通的平民子弟来说，只有进入了学院，才有资格修炼星力，成为一名强大的星武斗士。

第二章　星武斗士

龙庭帝国，以武立国，星武斗士，就是龙庭帝国最顶端的战力。

为了抵御黑暗种族，在过去的一千多年里，人类无时无刻不在提升着自身的实力。机甲、聚能炮、战舰等各种高科技武器不断被创造出来，不过研究最多的还是人体自身。

为了提高人体自身的素质，各种基因药剂不断出现。在基因药剂的作用下，人类的身体素质也是越来越强，特别是如今的龙庭帝国，任何一名帝国居民刚出生都会注射一次提高素质的基因药剂，这也是帝国居民往往比荒野流民强大的原因。毕竟，起点已经高出了荒野流民。

不过再好的基因药剂，也终究有一个极限，一旦超过了这个极限，人体的基因会崩解，或者会转变成为另外一种非人的存在，这也是基因药剂的局限所在。在这样的一种情况下，人类自身想要变得更强大，就得靠其他的办法。

吸纳星力入体，淬炼自身，不断提升自身的实力，就是人类历经千年寻觅出来最可靠也最有效的方法。实际上，这种吸纳星力入体的功法并非这一千多年来人类研发出来的功法，而是上古流传下来的修炼心法。与黑暗种族大战之后，人类陷入绝境，面对黑暗种族的大肆入侵，当时的科技武器已经无法抵御。在当时的绝境之下，上古流传的世家强者挺身而出，以自身实力和黑暗种族对抗。特别是八百年前一代天才龙紫阳横空出世，在异人帮助下苏醒本命星紫龙星，成为绝世强者，击溃黑暗种族入侵，横扫四方建立龙庭帝国后，星武斗士也成为了这个世界上最强大高贵的职业。

只是想要成为一名星武斗士却极为艰难，首先需要极高的天赋，还需要修炼的功法。绝大多数的功法都被世家所垄断，即便帝国皇室为了提高帝国整体实力开放了部分功法，那也只是在军中或者隶属帝国的学院中传授，除了白鹿学院外，任何学院都不会对流民开放，这也是很多流民历经千辛万苦也要赶来白鹿学院的重要原因。

落星辰前来白鹿学院，自然不会为了学习修炼之法，而是有其他的原因。不过能够看到一名强大的星武斗士出手也是极为震撼，能够将一个一百多斤重的人隔空击飞，只伤不杀，甚至不见其真正出手，这绝不是普通的星武斗士。

老人走了，大门口再一次恢复了秩序，不管那两名负责登记的老师心里怎么想，都得规规矩矩地按照学院的规矩来，为落星辰和落婷婷登记。而叶轻舞尽管对落星辰充满了怨恨，这一刻也不得不来到队末按照学院的规矩排队。尽管有人愿意让出自己的位置给她，她也没有接受，只是看向落星辰的目光如同在看一个死物。

那名陪她来的少尉叶明已经离去，他深深地明白，那名老者已经手下留情，若是那名老者要杀他，不管他肉身多么强悍也是必死无疑，这是普通的战士和星武斗士之间不可跨越的鸿沟。

登记结束后，落星辰拉着落婷婷的手进入了白鹿学院，按照指示来到了学院中央的一个广场上，这里将进行入学考试第一轮考核。

每一年，白鹿学院的考核题目都不相同。这一届第一轮考核却是考验学员的肉身力量，题目很简单，就是将一块重达百斤的巨石举起来。

广场周围已经围满了参加考核的学员，很多人都面露难色。一百斤的重物，对于那些服用过基因药剂的战士来说根本不算什么，可是对于这些大多数年龄在十二岁到十八岁之间的少年来说，却无疑太难了一些。

一些出生豪门贵族的子弟却根本不将这样的考核当成一回事，一百斤的肉体力量，也不过是服用十瓶一级基因药剂而已，一瓶一级基因药剂的价格，也只是十个金币而已，很多豪门贵族一顿饭的价格也不止于此。

但对于平民学子来说，一枚金币往往是一个普通的家庭一年的收入，普通的平民学子想要注射一瓶一级基因药剂可不是一件容易的事情。

至于来自荒野的流民，一枚金币更是一笔天文数字，至少落星辰这么多年还没见过金币是什么样子。

只是第一轮考试，就足以淘汰大半的普通平民子弟和绝大多数的流民少年。这看似公平的考核却透露着极为森严的等级制度，至少在学院高层看来，出身也是实力的一部分。

“林万山！”这个时候负责考核的老师叫出了一个名字。

“在！”一名身材异常高大的少年大步跨出，来到了巨石的前面，扫了一眼放在地上的巨石，脸上露出了一抹不屑，“老师，这考试也太简单了吧。”

那名老师没有说话，只是盯着少年轻哼了一声。不过是一个平民而已，得意什么。

少年咧嘴一笑，身子半蹲，一把抱住巨石，直接将其举过头顶，紧接着很轻松地将其放在地上，两手一摊道，“你看，我说了很简单吧！”看他的样子，似乎根本没用什么力气。

那名老师的眉头挑了挑，眼中闪过了一抹讶色。以他的眼力，自然看出了少年并未用全力，少年看上去也不过十五六岁，又是一个平民，能够轻而易举地举起这块巨石，这天赋的确算是不错。

“不错，下一个，落星辰！”满意地点了点头，那名老师朝着林万山招了招手，示意他让到一边。

得到老师的赞赏，少年很得意，扬头朝着周围的平民子弟扫视了一眼让到了一边。目光落在了走过来的落星辰身上，脸上顿时露出了一抹嘲讽，“小子，就你这细胳膊小腿的，也想要举起百斤重物，简直就是痴人说梦，我劝你还是直接放弃的好，不要闪了腰！”

落星辰根本没有搭理他，只是走到了巨石的前面，从容地下蹲，抱石，再将其从容地举过头顶，放在了地上。整套动作一气呵成，和林万山一样轻松自在，甚至气都没有喘一下。

惊得林万山目瞪口呆，就连那名老师也有些诧异地看了一眼落星辰。比起林万山强壮的身体来，落星辰的身体只能用单薄来形容，可他举起巨石一样轻松，这单薄的身体内到底蕴含了多强的力量？而且看他的装束，根本就是来自荒野的流民，一个流民是绝对不可能有机会注射基因药剂的，那么只能说明他的肉身天赋极高。

“不错，下一个，落婷婷。”那名老师再一次满意地点了点头，真没有想到第一轮考核就发现了两个很不错的苗子。

林万山也被噎了一下，看向落星辰的目光充满了不善。他之所以出尽风头，也不过是想引起老师的注意，以后得到的关注多一点儿。对于他这样的平民子弟来说，学院老师多一点的关注，可能就是多一点资源的倾斜，任何一点资源的倾斜，都能让他的实力尽快提升，可是现在，自己的风头却被这家伙抢走了一半，这让他如何能爽？

落星辰却根本不在意林万山不善的目光，连明显出生贵族的叶轻舞他都不在乎，又何况是一个平民子弟，他只是转过身子朝着落婷婷道："能行吗？"

"嗯！"落婷婷点了点头。

"把刀给我吧！"落星辰伸出了右手。

"不用。"落婷婷倔强地摇了摇头，依旧背着那把比她还要高出半个头的长刀来到了巨石的前面。

"呵呵，一个毛都没长齐的小丫头也想通过考核，简直就是个笑话！"看到落婷婷艰难挪动步伐的身躯，林万山讥笑了一声。在他看来不过是背着一把刀都走得这般艰难，哪儿有力气举起这块巨石。

那名考核老师同样诧异地看着身材瘦弱的落婷婷，这丫头看上去不过十来岁，连发育都还没有开始，就来参加学院考核，看她的身子能够举起二十斤就不错了，还要举起一百斤？这不是捣乱吗？若非前面有一个让他比较满意的落星辰在，他真想让人直接赶走落婷婷了。其他人同样一脸疑惑地看向这边，谁都不认为落婷婷能够将巨石举起。

落婷婷压根没有看林万山一眼，她只是神情专注地来到了巨石前面，蹲下了身子，一把抱住了那块比她还要大一点的巨石，一阵用力。巨石纹丝不动。

考核老师的眉头一皱，就要宣布结果，一旁的林万山已经大笑起来，"小丫头，不要浪费大家的时间了，快点滚一边去吧！"说这话的时候，却挑衅地看了落星辰一眼，仿佛在说：小子，就算你能通过考核又怎样，你这妹妹明显不能和你一起进入学院，流民身份的你们一旦无法进入学院，可是没资格呆在白鹿市的，到时候看你怎么办。

落星辰没有说话，只是看向了落婷婷。

"呔！"这时落婷婷嘴里忽然发出了一声轻哼，一把将那块巨石抱了起来，举过了头顶，虽然刹那之间就将其扔在了地上，可是她毕竟举过了头顶，随着巨石砸在地面发出沉闷的声响，偌大的广场上静悄悄一片。

林万山的笑容僵在脸上，难以置信地看着走向落星辰的落婷婷，眼珠子都差一点儿瞪了出来。不仅是他，包括考核老师还有其他的学员，都是一个个见鬼一样地盯着落婷婷瘦小的身子。

一个看上去不过十来岁的小女孩，身材单薄，面色发黄，怎么看都是一副营养不良的样子，这样的一个丫头竟然能够举起百斤重物？这怎么可能？她可不是那些贵族出身啊，她明显是来自荒野的流民啊。可以确定她根本没有注射过任何基因药剂，这样的一个丫头怎么举得起百斤的重物？若是让这些人知道她背后的那把长刀本身重量就超过了一百斤，不知道会有什么感想。

“通过！”足足过了好一会儿，考核老师才回过神来，说出了这个让自己都有些难以置信的结果。

“这玩笑好笑吗？”落星辰这个时候才朝着林万山咧嘴一笑道，也不等林万山回过神来，带着落婷婷朝第二轮考核的地点走去。

这玩笑好笑吗？这一句话如同一记响亮的耳光，狠狠地扇在林万山的脸上，整个脸蛋都是火辣辣的。

“混蛋！”低声咒骂了一句，林万山也大步朝前走去，他决定一定要找机会好好教训教训这小子。

人群之中，叶轻舞一直默默关注着这一切，落星辰能够通过考核，她一点儿都不意外。能够承受叶明一拳而不死，哪怕叶明只用了十分之一的力量，也已经说明了他的强悍。可问题是现在这个看似瘦弱的小女孩竟然也能够通过考核，这就大大出乎了叶轻舞的预料。这一对来自荒野的兄妹可不简单啊。不过就算如此，她的眼中依旧一片冷冽，就算他再有天赋又怎样？贱民终究是贱民，还剩下两轮考核，他们想要通过可不容易，她可是清楚地知晓最后一轮考核是什么。想到落星辰带给自己的侮辱，叶轻舞眼中的冷冽之色更浓了。

学院入学考试分为三轮，第一轮是对学员肉身力量的考核，仅仅是这一轮就淘汰了大半的学员。不过前来参加考核的学员实在是太多了，即便如此，最后顺利通过第一轮考核的也有四千多人，其中大多数都来自于贵族。

第二轮考核，却是考验学员的忍耐力，考核内容分两个步骤，第一个步骤是在一个六十度的高温房间里呆一刻钟，第二步则是在一个零下三十度的水池里浸泡一刻钟。只有同时达到两个要求才算过关。

对于来自荒野的流民少年来讲，这根本算不得考核，生活在荒野的他们经常风餐露宿，对各种残酷环境的忍耐力远远高出那些衣食无忧的权贵少年。因此这一轮考核结束之后，反而没有一个来自荒野的学员被淘汰，落星辰和落婷婷自然是轻松过关。

不过让落星辰微微有些诧异的是林万山和叶轻舞也轻松过关，林万山暂且不说，身为平民的他或许生存环境不比落星辰兄妹好多少，可是衣着华贵的叶轻舞也轻轻松松地通过了考核，甚至没有在她的脸上看到半点儿痛楚，这就大大出乎了落星辰的预料。看来这个目中无人的千金大小姐也并不是一无是处。

要知道，通过第一轮考核的四千多人，在这一轮就被淘汰了一半以上，其中绝大多数都是那些高高在上的权贵子弟，也有部分平民子弟为了晋级一直不肯离开，最后晕了过去，甚至还有几人直接送掉了性命。

对于这样的意外，院方并没有做出任何解释。只因为比起第三轮的考核来，不过是死了几个不自量力的平民子弟，根本不算什么。

第三轮考核，也是这一届入学考试最残酷的一轮——擂台赛。因为通过第二轮考试的有一千六百多人，而学院的招生标准只有一千，那么剩下的所有学员将进行一次残酷的擂台赛。

不是一对一的擂台赛，而是一场群殴级别的擂台赛。一千六百多名学员，将被分成十个小组，投放到擂台上进行厮杀，直到每一个小组只剩下一百人才算结束。这绝对是极为激烈的一场混战，一旦到了擂台上，任何人都可能是你的敌人，想要活命可不是一件容易的事情。

当院方公布这一条考核内容的时候，很多学员的脸色当场就变了，谁也没有想到这一届的招生考试这么残酷，只是一个考核就可能丧命。也有很多人露出了轻松的神色，这类人要么就是对自己的实力充满了信心，要么就是相互认识的人多，完全可以团结在一起对付其他的人。

叶轻舞显然早就知道了这次考核的内容，脸上没有太多的表情，只是看向落星辰的目光如同在看一具尸体。想到了之前在报名的时候落星辰给她的难堪，她就暗暗发誓，若是和落星辰分在了一组，一定第一个除去这混蛋。

林万山也是一脸冷笑地看向了不远处的落星辰，“小子，你就好好祈祷吧，千万不要跟我分在一组，不然有你好受的！”看着落星辰平静的脸庞，林万山狞笑了一声。

对于林万山的挑衅，落星辰根本不予理会，反而转头看向了叶轻舞，眉头微微地皱了皱。从叶轻舞的眼中，他看到了杀意。他更是看到好些衣着华丽的男子已经围在了叶轻舞的身边，若是自己不幸和这女人分在一组，怕是会有很大的麻烦。落星辰最担心的还是自己和落婷婷分开，到时候可没办法照应她。

“一会儿若是我们分开，千万不要逞强，懂吗？”回头摸了摸落婷婷的脑袋，落星辰轻声道。

“嗯！”落婷婷轻轻地点了点头，她自然明白落星辰的意思，就是情况不对赶紧退场。

虽说是不论生死的擂台，但只要退出擂台就算认输，这样虽说没办法进入学院，但起码能够保住性命。

不过落婷婷嘴里虽然答应了落星辰，可是看她倔强的小眼神，哪里有放弃的意思。落星辰轻叹了一声，只是乞求两人能够抽到一组，不然真担心小丫头会拼死反击。

就在这时分组抽签开始了，在数十名学院老师的主持下，上千名学员规规矩矩地排着队上前抽取了自己的分组。

让落星辰欣慰的是他和落婷婷都抽到了“七”，按照规定他们被分在了第七组，将在第七轮上场。一直悬着的心也放了下来，他可不想为了一个学院名额失去落婷婷。至于第七组会遇上什么人，他却一点儿都不在乎，只要有他在，就没有任何人能够伤害婷婷。

“哈哈哈，小子，你的好运也就到此了，不过你放心，我不会杀了你的，我会让你真切地体会到被淘汰出局的绝望！”就在这时耳边又传来了一阵狂妄的笑声，落星辰回头一看，身材强壮的林万山正拿着一个同样是“七”的牌子朝着他扬了扬，显然他也抽到了七组。

“绝望的肯定是你！”对于林万山的挑衅，落星辰淡淡道。

“哈哈，你真是我见过最狂妄的小子，不过很快你就会知道我的厉害！”林万山狂笑道。

落星辰顿时一阵无语，到底是谁狂妄了？不过对于这个不断挑衅的少年他并没有太多的理会，反而是将目光再次移向了不远处的叶轻舞，叶轻舞正对着他冷笑。顿时心头一颤，难不成这小妞也抽到了“七”？

叶轻舞的确抽到了“七”，也从别人那里得知了落星辰抽到的分组，心里一阵冷笑，终于可以教训教训这个不知道天高地厚、胆敢得罪自己的贱民了。这一次，她不会再给他活着离开擂台的机会。

感受到叶轻舞眼中的冰冷杀意，落星辰心头微微有些沉重，虽说对自己的实力充满了信心，可是从叶轻舞的身上，他却感受到了一股莫名的危机。而且此刻叶轻舞的身边还围着一群少男少女，看他们的神色显然早就认识，而且都是一副以叶轻舞马首是瞻的样子，自己想要顺利通过考核，还真有些麻烦。不过即便如此他也没有半点儿后悔，若是再来一次，在自己的人格受到侮辱的情况下，他依然会做出同样的事情。即便来自荒野，他也有着属于自己的尊严。

随着抽签分组结束，有人欢喜有人忧，而第三轮考核，也正式开始。

第一组上场的有一百六十三人，第一个踏入校场的竟然是一名十五六岁的少年。

少年穿着一套白色的长衫，留着一头极为吸引人的深蓝色长发，一直垂到了腰际，简单地打了个结，看上去很随意。而那张露出的脸蛋却极为漂亮，甚至比起叶轻舞来也不遑多让。明明是一个男子，却长着一张让无数女人妒忌的漂亮脸蛋，想不吸引人都难。特别是他的脸上一直挂着淡淡的笑容，哪怕第一次见也会心生亲切。而他就这么自然地走到了擂台的中央，仿佛不是去参加擂台决斗，而是参加一次颁奖典礼一样。

“苏瞳？”人群中，叶轻舞发出了一声低呼。

“苏瞳？苏家那个苏瞳？”叶轻舞的旁边，一名身材相对魁梧的少年微皱了下眉头。

“除了他还能有谁！”叶轻舞没好气地哼了一声。

她身边的几人顿时一阵沉默，显然都明白苏家苏瞳代表着什么。

白鹿市尽管被帝国高层遗弃，但毕竟曾经是一个五星级别的大城市，如今人口数量也在百万开外。如此巨大的一个城市自然存在着各方势力，因为帝国在这个城市的统御力极为薄弱，很多势力在这里发展得反而比其他城市还要好，其中有六大势力最为恐怖。

在白鹿，有一句话可以道出这六大势力：一院二会三世家。一院，自然是指地位最为崇高的白鹿学院。二会，分别是钢铁会和雷神会。三世家，则是指在白鹿繁衍了上百年却一直屹立不倒的三个家族，分别是叶、苏、赵。

叶轻舞来自叶家，身份在这群人之中已经极为高贵，可是和苏瞳比起来，却什么都不是。同样是三大世家，苏家的地位和叶家不相上下，可是苏瞳却是苏家当代家主苏镇雨的独子，而且从小天赋极佳，被苏家誉为百年难得一见的天才，苏家家主之位非他莫属。可是叶轻舞虽然也是嫡系，却因为女儿身注定和家主无缘，甚至若非她本身天赋不错，早就被家族安排联姻了。在这样的情况下，她的地位都远远高过在场的这些少男少女，又何况是苏瞳。

这时其他的学员也一一登场，不过和叶轻舞不同，现场能够认识苏瞳的并不多。一些少年眼见苏瞳一出场就抢尽了风头，自然对其很不爽，一上场就开始对其语言讥讽。不过对于这些家伙的挑衅，苏瞳并不在意，只是无所谓地耸了耸肩，安静等待着比赛的正式开始。

随着考核老师的一声令下，第一轮比赛正式开始。

几乎在那名老师话音落下的瞬间，几名早就看苏瞳不顺眼的少年直接就朝苏瞳奔去，看他们的样子，已经是打算先联合干掉这个漂亮得不像话的家伙，可是他们还没有靠近苏瞳，就被一对双胞胎姐妹花给拦截了下来。

这对姐妹花长相并不算特别漂亮，至少比不上苏瞳，不过她们的身段却极为高挑，明明只有十五六岁，却已经发育得极为完好，最让人震惊的还是她们的身手。那几名企图攻击苏瞳的少年在之前的考核中成绩都很不错，如果不是因为招惹苏瞳，他们应该都能顺利通过考核。可就因为他们的鲁莽，不过几个呼吸的时间，就全部趴在了地上再也爬不起来。而两名双胞胎也来到了苏瞳的身边，守在了他的边上。

见到这等情况，其他人哪里会不明白，这对双胞胎姐妹根本就是苏瞳的护卫，能够有这样身手的护卫，苏瞳的身份怎可能简单。只要不是傻子，都不愿意去招惹苏瞳。

“靠，这家伙简直就是在作弊！”叶轻舞的身边，那名身材魁梧的少年低声喝骂了一句。明明是在参加考核，苏瞳这家伙竟然还带了帮手。

“考核可没有规定一定要出手！”一旁的叶轻舞却轻声道。尽管不明白本该去龙城的苏瞳为何会出现在这里，但她清楚地知道，被白鹿苏家誉为第一天才的苏瞳绝不是一个靠着女人保护的软蛋，他不出手，只是因为不屑。

至于另一边的落星辰，则是对学院的考核有了更深一层的体会。比起其他学院来，作为帝国三大学院之一的白鹿学院，已经算是很公平的了，至少这里会招纳流民学生。

可事实上，看似公平的考核，依旧处处透露着不公平。就如眼前的第三轮考核，因为是百人混战，在这样的情况下，那些权贵子弟甚至不需要出手，就能够轻松地通过考核。一些平民子弟也会为了通过考核，三五成群地结成临时小组。而对于来自各地的荒野少年来说却只能孤军奋战，只因为来自荒野的他们根本不知道能信谁。

在这样的情况下，荒野少年想要通过考核的几率自然更低了。第一轮比赛很快就结束了，和落星辰猜想的一样，上场的贵族子弟几乎全部通过考核，平民子弟也有很多坚持到最后，而那些来自荒野的孤苦流民少年，只有三个坚持到了最后，却也是伤痕累累。不过他们的脸上依然布满了喜悦，只因为他们已经成为了白鹿学院的正式学员，从此以后，他们将不再是无根无萍的流民，他们将是帝国的正式居民，将享受和其他居民一样的待遇。

苏瞳从始至终都没有动过手，甚至他身边的那对双胞胎姐妹在击败了挑事的几名少年后也没有出过手。

第一轮比赛的伤亡也不算大，只有七名少年死在了决斗之中，其他的要么是重伤退场，要么是主动出局。

后面的几轮比赛也进行得极为顺利，除了第三组的一名叫屠南的男子在上场的时候连杀十人造成了一阵混乱外，其他各个小组的死亡人数都不高。而屠南因为大杀四方，他的名字也被很多人知晓。就连学院的高层也注意到了这个实力不错、杀性极重的少年。

不过对于落星辰来说，屠南的心性如何都和他没有太大的关系，随着第七组决斗开始，他牵着落婷婷的小手，一步一步走上了还弥漫着血腥味的擂台。

这是最后一轮考核了，只要通过了这轮考核，他就成为了白鹿学院的正式学员，也获得了帝国正式居民的身份，有资格长期停留在白鹿市，只有长期待在白鹿市，他才有机会找出那些人，找出那些伤害他全家的仇人。想到了那些记忆中的凄惨画面，落星辰的眼中闪烁着一抹决然，没有任何人可以阻碍他的脚步。

他就这么沉稳地踏上了擂台，来到了擂台的中央，缓缓地抬起了头，一双如同黑宝石一般的眸子看向了前方。正好看到一身白衣的叶轻舞也踏上了擂台，她的身边还跟着几名跃跃欲试的少年，每一个少年看向落星辰的目光都充满了轻蔑。

第三章　元星之力

“贱民，真是不知道天高地厚，竟然敢得罪叶小姐，识相的马上跪下求饶，善良的叶小姐或许会饶你一命！”

“就是，不过是个荒野贱民而已，竟然敢阻拦叶小姐报名，简直就是不知死活！”

这些人刚刚上场，就七嘴八舌地开始辱骂落星辰，完全没有将落星辰放在眼里。他们的父辈都是白鹿市有头有脸的人物，虽然身份地位比不上三大世家，但也比一般的平民子弟强上太多，更不要说落星辰这样来自荒野的流民了。如今不过是教训一下荒野的贱民就可以换来叶家大小姐的好感，这样的事情何乐而不为呢？

落星辰没有开口，也没有生气，他甚至没有抬头看一眼，只是静静地站在原地，等待决斗的开始。

落星辰的藐视顿时彻底激怒了这群公子哥儿，当下一名叫吴少辰的少年直接跳了出来，朝着落星辰开口道，“小子，一会儿我会让你尝尝什么叫作生不如死！”他的眼中已经露出了凶光，双手更是握拳，发出咔嚓咔嚓的声响，显然实力不凡。

落星辰这才看向了他，看着他比其他少年略为魁梧的身躯，就要开口讥讽一句，旁边却传来了一阵粗犷的声音，“这小子是我的，你们谁也不许和我抢！”话音落下的时候，林万山更为魁梧的身躯踏了过来，在他的身后还跟随着十来名穿着普通的平民少年。

吴少辰一愣，吴家在白鹿的地位虽然不如那三个世家，但怎么说也算是权贵子弟，他们这些权贵子弟平日里几乎什么都争，争女人、争宝贝、争生意，可是却第一次有人跳出来跟他争对手，而且还是一个平民子弟，这让吴少辰很郁闷。

郁闷之后却是一阵恼怒，一个地位只不过比贱民高一点的平民，竟然敢以这样的口吻跟自己说话，简直就是找死。

“小子，你知道你是在跟谁说话吗？”吴少辰压低了声音，狠狠道。

“我管你是谁，反正这小子是我的，你们谁也别想插手！”林万山却朝前踏出一步，根本没有因为对方的身份而退缩。

“我若是插手了呢？”吴少辰也朝前踏出了一步，身为一个权贵子弟若是被一个平民子弟给吓退，以后也不用在白鹿混了。

“那你就得先过我这一关！”林万山大哼一声，身子大步迈出，来到了吴少辰的前面，同样没有退避的意思。

这一幕让他背后的落星辰目瞪口呆，这两方人马看上去都是要找自己麻烦的，怎么现在双方反而先打了起来？

这个时候其他参加决斗的学员也都进入了场地，不过都没有动手，而是一个个看向了中央的两方，完全是一副看好戏的样子。反正比赛的规矩是决出最后的一百名，现在有人率先动手，那么越是多淘汰一部分人，对自己越有利，何必急于厮杀？

正好这时考核老师宣布决斗开始。

“不知死活！”吴少辰顿时冷哼了一声，身体猛地朝前踏出一步，直接来到了林万山的身前，一拳朝着林万山的胸口砸去。他的速度极快，甚至拳头已经传来了拳风，当他的拳头快要来到林万山身前的时候，林万山甚至没有半点躲避的意识。

看到这样的一幕，吴少辰轻笑了一声，作为吴家的嫡系，家族的资源几乎都用在了他的身上，年仅十六岁的他如今已经注射了十五次基因药剂，加上本身的天赋，他的肉身力量已经快要达到两百斤。这一拳的力量极为沉重，就算不能一拳杀死这小子，也能够重创他，到时候看他怎么嚣张。

拳头继续向前，林万山依然没有闪避的意思。吴少辰嘴角露出一抹讥笑，原来就是一个中看不中用的大个子啊，连这样的一拳都躲不开，拿什么和自己斗。

“砰”的一声闷响，吴少辰的重拳砸在了林万山的胸膛，可是让人吃惊的是，林万山竟然动都没有动一下，身子好似磐石一般。反而是吴少辰被震得朝后退了一步，他脸上的笑容也随之僵住。

“这就是你的力量？”林万山却在这个时候咧嘴一笑，不等吴少辰反应，已经抬起右拳一拳砸在了吴少辰的脸上。

众人就听到“砰”的一声，吴少辰的身子如同炮弹一样飞了起来，重重地摔在地上，白眼一翻，就这么直接晕了过去。

刹那之间，全场一片寂静，所有人，不管是叶轻舞等人，还是落星辰，又或者其他的学员，甚至连场边的老师都一个个诧异地看着场中的林万山。

吴少辰的那一拳绝对不轻，这样的一记重拳竟然没办法让他后退一步，而他随意的一拳就将吴少辰给砸晕了过去，那他的肉身力量得有多强大？想到了之前他轻松举起巨石的一幕，场边的那名考核老师咧嘴一笑，看来这一次自己的班上可是捡到了一个宝贝。

落星辰眼皮也是微微挑了挑，就算是他，要击败吴少辰不难，可要做到如此轻松，怕也不可能，这林万山是个劲敌啊。

“臭小子，你找死！”足足过了好一会儿，叶轻舞一方的人才回过神来，顿时那名身材同样魁梧的少年大步跨出，就要出手教训林万山，却被叶轻舞拉住。

“王虎，你不是他的对手！”叶轻舞冷冷说着。

王虎脸上很不爽，可是却不敢反驳叶轻舞的话，只是狠狠地瞪了林万山一眼。

“小妞，你是打算亲自出场吗？不过丑话说在前头，我可不会怜香惜玉，一会儿打破了你的脸蛋可不要怪我！”叶轻舞的话显然让林万山很受用，顿时咧嘴一笑道。

“不，我要教训的人是他，不过既然你有兴趣帮我教训他，那么你尽管出手便是！你若是怕了他，那么也可以让一边去，我会好好教训他的！”叶轻舞轻轻地摇了摇头。

她的态度还是那般冷漠，而这一句话也让林万山一阵无语。他找上落星辰是因为之前落星辰让他丢了面子，可如今被这娘们儿一说，完全变味了，自己反而像是她的手下一样，而自己若是不出手，更是被她说成怕了落星辰。

“好伶牙俐齿的丫头，等我教训了这小子再收拾你！”狠狠地朝着叶轻舞瞪了一眼，林万山转头看向了落星辰。

“好了，小子，现在没人可以打搅我们的战斗了，尽管出手吧，让我看看你有没有和你的狂妄相匹配的实力！”

落星辰已经不知道该说些什么了，狂妄？自己什么时候狂妄了？从始至终，一直都是你在挑事好不好。不过对方要战，他也没有半点退缩的意思，将落婷婷拉到了自己的身后，朝前踏出了一步，朝着林万山轻轻地勾了勾手指，一副挑衅的模样。

看到这样的手势，林万山顿时大怒，猛地一步踏出，一脚踏在青石地板上，那一块地板整个粉碎，魁梧的身躯好似炮弹一样弹射而出，冲向了落星辰。

“叶小姐，为何要这样做？就算这小子不简单，我们也能拿下他啊。”看到扑向落星辰的林万山，王虎有些皱眉道。

“我们自然能拿下他，可是那小子同样不简单，有这样的一个傻子帮我试探试探，何乐而不为呢。”叶轻舞看向落星辰，冷漠的脸庞上勾勒出了一抹轻笑。

看到叶轻舞的那一抹轻笑，王虎竟然不自觉地打了个寒战，什么时候冷漠傲气的叶家大小姐也会用计了？

这时林万山已经来到了落星辰的身前，直接一拳轰出。

刹那之间，很多人只觉得好似一座大山压下一样，身在其中的落星辰更是有这样的感觉。不过他只是微微朝后退了一步，就这么避开了林万山的一拳。

林万山大怒，又是一拳轰出，落星辰继续朝后退去，再一次避开。这一刻，林万山猛地一个转身，一记转身侧踢扫向了落星辰。

落星辰眉头一挑，已经来不及推开，只能双手迅速护在胸前，挡住了这一脚，立马感觉到一股磅礴的巨力轰来，身体不受控制地朝后急退，连续退出了七八步才稳住了身形，可是林万山的身躯已经再一次扑了过来。

“小子，尝尝我的破山吼吧！”林万山发出了一声大吼，左手回拉，右拳瞬间轰出，直接轰向了落星辰的心口。

“呼呼呼……”拳头在空中发出了呼呼的风声，那是破空的声响，恐怖的拳劲以极快的速度轰向了落星辰，那种感觉就好似一座大山压下，势不可挡。

很多人都被林万山的这一拳所震撼，就连叶轻舞也皱起了眉头，一个个在心里盘算，自己能否挡住这一拳。

这一刻的落星辰身子刚刚站稳，根本无从闪避，面对这样的一拳，这一刻的他就好似刚刚破土的小草一样，如何能够抵挡。眼看就要被这一拳彻底碾压的时候，他却忽然伸出了自己的右手，就这么抓向林万山的重拳。

看到落星辰竟然抬手抓向林万山的重拳，所有人都一阵诧异。这家伙疯了不成？竟然单手去接这样的重拳，他就不担心被一拳轰断手臂？

“啪！”就在所有人都以为落星辰会被这一拳轰断手臂的时候，落星辰已经一把抓住了林万山的拳头，不等林万山的拳劲爆发开来，他的身子已经迅速朝后一退，带动着林万山的身躯朝前迈出，林万山的身体顿时失去平衡，而落星辰的身子却在这个时候迅速转身，弯曲，直接使出了一个过肩摔，借助林万山那一拳的劲道，将他庞大的身躯整个地扔了出去。

“扑通”一声，林万山的身体重重地摔在地上，发出了巨大的声响，而现场也是一片寂静，谁也没有想到会看到这样的一幕，看似弱不禁风的落星辰竟然能够将身材魁梧的林万山甩飞出去，这怎么可能？包括叶轻舞在内，一个个傻傻地看着这一切。

“四两拨千斤，好家伙！”擂台外面的一个角落，一名拿着旱烟的老人轻叹了一声，这名老人，正是之前在门口帮了落星辰一把的老人。

“这应该是失传的太极功法中的招式吧，这小子怎么会？”老人的旁边，还站着一名四十来岁的中年男子。

男子穿着极为整齐，长相也颇为英俊，只要是顺利进入白鹿学院的人，没有一个不认识他，因为他就是白鹿学院如今的院长，叶无痕。他也是白鹿市第一高手。

不过一向镇定的他，这一刻脸上却写满了惊骇。太极，这可是旧时代一位武学宗师独创的心法，在与黑暗种族决战之前，很多人对太极的认知还只是强生健体，可是黑暗种族入侵，一群太极高手横空出世，众人才见识了太极的恐怖威力。

其中最强大的太极高手，就是叶无痕的老祖，帝国第一任齐天王。当他使出太极的时候，就连苏醒了本命星的开国大帝龙紫阳也……想到了家族记载的那些传说，叶无痕心生感慨。

可是随着时间的流逝，能够领悟太极的人越来越少，哪怕叶家人，这几百年来，也再没有一个人能够领悟太极，甚至很多人已经忘记了这门功法，可是现在，这个来自荒野的少年竟然使出了四两拨千斤，哪怕只是太极中最简单的一招，也足以让叶无痕惊骇不已。

“嘿嘿，你问我，我问谁去，帮我盯着这小子，可不要让他被人给阴了，这样的好苗子，要是不幸夭折了就太可惜了！”老头直接翻了个白眼，嘿嘿一笑道，对于所谓的学院院长，没有半点尊敬的意思。

“嗯！”叶无痕不仅不生气，反而很恭敬地点了点头。

实际上不用老头打招呼，他也会注意这一点，能够使出四两拨千斤，这样的领悟力已经堪称惊才绝艳，只要不死，最终都能够成为一代强者。

“呼！”这时林万山已经愤怒地从地上爬了起来，脸上一片通红，那是气的。从小就天生神力的他竟然被一个来自荒野的流民给甩飞了出去，这简直就是巨大的耻辱。

“小子，你彻底惹怒我了，我不会再留手了！”林万山咆哮了一声，再一次掠向了落星辰，这一次，他的速度比刚才还要快，几乎是眨眼的时间，已经来到了落星辰的身前，一把朝着落星辰的肩膀抓去。

落星辰只是身子一偏，就这么轻易地避开了林万山的一抓，林万山大怒，再一次朝前踏出，继续抓向落星辰，可是落星辰依旧从容地躲开。这让林万山很愤怒，再一次加快了速度，继续抓向落星辰，但依然连落星辰的衣角都没有碰到，落星辰就好似泥鳅一般。

“呼呼呼……”连续抓了数次都没有碰到落星辰，反而消耗了林万山极大的力气，整个人都累得气喘吁吁。

“混蛋，你有种不要躲！”林万山身子半蹲，不断地喘着粗气，朝着落星辰大骂道。

“好，我不躲！”落星辰站直了身子。

林万山顿时精神一振，聚起了全身的力气，又是一个大步跨出，扑到了落星辰的跟前，再一次一拳轰向了落星辰。这一拳，凝聚了他最大的劲道，比刚才的任何一拳都要生猛，似乎这一拳下去，就算是一座山也要被轰碎一样。

“嗖”的一声，拳头直接轰在了落星辰的胸口，却从他的身体内直接穿过，打中的竟然是一个残影。

林万山却因为太过用力，一拳打空的他身子一个踉跄，险些摔倒在地。好不容易站稳脚跟，怒视落星辰道，“混蛋，你不是说不躲吗？”

“我说的话你也信！”落星辰翻了个白眼，一副看白痴的样子。

“你！”林万山彻底怒了，不顾一切地冲向了落星辰。

他的身子再一次被落星辰甩飞了出去，重重地摔在地上，这一次他却再也爬不起来，那是被累的。

偌大的擂台场静悄悄一片，不管是那些本该在场上决斗的学员，还是场边的观众，包括那些老师在内，一个个都傻傻地看着这一切。林万山的强大，他们都有目共睹，能够一拳轰飞吴家嫡子的人，肉身力量怎么看也是在三百斤以上，这样的一个人，在这一届的新生之中实力怎么说也能排进前二十吧，可这样的一个家伙却被落星辰活活地累趴在地。

是的，从始至终，落星辰就没有进攻过，一直都是在躲闪，和林万山的两次接触也就是两个过肩摔，这样的两招就让林万山趴在了地上，再也爬不起来，这如何不让人吃惊。甚至白鹿学院这么多年各种擂台赛，从没出现过这样的事情。

“有意思！”场外的角落，那名老人吐出了一口烟圈，轻笑了一声。

“的确有意思，还是您老有眼光！”一旁的院长叶无痕也轻轻笑道。这一届新生的素质都很不错啊。一个林万山已经算是惊喜了，如今还多了一个落星辰，他们可都不是权贵子弟呢。

“继续看吧，也许还有其他的惊喜！”老头呵呵一笑，又狠狠吸了一口旱烟。

叶无痕面露微笑，静静地看着场中。这一刻，场中的局势已经发生了变化，之前因为两人的战斗，也因为叶家大小姐的身份，尽管比赛已经开始，但大多数人都没有真正动手，而是在一旁观望，不过如今看似强大的林万山已经倒在了地上，那些观望的学员们也开始蠢蠢欲动了。

场中现在还有一百六十多号人呢，至少还要淘汰六十名，可不能这般一直僵持下去。按照比赛的规定，上场的学员要么死亡，要么被打出擂台，要么自己宣布认输离开擂台，否则只要是在场上，就不算淘汰。就如吴少辰，虽然被林万山一拳打晕了过去，可是他并没有离场，又被叶轻舞身边的人搀扶住，就不算淘汰。

此刻的林万山也是如此，虽然累得趴在地上只喘气，可是他身边的几名学员却自动护在了他的身前，警惕地看着周围，不让任何人靠近。看这架势，也是要等林万山恢复。

一时之间，也没有人主动招惹这两方，至于落星辰，能够不动声色地累趴强大的林万山，只要不是傻子，这个时候也不会主动招惹他。如此一来，擂台边沿的众人，已经开始了拼杀，不过大多数都是组成临时团队，对其他人下手。

决斗正式开始了，而擂台中央的叶轻舞，却将目光落在了落星辰的身上。她的本意是让林万山试探下落星辰的实力，可是一直到林万山倒下，也没有发现落星辰真正的实力，这小子比她想象得还要难缠啊。特别是那敏捷的身手，从始至终，林万山竟然没办法碰触他的衣角，这就很不简单了，即便是她自己，也不敢说每次都能躲过林万山的攻击。

叶轻舞身边的几名少男少女也一个个神情凝重地看向落星辰，再也没有之前的轻视。哪怕他从始至终都没有和林万山正式交过手，但能够将一个比王虎还要强大的人拖垮在地，这实力已经不可小觑，怕是他们这么多人里除了叶轻舞外，单挑没有一个人是这小子的对手。一个来自荒野的贱民而已，怎么会有这样的身手？

不过很快，就有人将目光投到了落星辰背后的落婷婷身上，这小子是有些棘手，可是这丫头很好对付啊，只要拿住了这丫头，还担心这小子反抗吗？虽然这是在学院的比武擂台上，可是却没有规定不能使用胁迫的手段，按照擂台赛的规定，不管使用什么方法，只要坚持到最后一百名就算通过考核，就算劫持了女孩胁迫落星辰认输，也在规则范围之内。如果不是到了迫不得已，他们也不愿用这样的手段，毕竟，这对自己的名声多少有些不好，所以有几人只是扫了一眼落婷婷，就将目光移回了叶轻舞身上，大家都在等待她的决定。

“卑微的贱民，果然有些手段，看在你身手不错的份上，我可以给你一次机会，马上跪下宣誓效忠于我，我可以原谅你之前的不敬！”叶轻舞看着落星辰，淡淡道，比起之前的冷漠来，语气已经缓和了不少，似乎这样的话对于一个生活在荒野的流民来说已经是一种恩赐。

实际上以叶轻舞的身份，要招揽家仆，不要说来自荒野的流民，就算是那些平民，也会挤破脑袋去抢。随着她的一席话，周围的那些还没有出手的平民或者流民学子已经红了眼，那是深深的妒忌，对落星辰的妒忌，这种天赐良机，上哪儿去找？

“傻逼！”然而，对于叶轻舞抛出的橄榄枝，落星辰只是回应了这两个字。

叶轻舞的脸色瞬间就变了，甚至变得要多难看就有多难看，实际上她根本没有想过招揽落星辰，以她对落星辰的了解，自然知道他不是那种肯屈于人下的人，否则之前也不会冲撞自己，她这么说不过是想要戏耍下落星辰而已，谁能够想到他的回答如此决绝，竟然骂出这么难听的话。

“你们都听好了，我是叶家的叶轻舞，谁若是能够杀死他，我可以给他成为我家仆的机会！”脸色已经气得青紫的叶轻舞并没有立马对落星辰发起进攻，反而朝着周围那些早就红了眼的学子说道。

刹那之间，数道肃杀之气冲天而起。

第四章　天才少年

谁也没有想到，叶轻舞会说出这样的一番话来。先是向落星辰抛出招揽之意，引得其他学子的妒忌，又开出这样的一个条件，只不过刹那的时间，现场起码有一半以上的学员不怀好意地看向了落星辰，甚至一些已经交手的学子也停了下来，虎视眈眈地看向了这边。

要成为白鹿学院的正式学员，只需要坚持到最后一百名即可，可要想成为叶家大小姐的家仆，这简直就是万里挑一的机会。毕竟，叶家可是白鹿市的三大世家之一啊。一旦靠上了叶家这棵大树，日后肯定飞黄腾达，对于绝大多数的平民子弟和流民来说，这绝对是一步登天的机会，这样的机会，他们怎能错过。

顿时就有十多名同样来自荒野的流民围住了落星辰，比起生活在白鹿市的平民子弟来说，他们显然更想得到这样的一个机会。

“你叶家出了个人才呢！”场地外围的角落，拿着旱烟袋的老头轻哼了一声。

一旁的叶无痕苦笑了一声，虽说白鹿叶家和他所在的叶家相差了十万八千里，但怎么说也是叶家的一个旁系，论辈分，叶轻舞也的确属于他的一个晚辈，他还真无言以对。

“不过这个年纪就有这样的心机，也很难得，的确是个人才！”过了半晌，老头又嘀咕了一句。

叶无痕继续苦笑，这算是表扬吗？

校场中央，落星辰朝后退了半步，将落婷婷护在了自己的身后，那双如同黑宝石一般的眸子扫过了周围的几人，充满了寒意，他也没有想到性格看似冰冷孤傲的叶轻舞竟然会说出这样的一番话来，以他之前的判断，叶轻舞应该是直接跟自己交手才对。

谁能够想到她竟然将这些人全部利用了起来。白鹿叶家的影响力，真的如此巨大？让这些人明知道不可能是自己的对手，还要向自己出手。

不过他的眼中同样没有半点儿惧意，既然敢出现在这里，他就做好了最坏的打算，唯一有些担心的是落婷婷，一会儿混战四起，他可没有把握照顾好她。

看着神情肃然的落星辰，叶轻舞轻笑了一声，不过是一个荒野贱民而已，要玩死他有太多的方法，根本不需要自己出手。至于最后是否有人真的能够杀死他，她一点儿也不在意，她只说了给个机会，可不代表一定要招纳家仆。

而叶轻舞旁边的几名少男少女，这一刻更是对叶轻舞佩服得五体投地，不过是简单的一句话，就让这么多平民和贱民成为了手中的刀。这小子再厉害又怎样，他能够单挑这么多人吗？

“卑鄙！”就在周围的那些人准备对落星辰下手的时候，人群中传来了一声冷哼，被落星辰累得趴在地上的林万山不知何时已经站了起来，走到了落星辰的身边。看他的架势，仿佛是要帮助落星辰一样。

这不仅让叶轻舞等人一愣，同样让落星辰一愣。最初他站出来为自己说话，还可以说是他的狂妄，要和自己公平决斗，现在自己明显遇上了大麻烦，他没有落井下石也就罢了，竟然还站出来为自己说话，这就很让落星辰感动。

“不过是一个狗腿子的名额而已，也值得你们这样争抢？你们的尊严呢？”看着周围那些虎视眈眈的学子，林万山怒哼了一声。

顿时就有不少平民子弟面露愧色，不过那些来自荒野的流民学子却根本没有丝毫变化，尊严？尊严是什么？在荒野中，怎样活下去，怎样强大自己，才是重点，尊严算什么东西。

“王虎，让他闭嘴！”眼见自己好不容易促成的局面被林万山的一句话搅乱，叶轻舞哼了一声。

之前林万山和落星辰比斗，虽说没有受什么伤，但耗力太多，已经到了强弩之末，以王虎的实力完全可以击败他。

“叶小姐放心，我会让这小子知道我的厉害！”叶轻舞身边，那名身材魁梧的少年道了一声，大步迈出。

“就算只剩一口气，他也胜不了我！”一旁的落星辰就要出手，林万山已经一把将其推开，大步朝着王虎冲去。

期间还不忘朝着身后的几名平民少年道：“保护好那丫头！”

他说的是落婷婷，显然他也明白落星辰担心什么。这更让落星辰内心涌过一阵诧异的感动。

“多谢！”朝着林万山以及他的几名伙伴道了一声谢，落星辰转身迎向了三名冲向自己的少年。

“谢个毛，老子还要正面击败你呢，要是你死在这里，我找谁去！”林万山却大吼一声，已经迎上了王虎，和他直接对碰了一拳。身子却被震得朝后退了几步，显然刚才的战斗消耗了太多的力气，见到如此，王虎大喜，一步上前，继续猛攻。眼见自己的老大被人这般猛攻，那几名平民少年想要上前帮忙，可是又想到了老大的叮嘱，只好纷纷来到了落婷婷的身边，将其保护了起来。

这时那三名攻击落星辰的少年已经自三个方向几乎是同时扑到了落星辰的跟前，同时出手，全力轰向落星辰的身子。他们的拳劲虽然不如林万山，但三人联手，自有一番威力。至少封死了落星辰所有躲避的角度，可是落星辰压根就没有躲，甚至没有减速的意思，直接冲向了中间的那人。

这一幕让其他两人都一惊，原本在他们的判断中，落星辰应该选择抵挡才对，到时候他们三人的拳头将全部落在他的身上，可是他就这么直接冲了过来，直接让两人的拳头打到了空处。就连中间那人的一拳，也被落星辰巧妙地避开，落星辰整个身子撞在了那人的怀中，将其撞飞了出去。

“扑通”一声，两人身体一起摔在了地上，不过落星辰下面有个人垫，根本没有受到半点伤害，反而直接一拳砸在了那人的脸上，将其砸晕了过去，一个翻滚，已经迅速站了起来。

这时之前的两名男子才转过身子，落星辰一个箭步跨出，来到了右边那名男子的身前，在他还来不及出拳的刹那，已经一拳轰在了他的鼻梁骨上。那名少年嘴里传来一声闷哼，被这一拳砸得整个地朝后仰去，落星辰迅速一个旋转侧踢，踹在了他的小腹，将他整个人踹飞了出去，这一次，直接飞出了校场，被宣布淘汰。

这么一刹那的时间，第三名少年已经抓住机会来到了落星辰的身后，抬拳就朝落星辰的后背轰去，感受到背后的寒意，落星辰身子横移避开了这一拳，一脚踹在少年的背后，同样将其踹飞了出去。就这么片刻的时间，落星辰已经打翻了三人，可是更多的少年却为了那一个叶家家仆的名额冲向了落星辰。

落星辰依然不惧，身影左突右窜，犹如鬼魅，场中不断地传来“砰砰砰”的声音，不断有人倒下，有人飞出，不过片刻的时间，落星辰的身前已经躺下了超过十人。还有好几人被他直接踹飞到了场外，当场淘汰。

“呼呼呼……”连续的战斗让落星辰倍感吃力，甚至好几次被击中身体，若非他的身体异于常人，怕这一刻也受了伤。

不过想要成为叶轻舞家仆的人实在太多，哪怕明知道落星辰极为强悍，这一刻也是一个个冲了上去，至少在这些人看来，落星辰明显耗力过甚，实力已经大打折扣，也许自己的一拳就能要掉他的性命。

“砰！”又是一拳轰出，落星辰再一次将一名击中他腹部的少年轰飞了出去，这一刻，他的身边已经超过二十人倒下了，而林万山和王虎的战斗还在继续。几名林万山的兄弟，这一刻也站在了落星辰的身边，这是他们的老大点名要的对手，怎能让他败在这些家伙手中。

随着他们的表态，那些本来还有些想法的平民子弟再次犹豫起来，如今淘汰出局的人已经超过了三十个，再淘汰三十个，这轮考核就要结束了，万一这个时候被这家伙给淘汰，不仅没办法成为叶小姐的家仆，连学院都没办法进入，这可得不偿失啊。虽说每一个人都知道落星辰或许坚持不了多久，但在这紧要的关头，谁也不愿意再次率先出手。

眼见这样的状况，叶轻舞知道再让这些平民出手已经不可能，而且周围的战斗还在继续，考核随时都有可能结束，在这点儿时间内若是不能杀掉落星辰，那么以后想要杀他就很难了，毕竟，一个流民和白鹿学院的正式学员身份可有着天壤之别。

流民杀了也就杀了，谁也不会说什么，可是白鹿学院的正式学员若是被人无故杀死，白鹿学院的高层可不会轻易放过。想到这里，叶轻舞朝前踏出，走向了落星辰。

眼见叶轻舞走过来，几名林万山的兄弟神色微变，叶家小姐的身份可不是他们能够得罪的，可这小子是老大认定的对手，在老大解决战斗之前，可不能让他倒下啊。

“怎么，你们也敢阻止我不成？”看着还待在落星辰身边的几名平民，叶轻舞冷哼了一声。

“帮我照顾好婷婷即可，她是我的！”这些人虽然没有怎么出手，但已经帮了落星辰太多，他可不想因为这件事连累他们，顿时将他们拉到身后，自己朝前走了上去，迎向了叶轻舞。

“呵呵，有点胆量，不过你依旧死定了！”叶轻舞冷笑了一声，一步朝前踏出，如同落叶一般，瞬间飘到了落星辰的身前，一拳就朝落星辰的心口轰去。

那一拳的速度并不快，劲道也不大，至少没有感觉到任何破空的风声，可是落星辰全身的肌肉却在这一刻瞬间紧绷，一股强烈的危机感涌入心头。根本来不及思考，那种在荒野中经历了无数次生死的本能让他迅速朝后退了一步，而他的双手也直接护在了胸前。

他的速度已经很快了，可是终究慢了半拍，就这么一眨眼都不到的时间，叶轻舞的拳头轰在了他的胸口上。

“砰”的一声闷响，落星辰只觉得好似被一把铁锤砸中了一样，整个心脏都被震得快要碎裂一般，身子更是急速朝后退去，连续退出了十来步才稳住了身形，张嘴就是一大口鲜血喷了出来。

他的脸色已经一片苍白，黑色的双眸看向了叶轻舞，充满了震惊。对方一拳的劲道并不算大，至少远远不如林万山，可是她对劲道的把握却远远超过林万山。

这一拳的力量大概也就在百斤上下，可是这一拳的力道却全部轰在了自己的胸口上，没有一点儿外溢出去。换句话说，自己等同于完全承受了这一拳的劲道，哪怕他急速后退，不断地卸去这一拳的劲道，但依然被伤了内腑。

好可怕的女人。不过百斤的劲道，杀伤力却比林万山数百斤的拳劲还要恐怖。

如果将林万山的拳劲比喻成一块岩石砸来，那么叶轻舞的这一拳就是一块铁锤，铁锤的重量远远不如岩石，但造成的杀伤力却丝毫不比岩石差。她几乎快要将拳劲凝聚在一个点上。

“咦……”眼见自己一拳竟然没有将耗力过度的落星辰击倒，叶轻舞嘴里发出了一声惊咦。

不过并没有等待太久，她再一次踏出轻快的步伐，来到了落星辰的身前，又是一拳轰向了落星辰。

早有准备的落星辰迅速抬起手臂，护住了自己的要害，可是叶轻舞的步伐却越来越快，出拳的速度也越来越快，刚刚挡住第一拳，第二拳已经砸来，落星辰继续抵挡，神情前所未有的凝重。

“砰砰砰……”连续传来数声闷响，落星辰竟然全部将叶轻舞的攻击挡了下来。

两人的打斗早就吸引了周围的人群，就连那些场中的学员们也一个个惊诧于叶轻舞的实力，如此快捷的身手，在场又有几个人能够抵挡住？

就连角落的老头和院长叶无痕也看得目光闪烁。

“你们叶家果然人才辈出，不过是一个叶家旁系，竟然也能出现这样的天才，这一套叶家拳使得如云流水，就算你小子这个年龄的时候也不过如此吧！”老头轻叹了一声。

叶无痕又是一阵苦笑，他实在有些不懂老子到底是在夸奖还是在打击。

就这么刹那的时间，叶轻舞忽然一个转身，猛地一脚踹向了落星辰的小腹。落星辰眼皮一跳，迅速抬起双臂护在身前，又是一声闷响，叶轻舞的右脚踹在了落星辰的双手之间，可是落星辰却忽然感觉到一股难以想象的劲道整个爆发开来，身子被震得不受控制地朝后退去，双手也被震开。

就这么刹那的时间，叶轻舞已经站稳了身子，右脚用力一踏，身子如同一头敏捷的猎豹，直接来到了落星辰的身前，一掌朝着落星辰的胸口拍去。看似无奇的一掌就这么轻松地拍在了落星辰的胸口。“啪”的一声，落星辰的身体好似断线的风筝一般，倒飞了出去，足足飞出了七八米才摔在了地上，张口又是一道鲜血喷出，哪里还爬得起来。

全场静悄悄一片，谁也没有想到刚才还威风八面的落星辰竟然被叶轻舞这么轻易地打飞出去，看着倒在地上一动不动的落星辰，每一个人都觉得心头一阵寒意袭过。这一掌的劲道到底有多大?

被几名平民少年保护的落婷婷灰色的眸子中闪过了一抹担忧，本能地要朝落星辰走去，却被一个魁梧的身躯挡住了去路。

“我来！”刚刚将王虎揍趴在地的林万山大步踏出，拦在了叶轻舞的身前，看他的架势，是无论如何也要阻止叶轻舞趁机击杀落星辰了。

从他眼中熊熊燃烧的战意，也可能是他想要挑战这个冷傲的女人。就算对方是叶家的千金大小姐又怎样，他林万山可有着极大的抱负，前来参加学院考核，不仅仅是成为学院的学生，他要做的是做到最好，成为最优秀的那一个。原本以为落星辰是自己最大的对手，如今却多了一个叶家千金，那自然要全力击败她。

眼见林万山拦住了自己的道路，叶轻舞的眉头微微皱了皱。

“寒风落叶掌，这可是你们叶家的战技啊，这丫头应该还没有练出星力吧，竟然就能使用战技了？”另一边的角落，老头嘴里叼着旱烟，竟然忘记了吸，只是目瞪口呆地看着场中的叶轻舞。

一旁的叶无痕也是张了张嘴，显然也没有想到叶轻舞竟然能够使出寒风落叶掌。

“寒风落叶，真没有想到这丫头已经领悟这套掌法了，除了叶轻风外，叶家其他的几个家伙可没这么厉害！”场外的另一边，早已经顺利通过考核的苏瞳轻声道。

“哼，不过是对付一个荒野流民，都要使出这么多手段，能强到哪里？”苏瞳的身边，双胞胎中的一名少女轻哼道。

“哈哈，那可不是一个普通的流民，就算是少爷我对上他了，也未必能赢！”苏瞳轻笑了一声。

“啊，这怎么可能？他现在不都被叶轻舞一掌给击杀了吗？”苏瞳的话让两名双胞胎很诧异。在她们心目中，少爷可是年青一代最强的存在。

“呵呵……”苏瞳并不说话，只是轻轻笑了笑。

也就在这时倒在地上的落星辰一手撑着地面，摇摇晃晃地站了起来。

两名双胞胎立马闭上了嘴巴，扪心自问，就算是她们，中了这一掌，就算不死，也必然重伤，绝不可能这么快地站起来，更何况，这少年之前还参加了不少战斗。

“她是我的！”落星辰的声音自林万山的背后传来。

林万山回头一看，发现落星辰竟然再一次站了起来，顿时咧了咧嘴，“那老子就等你干掉这娘们儿再说！”说完之后，直接站到了一边。

这话却让落星辰的嘴角抽了抽，干掉这娘们儿。这话怎么听着这么别扭呢。

叶轻舞更是被这一句话气得脸色铁青，“你们两个都要死！”一声嘶吼自她的嘴里传出，她的身上骤然亮起了一道银色的光芒，一股冰冷肃杀的气息不断地自她的身上弥漫开来。

看着越来越亮的光芒，所有人的脸色都变了。不管是叶轻舞身边的少男少女，还是那些正在决斗的学员，又或者林万山以及他身后的兄弟，每一个人的脸色都变得极为难看。

只因为银色的光芒代表着一种力量，一种最为纯粹，也最为恐怖的力量——星力。那是星武斗士才可能拥有的力量，换一句话说，叶轻舞竟然是一名星武斗士。她才多少岁？她竟然就成为了一名星武斗士？哪怕是最初级的星武斗士，那也是一名星武斗士啊。

无数的平民或者流民加入学院，不就是为了能够成为星武斗士吗？可是想要成为星武斗士，首先就得感应星力，吸纳星力入体，仅仅是这一步，就淘汰了不知道多少惊才绝艳之辈。很多人终其一生，也未必能够感应到星力的存在。可是叶轻舞才多大？她竟然已经在体内凝聚了星力。哪怕这星力还有些涣散，一点也不凝聚，但那毕竟是星力啊。

“星辰，快逃！你挡不住的！”林万山身影急速倒退，一边退，一边朝着落星辰吼道。

星力的杀伤力极为恐怖，除非是同样拥有星力的星武斗士，否则一般人根本无法抵挡。

场外，一直都很淡定的苏瞳脸上也闪过了一抹惊诧，似乎也没有想到叶家的这个女人竟然也已经吸纳星力入体了。

他身边的两名双胞胎同样目瞪口呆地看着这一切。她们的天赋也算不错了，又有苏家的修炼之法，可是到现在也刚刚感应到星力而已，想要吸纳星力入体，还得等一段时间，但这个一直被她们看不起的叶轻舞已经吸纳星力入体，这可超出了她们的想象。

“十五岁的星武斗士，啧啧……”场外的角落，那名老头一时之间也不知道该说些什么了，他忽然隐隐明白为何叶轻舞那般轻狂了，能够在十五岁就吸纳星力入体，这绝对是天才中的天才，怕是只有龙城的那几个大家族直系子弟才有这样的资质，和能够领悟太极心法的落星辰比起来，资质上还是要差一些，能够领悟太极这样的高妙招式，一旦修炼了星力，进展一定很迅速，那小子，现在所欠缺的就是一套功法而已。

在他身边的叶无痕同样没有说话，他只是死死地盯着场中的叶轻舞。十五岁的星武斗士，自己要不要通知龙城本家呢？

就在所有人都被叶轻舞散发的银色光芒所震住，以为落星辰必死的时候，落星辰却稳稳一脚踏在地面，一道同样闪耀的银芒自他的身上亮起。

全场顿时一片寂静。

第五章　陨落星辰

银芒，星力，又是星力。

一个叶轻舞在十五岁的年龄吸纳星力入体已经让在场无数人惊骇，可是如今，比她大不了多少的落星辰竟然也是一名星武斗士，这已经让很多人近乎绝望。他们历尽千辛万苦，经历各种磨难，再通过层层考核进入白鹿学院为了什么？不就是为了学到成为星武斗士的修炼之法吗？可是现在，在第三轮的考核上，竟然就有两人使出了星力，大多数人还没有开始修行的时候，他们已经成为了星武斗士，这如何不让人绝望？

比起这些人的绝望来，一些人显然更加惊讶，甚至是震惊。叶轻舞也就算了，她毕竟是叶家的人，哪怕白鹿叶家只是叶家的一个远房旁系，和本家的联系极少，但毕竟是叶家的分支，怎么说也有自己的修炼之法。

叶轻舞能够在这个年龄成为一名星武斗士，只能说她天资卓越。可是落星辰呢？他可是一个流民啊，一个一直在荒野流浪的贱民竟然在进学院之前就成为了一名星武斗士，这怎么不让人吃惊。要知道，整个帝国绝大多数的修炼之法都被那些大世家所控制，就连那些权贵家族，也有很多并没有修炼之法，他们家族中的星武斗士几乎都是修炼皇室提供的修炼之法。

至于平民，更是不可能拥有自己的功法，就不要说来自荒野的流民了。可是现在，这个来自荒野的流民竟然使出了星力，这让他们如何不震撼？先不管他的天资多么的超绝，就说他的修炼之法是从何而来？没有修炼之法，怎么可能感应到本命星，吸纳星力入体？可若是拥有修炼之法，又怎么可能是荒野的流民？

苏瞳的眉头紧紧地皱在一起，他完全想不通这一点。

叶无痕同样皱紧了眉头，看向落星辰的目光多了一丝疑惑。一个来自荒野的流民，能够使出太极中的四两拨千斤，已经很让人震惊，如今又使出了星力，要说他的背后没有高人指点，打死他也不会相信。只是，既然有这样的一个高人，又为何会前来白鹿学院就读呢？

叶无痕还在疑惑，而他身边的老头眼中却闪过了一抹神采，只有他注意到了，落星辰散发的银芒之中夹杂着一缕紫色，那是一抹高艳的紫，在这个阶段就拥有这等紫色异象的，在他所知晓的强者之中，也只有一人而已。

场中的林万山同样震惊得说不出话来，本来朝后退去的身子僵持在原地，傻傻地看着落星辰身上冒出的银色光芒，他怎么都没有想到，自己想要击败的家伙竟然是一名星武斗士。

叶轻舞身边的那些少年同样傻傻地看着这一切，怎么都想不明白一个来自荒野的少年怎么会修出星力。

就连叶轻舞脸上也全是惊骇之色。怎么可能？他怎么可能拥有星力？这一切，说是缓慢，实际上也不过是眨眼的时间。震惊之后，叶轻舞心中却涌过了一缕恐惧，一个修出星力的荒野贱民，绝对是一个可怕的存在，在那残酷的环境下生存下来，战斗力绝对可怕，自己引以为傲的只有星力了，可是连这个最骄傲的一面对方也拥有。这样的一个人，本不该得罪，可是自己已经得罪他了，就绝不能让他成长下去，必须杀死他。

不过刹那，叶轻舞心中已经涌现出了浓烈的杀意，她再一次朝前踏出，这一刻在星力的催动下，她的速度比之前快了一倍不止，整个人划出了一道残影，冲向了落星辰，一掌朝着落星辰拍去。

依旧是“寒风落叶”，可是这一刻，她的身边却银芒闪烁，一股强劲的风暴自她的体内爆发出来，就好似有一道寒流呼啸而过，而她的身边更是隐隐有无数的落叶飞舞，她就这么从众多落叶之中穿过，一掌拍向了落星辰。她的掌间亮起了一道银色的光芒，恐怖的掌风发出呼呼的声响，这一掌若是落实，不要说一个人，怕是一块巨石都要被拍得粉碎吧。

面对这恐怖的一掌，落星辰的眼中同样闪烁着灼热的光芒，他就这么朝前踏出一步，紧接着一拳轰出。同样是简单无比的一拳，可是随着他拳头的轰出，一道刺眼的拳芒自他的拳头爆发开来，再配合无与伦比的拳速，这一拳就好似一颗天空滑落的流星。

正是“落星拳”！“砰”的一声巨响，落星辰的一拳狠狠地轰在了叶轻舞的手掌上，磅礴的星力瞬间爆发开来，叶轻舞手掌间的银色光芒瞬间粉碎，整只手臂都是一抖，身边的那些银色落叶也纷纷震碎，整个人都被这一拳震得飞了起来，再如同落叶一般飘落在地。一大口鲜血自嘴里喷出，不甘地看了落星辰一眼，就这么晕了过去。

偌大的校场，静悄悄一片，每一个人都瞠目结舌地看着这一切，或者说，看着站在场中的落星辰。他的衣服有些破烂，头发有些凌乱，脸上还有一些污垢，可是他的眼睛却极为明亮，犹如黑色的宝石，而他的身形更是那般的挺拔，仿佛夜空落下的星辰，即便陨落，也依旧光彩夺目。

也不知道过了多久，现场才恢复了动静，最先开口说话的，是离落星辰不远的林万山，亲眼目睹了一场星力对碰，他最后只朝着落星辰骂了一个字，“靠！”

“呵呵，刚才多谢你了！”落星辰转过身子，朝着林万山微微一笑道。

“谢你妹，他妈的都是一个星武斗士了，还跟我们一起抢一个进入学院的名额，太无耻了。”林万山直接白眼狂翻，显然对落星辰之前一直保留实力很不爽。

落星辰顿时一阵苦笑，白鹿学院可没规定星武斗士就能直接进入学院，就连叶轻舞这样身份的人也要通过层层考核才能进入，又何况是自己。而且自己进入白鹿学院可不是为了学习修炼之法，至于原因，他却不能告诉林万山。

“算了，就算你现在已经拥有了星之力，我迟早也会击败你！”看到落星辰苦笑的样子，林万山轻哼了一声。

“我等着！”落星辰轻轻一笑，露出了两排洁白的牙齿。

这时还站在场中的人已经不到一百，按照考核规定，这些人都顺利地通过了考核，成为了白鹿学院的一名正式学员。而王虎和叶轻舞虽然被打趴在地，但毕竟人还在场中，又没有认输，按照规定也通过了考核，只不过他们都是被扶下去的。

落婷婷从始至终都没有动过手，不过这同样是规则允许之内，考核结束之后，就跟在落星辰的身边朝着场外走去，可是没走几步，却被一道人影拦截了下来。

那是一名长相相当漂亮的男子，穿着一件白色的衣裳，一头深蓝色的长发披在脑后，脸上挂着亲切的笑容，仿佛老朋友一样。

“有事？”落星辰自然认识此人，第三轮考核第一个上场的家伙，一上场就出尽了风头，最重要的一点，他从始至终都没有出过手，所有挑战他的人都被他身边的双胞胎姐妹给解决了。

正是苏瞳！

“你受伤了！”苏瞳微微一笑，露出了两排洁白的牙齿，左边的嘴角还有一个漂亮的小酒窝，很迷人。

落星辰却眉头一皱，他自然受伤了，这一刻体内都在翻腾，可是这和他有什么关系。

“这是一瓶疗伤药，拿去服用吧，叶家的‘寒风落叶’可不好受，不尽早除尽体内掺杂的星力，会很麻烦的！”苏瞳并没有因为落星辰的冷漠而生气，依旧笑吟吟地掏出了一个拇指大小的蓝色瓶子，递给了落星辰。

落星辰的眉头再皱，他根本不认识这家伙，这家伙却给他疗伤药，他安的什么心思?

“谢谢！”不过看着苏瞳真挚的眼神，落星辰还是接过了药瓶，怎么看这都是对方主动散发的善意，虽然不明白以对方的身份为何要向自己表达这样的善意，但多一个朋友总比多一个敌人强吧。

他要做的那些事情，可不是靠着一个人能完成的。最重要的一点，这种一看就品质不凡的疗伤药，对于婷婷的伤势很有好处，为了婷婷，他可以放弃自己最尊贵的东西——尊严。况且，这并非对方的施舍。

“呵呵，不用客气，记住我的名字——苏瞳！”苏瞳轻轻一笑，转身大步走去。

“无事献殷勤，非奸即盗，不过他说的也没错，叶家的‘寒风落叶’可不好受，有这瓶星灵露，也不用担心留下什么后遗症了！”看着苏瞳离去的背影，林万山轻哼了一声。

“星灵露?”落星辰却一愣。

“嗯，这是一种比九级基因药剂还要珍贵的疗伤药，而且有价无市，根本买不到，也只有那些大家族才可能拥有，妈的，有钱就了不起么，哼……”林万山又闷哼一声，带着自己的几名兄弟大摇大摆地离去，留下一脸诧异的落星辰。

这家伙明明不太喜欢苏瞳，怎么又跟自己解释这药的珍贵?

看着手中不过拇指大小的药瓶，落星辰只觉得沉甸甸的，一个初次见面的人，竟然送他如此珍贵的疗伤药，这到底是好事还是坏事?轻轻叹息了一声，落星辰拉起落婷婷的小手，朝着学院为他们安排的宿舍走去，他们已经是白鹿学院的正式学员了。

校场的角落，拿着旱烟的老头和院长叶无痕依然站在那里，他们在这里已经站立很久了，可是到现在也没有一个人发现他们。

“嘿，苏家的这小子有意思！”老头轻笑了一声。

“哼，那些家伙一直都是八面玲珑，这小子不也是为了拉拢人才吗！”一旁的叶无痕轻哼了一声。

“嘿嘿，八面玲珑也总比那些一来就得罪人的白痴好吧！”老头却轻笑了一声。

叶无痕顿时一阵无语，想到了叶轻舞一进学院就得罪了落星辰这样的人才，心中一阵叹息，这一点上，叶家还真比不上苏家。

“再说了，这小子可不是表面的那般简单，无痕啊，这一届新生，惊喜很大啊，你要多花点心思，可不要让他们走弯路啰！”

“我知道了！”叶无痕微微地躬了躬身恭敬道，当他再一次抬头的时候，老头的身影已经消失得无影无踪，显然对下面的几场比赛已经失去了兴趣。

白鹿学院，占地极广，每一名正式学员都会有一个属于自己的独立居所，院方似乎也考虑到落星辰和落婷婷的问题，将他们安排在了西南角的一个小院。

这是一个面积达两百多平方米的小院，有两个房间和一个厨房，剩下的全是院子的区域，而房间内所有生活用品一应俱全，厨房内甚至配备了大米和蔬菜，当看到绿油油蔬菜的时候，落星辰和落婷婷眼睛都快直了。

荒野上根本没有生产基地，就算是一块黑面包都可能引发命案，更不要说这种新鲜的蔬菜了，这么多年来，两人就没吃过新鲜的蔬菜，至于那些鲜嫩的牛肉，猪肉，更是让两人直流口水。城里的生活和荒野果然有着天壤之别，怪不得无数的流民拼死也想成为一名帝国正式居民。

不过短暂的惊喜之后，两人却相互对望了一眼，都看到了彼此眼中的无奈，他们并不会做菜做饭。这么好的原材料，总不能生吃吧？

“先放一放，你把这星灵露服用了，然后我们去找万山，他一直生活在白鹿市，应该会做饭！”沉寂片刻，落星辰强忍着饥饿的感觉，取出了那瓶珍贵的星灵露，朝着落婷婷道。

“不要！”落婷婷却倔强地摇了摇头，而她的眼神也在告诉落星辰，他比她更需要这个。

“放心吧，那娘们儿的那点儿星力可伤不了我，这东西对你有好处！”落星辰却不管这些，直接将那瓶星灵露塞进了落婷婷的手中。

“听话！”落婷婷还要说些什么，落星辰已经板起了脸。

看到哥哥严肃的脸庞，落婷婷这才收起了星灵露，走进了自己的房间，眼中却隐隐有泪花在闪烁。一直到落婷婷走进她的房间，落星辰脸上才浮现出一抹笑容，不过笑容刚刚绽放，就感觉到体内一阵绞痛，喉咙处更是有一股热流涌出，嘴巴一张，一大口鲜血喷了出来，脸色已经苍白一片，那是被叶轻舞的星力所伤。

任何一个人想要成为星武斗士，首先要做的就是感应元星之力，只有感应到了元星之力，才能够将其吸纳入体，成为一名星武斗士。不过因为个人体质，或者修炼功法的不同，所修炼出的元星之力也各不相同，这就好似每一个人的血型也很难完全一样。

叶轻舞的星力就蕴含着部分冰寒之力，之前落星辰虽然一拳击溃了叶轻舞的掌劲，可是叶轻舞略带冰寒属性的星力却有部分涌入了他的体内，若是不及时处理，这极少的星力就可能冻结他的生机，这也是为何苏瞳会送星灵露给他的原因，显然他也明白“寒风落叶”这一招战技的威力所在。

以星灵露的药性，可以轻易地清除叶轻舞遗留在他体内的星之力，不过落星辰却将它让给了落婷婷，自己只能用自身的星力清除那些星力。这等同于在自己的体内另外开辟了战场，就算最终除去叶轻舞遗留的星力，对他的身体也会造成损害，这点苏瞳明白，林万山明白，落星辰自己也明白，只是比起落婷婷体内的伤势来，这点损伤根本不算什么。所以落星辰很快盘腿坐在了床上，开始调集丹田内的元星之力朝着那些外来的星力扑去。

若是高人在场，会发现落星辰体内的元星之力好似一股洪流，全速涌入心口附近的部分冰寒星力。当两股星力接触的时候，银色的洪流之中有一道紫色的光芒闪烁，这道紫色的光芒很小，比起洪流一般的银色星力来说，就如同头发丝一般。然而就是这头发丝粗细的紫色光芒，却极其霸道地扑到了叶轻舞的星力上，就这么直接吞噬了起来。

不过片刻的时间，那企图破坏落星辰身体的冰寒星力就被吞噬得干干净净，那条紫色的光芒却好似没吃饱一般，又四处游荡了一圈，确定再也没有任何残留星力之后才有些不甘心地回到了丹田处盘踞了起来。而一道道属于落星辰的银色光芒则将其团团包围了起来。落星辰的体内再也没有刚才的绞痛，整个人都轻松了不少。

当他睁开眼睛的时候，眼中明显闪过一抹诧异，原本以为这会是一场艰难的战斗，谁能够想到这般轻松。不过几个呼吸的时间，那待在自己体内的冰寒星力就尽数除去，或者说被自己的星力给吞噬了。

按照正常的情况，不应该是以自身的星力将其逼出去吗？怎么会被吞噬掉？

落星辰百思不得其解。

他虽说修出了星力，但还是第一次和一名星武斗士交手，对星力的认知也近乎一片空白，除了按照一直在身上的那本修炼之法修炼，感应元星之力，吸纳星力入体之外，对其他的完全不知道。不过能够吞噬其他属性的星力壮大自己，这显然不是一件坏事，不解的落星辰也没有想太多，而是继续运行星力运转于全身，修炼起来。

星武斗士，第一步是感应星力，然后是吸纳星力入体，能够吸纳星力入体，凝聚于丹田的人，才能算是一名正式的星武斗士。

任何一名星武斗士，都会不断地吸纳星力，淬炼肉身，让自己的肉身力量越来越大，丹田内也会不断地凝聚元星之力，直到凝聚出星环，踏入元境成为元星士，如同那名轰飞叶轻舞护卫的老者，只有达到元境的高手，才有着隔空伤人的本事。

就在落星辰专心修炼的时候，落婷婷的房间中，刚洗完澡的落婷婷正站在镜子前面，看着还没有开始发育的胸脯，眉头紧紧地皱在一起。

自己都十二岁了，怎么还这么平坦？今天她观察了很多女孩的胸，一个个都比她大，这让她微微有些苦恼，不过好在星辰哥哥没有对其他的女孩感兴趣，这让她微微松了一口气。

想到了落星辰，落婷婷拿出了那瓶珍贵的星灵露，又看了一眼小腹处的一团红色掌印，轻叹了一声。那是一个自她记事起就有的掌印，正是这一个掌印震碎了她丹田周围的经络，让她不管怎样都很难凝聚出星力。

哪怕她早已经感应到自己的本命星，可是每一次吸纳星力入体，都会自动地流散，根本无法凝聚星力。如果不将那些断裂的经络修复，她一辈子也不可能成为星武斗士。

这也是为何落星辰本身就是一名星武斗士，还要想尽办法进入白鹿学院的一个原因，很大程度上他是为了寻找治疗她丹田处伤势的药剂。这样的疗伤药，也只有在白鹿学院中才能拥有。

“落辰哥哥，婷婷一定不会让你失望！”嘴里喃喃叨念着，落婷婷打开了瓶盖，将那瓶中的药剂尽数倒入了嘴中。

星灵露入口即化，化为一道热流涌入喉咙，接着涌入全身，落婷婷立马感觉到好似有一团火在自己的体内燃烧起来一样，身上不断地有汗水冒出，体内大量的污垢也顺着汗水流出，不过片刻的时间，她的身上已经传来了一阵恶臭。

当那股热流来到小腹处的时候，落婷婷感觉到一阵痉挛，小腹处一阵剧痛，痛得她忍不住蜷缩在地上，双手捂住小腹。小腹内的热流迅速涌入那些坏死的经络，不断地滋补、修复着这些经络。

时间不知道过去了多久，当那股热流彻底消散的时候，落婷婷整个身体都如同被抽空了一般，无力地躺在地上昏睡了过去，地面更是多出了一摊乌黑的污迹，那是她体内的杂质。

当落婷婷再一次醒来的时候，已经是第二天早晨了，而她也躺在了床上，整个人都觉得轻松了不少，而小腹处的那枚掌印，竟然也消散了大半，这让落婷婷很诧异，这星灵露比她想象的还要珍贵，要知道这么多年里，落星辰为她弄来很多疗伤药，可是那些药剂几乎没有什么作用，可现在却直接好了大半，按照这样的量，再来个一瓶，那么完全可以彻底修复她体内的暗伤，到了那个时候，她就可以凝聚星力，成为一名星武斗士了，一旦她成为了一名星武斗士，就不再是落星辰的拖累了。

想到这里，她的眼中闪过了一抹光芒。

迅速走向了洗浴间，以最快的速度清洗了身体，换上了一套学院发放的衣服，背上了那把黑色的长刀，走出了房间却看到门口放着一张纸条，那是落星辰留给她的纸条，上面写着："醒来后速到林万山住处！"显然落星辰已经起来，并且见过她的状况了。

一直平淡的脸上露出一抹淡淡的笑容，紧了紧背上的长刀，走出了小院。

她却没有走向林万山居住的小院，而是走向了学院的付费住宿区，因为苏瞳就住在那里。

第六章　婷婷遇难

白鹿学院占地极为广阔，凡是顺利通过考核进入学院的学员，都可以分到一处免费的住处，不过这样的住所虽说一应俱全，可是对于出生豪门的权贵子弟来说还是简陋。因此，学院很人性化地提供了更高级的住宿区，但是这样的住宿区是要收费的，而且收费不菲，这里最差的一个住所，一个月都要一枚金币，就算是一般的小贵族，也未必能够长期支付这样的住宿费。

不过这样的消费对于苏瞳来说，却根本不算什么。他所居住的地方是一个面积多达两千平方米的巨大别院，每一个月的租金是一百三十金币。这样的一个巨大别院就算住几十个人也不会显得拥挤，可是整个别院内就只有他和那对双胞胎姐妹。

此刻的他正站在别院的一个角落，认真地看着面前的一株小草，这是很普通的一株小草，即便是在荒野中也随处可见，按理说这样的杂草不该出现在如此奢华的别院内，但它就这么出现了。而且刚刚破土而出，看着嫩绿的新芽，苏瞳蓝色的双眸中光芒闪烁，似乎这株小草蕴含了什么惊天秘闻一样。

他已经目不转睛地盯着小草看了一刻钟了，却还没有移开目光的意思，就连双胞胎中的妹妹不语从外面走了进来也没有在意。

“少爷，门外有人找！”

“不见！”苏瞳头也不回，身为苏家家主的独子，身份地位特殊，如今得知他来到了白鹿学院，自然有很多权贵子弟想要巴结。

“她说她叫落婷婷！”不语轻声道。

“落婷婷？就是落星辰那小子身边的丫头？”苏瞳一愣，转过了脑袋。

“嗯！”不语轻轻地点了点头。

“落星辰没有跟来？”苏瞳继续问道。

“没有，就她一个人！”

“那好吧，请她进来吧！”苏瞳有些好奇，不明白落婷婷怎么会找上自己。

一会儿的时间，落婷婷就在姐姐不闻的带领下来到了别院内，一眼就看到了站在别院中的苏瞳。而苏瞳也看到换上了一套白色长袍的落婷婷，顿时眼睛一亮。

昨日，落婷婷穿着有些破烂，脸上也布满污垢，再加上身材瘦弱，看上去就像一个小乞丐，可是此刻的她全身上下清洗得干干净净，露出了一张白嫩的小脸蛋，一头灰色的短发还有些湿漉漉地搭在头上，看上去有些俏皮，然而最吸引苏瞳的还是那双灰色的眼眸。

那双眸子是那般明亮，竟然看不到半点杂质，绝对是苏瞳所见过最清澈的眼眸。一个来自荒野的女孩，怎么会拥有如此清澈的眸子？

“婷婷，你找我有事？”看着变化极大的落婷婷，苏瞳微微一笑道。

“嗯！”落婷婷点了点头，朝前走去，一旁的不语就要伸手拦截，却被苏瞳眼神制止。一个看上去不过十来岁的小女孩，能有什么威胁？

一直走到了苏瞳的身前，落婷婷才停下来，掏出了那枚空空的药瓶，递到了苏瞳的身前，再次开口道，“这个还有吗？”

“有！”苏瞳不明白落婷婷为何会这么问，但还是直接点了点头。

“再给我一个！”落婷婷没有多余的废话，直接道，语气不冷不热，不像命令，也不像请求，就是很平淡地在说一件事。

可是这样的要求却让苏瞳旁边的不闻不语姐妹面色不善，先不说她说话的语气，她的要求就极为过分。

星灵露可不是普通的疗伤药，哪怕只是拇指大小的这一瓶，每一瓶的价值也要上万金币，而且绝对有价无市，就算是苏瞳身上也不过只有三瓶，这还是苏镇雨担心他受伤，给他的保命圣药，之前苏瞳送出一瓶给落星辰的时候就让两姐妹很郁闷了，现在这小丫头又跑来直接要，她当这是地里的大白菜不成？

性格火爆一点的不闻就要开口说话，却被苏瞳打断。

“他的伤势还没有恢复？”苏瞳有些诧异，以他的推算，叶轻舞也不过是刚刚领悟星力而已，而且那一击明显是落星辰占据了上风，就算有部分星力涌入落星辰体内，最多只需要一滴星灵露就能够彻底清除残余的冰寒之力。

自己送出的那一瓶可足足有好几十滴，完全可以将落星辰的身体洗涤好几遍了，怎么可能还治疗不好？除非他身上还有其他的隐患伤势。

“不是他，是我用，实际上这瓶也是我用的！”落婷婷摇了摇头，清澈的眸子盯着苏瞳，淡淡道。

苏瞳一愣，诧异地看了落婷婷一眼，没有再多说什么，反而从怀里又掏出了一瓶，递给了落婷婷。

“拿去吧，若是不够，我这里还有！”苏瞳甚至没有问她为何需要这么多。

“少爷！”一旁的不闻想要阻止，却被苏瞳眼神制止。

“够了！”落婷婷接过了星灵露，又朝苏瞳说了一句，“我会加倍还给你的！”然后直接转身离去。态度平淡，仿佛就是在述说一件最平常的事情。

“哼，一瓶可要上万金币，就算是一万个你也比不上一瓶！”一旁的不闻再也忍不住，开口喝道。

落婷婷朝前走去的身子微微一颤，显然也被上万金币这个价格吓了一跳，不过她很快镇定下来，继续朝前走去。不管价值多少，她都会加倍偿还，除了落星辰外，她不想欠任何人的人情。

“少爷，那……”眼见落婷婷如此傲慢，不闻很不满，就要朝苏瞳抱怨几句，却听到苏瞳轻笑道，“你不觉得她很像吗？”

“像什么？”不闻不语两姐妹都一愣。

苏瞳没有回答，而是看向了不远处的那株破土而出的小草。不管是在荒野，还是在别院，它都是这般顽强，离去的落婷婷，不就和它一样吗？

从她清澈的眸子中，苏瞳看到了倔强，看到了不屈，看到了坚定，所以当她提出要求的时候，他毫不犹豫地将仅剩的一半星灵露交给了她，也根本不问她用来做什么，他只是相信，能够让如此倔强的女孩问他讨要一份东西，已经是一种幸运。这样的话若是说出去，肯定所有人都会以为他疯了，怎么看幸运的都是落星辰兄妹，可是他却坚信自己心中的直觉，这就是他的一种幸运。落婷婷！

不闻不语姐妹显然不明白苏瞳心中的想法，只是顺着苏瞳的目光看向了那株普通的小草，像？像这株小草吗？的确，来自荒野的她的确如这小草一般普通，如此普通的一个人，少爷为何会毫不犹豫地再次送出一瓶星灵露？她们很想发问，可是看到苏瞳眼中逐步亮起的光彩，却忍住了这样的疑问。

落婷婷走出了苏瞳的别院，按照来时的道路往回走去，实际上连她自己都没有想到会这么顺利地拿到星灵露。之前她只是本能地觉得找苏瞳要，至于能否要到却完全没有答案。那样想着，她就那样来了，而结果竟然真的要到了。

不过她也并没有想太多，不管苏瞳为何会轻易地将这么珍贵的星灵露给她都不重要，按照她的思维，只要自己加倍地偿还回去，那么自己就不欠苏瞳什么，至于加多少倍，完全取决于偿还的时间。她的心中，有着属于自己的标准。

“哟，这丫头不是打伤叶小姐那小子的妹妹吗？”

“是啊，她怎么出现在这里？”

“谁知道呢，不过这丫头竟然长得挺标致的呢！”

“嘿嘿，你还别说，虽然小了一点，但还真的挺漂亮的，我们要不要把她给抓回去！”

“那是必须的，谁让她哥哥打伤了叶小姐呢？这可是为叶小姐出气的大好机会啊！”落婷婷刚刚走出高等住宿区，耳边就传来了几名少年的声音，而她前方的道路，也被这几名少年拦截了下来。

这是四名穿着华丽的少年。带头的一位看上去大约十六七岁，穿着一件得体的燕尾服，胸前还别着一朵金色的玫瑰花，一副风度翩翩的样子，只是他贪婪的眼神却破坏了这一股优雅的气质。

落婷婷认得他，昨天在校场的时候，他一直跟在叶轻舞的身边，只不过一直都没怎么出手，即便是最后叶轻舞落败，他也和其他人一起顺利通过了考核。只是没有想到会在这里碰到他。

至于其他三人，落婷婷却没什么印象，不过看他们的样子，显然是一伙儿的。

落婷婷停下了脚步，抬眼看向了这四人，她的目光依然清澈如水，没有畏惧，没有紧张，甚至没有任何变化，就是一如既往的平淡。

这样的平淡反而让四名少年有些诧异，这小丫头似乎不害怕啊。

“王雷，上，带走她！”身穿燕尾服的少年朝着左边的少年开口道。

被叫作王雷的少年应了一声，一个跨步跨出，来到了落婷婷的身前，一把抓向落婷婷的肩膀，在他看来，这样一个十来岁的小丫头能有什么反抗之力，她能够通过考核进入白鹿学院还不是全靠着他的哥哥，他可记得很清楚，昨天在校场上的时候她根本没动过手，甚至她的哥哥在战斗的时候，还有几个平民少年一直保护她。所以他根本没将她放在心上，就这么随意地抓向了落婷婷。

就在他的手指要碰触落婷婷肩头的瞬间，落婷婷忽然抬起一脚就朝前踹去，这一脚的速度快到了极致，完全没将落婷婷放在眼中的王雷根本没有想到她出脚的速度这么快，还没有做出任何反应，就感到自己的要害部位一阵剧痛。嘴里发出一声闷哼，整个人倒在地上，捂住自己的要害，痛苦不已。

这一幕发生得太快，直到王雷的身子倒在地上，其他的三名少年才回过神来。可是这一刻，落婷婷的身影已经来到了那名身穿燕尾服的少年身前，同样一拳就朝他的脸蛋砸去。

她的拳头很小，个子也不高，这一拳要砸在少年的脸上甚至需要踮起脚尖。可是这一拳的速度却一点儿都不慢，燕尾服少年几乎是本能地抬起双臂，护住了自己的脸部。

然而落婷婷看似幼小的身体却在这个时候整个地撞在少年的怀中，膝盖已经闪电般抬起，一下撞在了少年的要害。又是一声惨叫响起，少年的身子朝后倒去，落婷婷已经从他的身体上方迈过，大步地朝前跑去。

剩下的两名少年目瞪口呆，怎么都没有想到这个身材单薄的小女孩会有这么恐怖的杀伤力，眨眼的时间就放翻了自己两个同伴。眼见落婷婷要逃出他们的视线，自己的两名同伴还愣在原地，顿时忍痛暴喝了一声，对方不过是一个小丫头，要是就这样让她跑了，他们以后还怎么在学院混下去。

“还……愣着做什么，快追啊！”燕尾服少年蜷缩在地上，额头一直冷汗直冒，这可绝对会成为笑柄的。

那两名少年这才回过神来，顿时拔腿就朝落婷婷逃离的方向奔去。

落婷婷拔腿狂奔，虽说在落星辰的照顾下，她服用了很多稀奇古怪的东西，肉身力量也远比一般的流民强大，可是和这些贵族子弟比起来还是有些差距的，自己要对付四个人可不容易，更不想被四人抓住，这才出其不备，一举重创两人，全速朝着落星辰所在的区域逃去。

若是之前她直接返回苏瞳所居住的地方，也能够得到苏瞳的庇护，可是她就是不想再欠苏瞳的人情。

她的肉身力量很不错，可是毕竟还背着一把一百多斤重的长刀，不过片刻的时间，就被两名少年拉近了距离。

听着背后越来越近的脚步声，落婷婷依旧以平静的步伐朝前奔去，以她的计算，最多片刻就能够跑出这一片高档住宿区，到时候人就会多起来，虽说学院并不阻止学生之间打架斗殴，可当着那么多人的面，他们总不可能继续追击自己吧。这时高档住宿区的大门已经出现在落婷婷的眼中，而后面的两人离她还有五十多米的距离，只要奔出了那扇大门，自己也就安全了。

可就在落婷婷即将奔出大门的时候，前方却又出现了一群人，走在前面的竟然是昨天在擂台上被林万山一拳揍晕过去的吴少辰。

“吴少辰，快拦住那丫头，她打伤了王雷和赵蒙！”背后传来了那两名少年的呼声。

吴少辰脸上还有些紫青，那是昨天被林万山一拳给砸的，和几个同样受伤的伙伴刚刚从外面回来，一个女孩朝着这边奔来，还没有明白过来怎么一回事，就听到自己同伴的声音响起，没有任何犹豫，吴少辰单手一挥，已经拦在了落婷婷的身前，而其他的几名少年也一起组成了人墙，拦住了落婷婷的去路。

“李林华，怎么回事？”看了一眼停下来的落婷婷，吴少辰朝着后面追来的少年说道。

“这小丫头是落星辰的妹妹，不知道怎么来到这里，我们想抓她回去，好好教训一番，为叶小姐出口气，谁料到这丫头竟然偷袭王雷和赵蒙，打伤了他们！”李林华上前开口道，却不敢太靠近落婷婷，这丫头虽然实力不怎么样，可是出手太狠了，得小心一些。

吴少辰一愣，落星辰的妹妹？那个小乞丐？又转头看了一眼落婷婷，只见她皮肤白皙，五官精巧，灰发发亮，特别是那双眸子很清澈，怎么看也不像昨日在场上的那个小乞丐啊。不过当看到落婷婷背后的那把长刀的时候，他才终于认出了她。

“嘿，这还真是自己送上门来了！”想到了擂台上落星辰嚣张的模样，吴少辰冷笑了一声，而包括他在内的十多名少年，已经将落婷婷包围了起来。

面对这么多人，落婷婷的脸上还是一如既往的平静，只是她的眼中却也闪过了一抹忧虑，这么多人，自己该怎么突围？若是自己没办法突围，被他们抓住了，会不会给星辰哥哥带来什么麻烦？

她却没有注意到，百米开外一名穿着普通的平民少年正好路过，当看到这一幕的时候转身就朝普通住宿区的方向奔去，这少年名叫阿米。

此刻，在林万山的小院内，一群十五六岁的少年正围在小院中的一张实木桌上，看着一大桌子菜发呆。说是一大桌子菜，实际上就放着一个大锅，大锅里装满了菜肴，蔬菜，肉食，主食全部混杂在一起，完全就是一个大杂烩。

更为精彩的是，这一锅菜有一半已经焦糊，有一半却还是生的，看着大片黑漆漆的锅巴，除了落星辰外，其他人心里只有一个念头，这样的菜能吃吗？

“嘿嘿，怎么样？老子做的菜很香吧，都愣着做什么？快下筷子啊！”林万山大手一挥，很豪迈地说道。

“老大，你们先吃，我回房拿点东西！”一名叫唐潇的少年跳了起来，拔腿就跑。开玩笑，很香？这样的菜可比自己的毒药还要毒啊，他可不认为自己的胃能够受得了，哪怕饿个三天三夜他也不愿意吃这样的菜肴。

“我陪唐潇一起去！”另一名叫梁七的少年也跳了起来，跟了上去。

“我也一起！”

“唐潇，等等我！”

其他几名少年也一一跳了起来，眨眼之间就跑得干干净净，就只剩下落星辰一人还坐在那里，已经拿起了筷子，认真地吃了起来。

“靠，这群家伙，怎么忽然都有事了？”林万山纳闷地看了一眼众人离去的方向，喃喃道。

回头看到落星辰已经大口大口地吃了起来，顿时又笑了起来。

“怎么样，味道如何？”看到落星辰吃得欢快的样子，林万山开口问道。

“还不错！”落星辰头也不抬，继续埋头猛吃。

“哈哈，我就说嘛，老子这么用心做的菜，怎么可能难吃，唔……哇……”林万山顿时心头大爽，赶紧夹了一块放在嘴里，准备细细品尝一番，可是刚刚入口就喷了出来。

味道实在是……以他不多的文化知识，根本找不到形容词来形容它的恶劣。怎么会这么难吃？自己可是很用心的啊，心中诧异的林万山抬头看去，却发现落星辰依旧吃得津津有味，顿时有些狐疑道，“真好吃吗？”

“嗯！”落星辰依旧头也不抬，继续猛吃。

在聚居地生活条件极差，就连一块城里人丢掉的发霉黑面包都算得上一顿美味了，更不要说这还用上了调料的菜肴，这样的一锅菜，对于其他人来说或许的确是毒药一般，可是对于经常食不果腹的他来说，却比那些发霉的黑面包好吃太多了。最重要的一点，经过一夜的修炼，他只觉得自己饿得发慌，才不等落婷婷苏醒，就先抱着原材料奔了过来。

不明所以的林万山看着落星辰认真的样子，再看看锅里一半焦糊一半还没熟的食材，心里忽然有些发酸，来自荒野的他，过的到底是一种怎样的生活？

“老大，出事了！”就在这时一个穿着普通的身影直接冲进了小院。

第七章　怒发冲冠

“嗯？什么事？”林万山回头问道。

至于落星辰，却依然头也不抬地继续吃着锅里的食物。

“我看到落婷婷被吴少辰几个家伙给围住了，似乎对她不怀好意！”阿米并没有注意到埋头吃饭的落星辰，直接开口道。

昨日在校场擂台上，林万山明确地吩咐他们保护落婷婷，虽然不明白老大的用意，但如今看到那个女孩被那群权贵子弟围住，阿米也觉得应该告诉林万山。

“在哪儿？”正在吃饭的落星辰听到这话，骤然抬头，看向阿米的眼中已经露出了一缕冷色。

阿米的身子立刻一颤，哪怕明知道落星辰的这一股冷意不是针对自己，依然感觉一阵惊惧，哪里还敢停留，赶紧将自己之前看到的一切说了出来。他还没有说完，只说出了落婷婷被围住的地点，落星辰已经从座位上跳了起来，拔腿就朝外面奔去。

“去叫唐潇他们跟来！”林万山也朝着那名少年喊了一声，迅速跟在了落星辰的身后。从落星辰不经意流露出来的冷芒，他看出了那丫头在落星辰心中的地位，这要是出点什么事，谁知道这小子会发什么样的疯。来自荒野的人，从来不将性命当成一回事，他可不想好不容易遇到的这样有趣的家伙被那些权贵子弟弄死。

两人一路狂奔，从普通住宿区一直穿过了校场，来到了位于学院东南面的高档宿舍进出口的时候，却看到了让两人瞬间暴走的一幕。十多名少年围在一起，领头的正是吴少辰，此刻的他正捂住自己的小腹，脸色有些苍白，似乎受了伤。另一只手则是指着不远处的一个角落狠狠骂道，“给我打，狠狠地打！”

那里，落婷婷正蜷缩在地上，被三四名少年一阵拳打脚踢，她身上那件白色的长袍已经被撕烂，露出了大片的肌肤，很多地方已经青紫，显然是受到了重击，而她的额头甚至破了一个血洞，正有鲜血流出，染红了大片衣襟，但即便如此，她也没有抱头，反而是死死抱住那把比她还要长的黑色长刀，似乎生怕被人抢走了一样。那是落星辰的刀！

看着这样的一幕，落星辰的双眼刹那之间变得血红一片，嘴里更是发出了野兽一般的嘶吼，右脚猛地踏在地面，“啪”的一声闷响，身体好似脱膛的炮弹一般射出。

看着被落星辰踏得碎裂的地面，林万山的眼角一阵抽搐，这一脚的劲道得有多大？就算是他，也未必能够一脚踏碎这坚固的地面吧？难道这才是这小子的真实实力？当日他没有和自己硬碰硬，并非力量比不上自己，而是不想伤害自己？

就这么一愣神的时间，落星辰的身影已经冲到了落婷婷的身边，那名背对着他的少年只感觉一股劲风袭来，还没有明白怎么一回事，就感觉到自己的背后一震，那种感觉就好似被奔腾的野牛撞了一下，整个人朝前飞去，一头撞在前面的一名同伴身上，两个人的身体同时飞了起来。足足飞了十多米才一头摔在地上，发出了一声闷响。两人同时闷哼了一声，晕了过去。

正在指手画脚命人殴打落婷婷的吴少辰闭上了嘴巴，一脸惊诧地看着飞出去的两名同伴，这得多大的劲道，才能够将两人一起震飞出去？还飞出了那么远。他有些麻木地扭动了下脖子，转过头看了过来，一眼就看到了双眼血红的落星辰。这小子竟然来了！

不仅吴少辰被这一击给惊住了，其他人同样目瞪口呆地看着忽然出现的落星辰，这家伙什么时候出现的？怎么一出现，刘云和小杨就这么飞了出去？被他给打飞的吗？

另一名正朝着落婷婷下狠脚的少年也停下了动作，满脸呆滞地看向了落星辰，一个巴掌朝着他飞了过来，本能地想要闪避，可是还没有做出任何动作，“啪”的一声，脸上立马传来了火辣辣的剧痛，整个脑袋都好似要被扇飞一样。还来不及庆幸，落星辰已经抬起了右脚，重重地踹在了他的小腹上，将他整个人踹得飞了起来，同样飞出了十多米才落在地上，一大口鲜血自嘴里喷了出来，两眼一翻，就这么晕了过去。

现场再一次一片寂静，所有人的目光都被落星辰吸引，谁能够想到，他看似单薄的身体内竟然蕴含着这么恐怖的力量。

落星辰没有在意这些人惊诧的表情，而是半蹲着身子，将蜷缩在地上的落婷婷搀扶了起来。她的身上全是伤痕，肩膀、手臂、腿部，很多地方都是乌青一片，额头上的伤口还在流着鲜血，可是她却吭都没有吭一声，只是死死地咬住嘴唇，眼中没有畏惧，没有害怕，只有前所未有的坚强。

这一切，落星辰看在眼里，却好似一把刀插入胸口一样。即便是在生存条件极为恶劣的荒野，她也不曾受过这样的伤害。在聚居地或许会挨饿挨冻，可是因为首领的原因，却没有人欺负过他们，原本以为到了白鹿市生活会更好一点，谁能够想到不过是第二天就受到了这样的伤害。她只是一个十二岁的小女孩啊，竟然被这么多人如此殴打。

怒，难以压抑的愤怒自落星辰的胸间燃烧了起来。他的拳头紧紧地握在一起，青筋一根根冒了起来，一股冰冷的气息自他的身上弥漫开来，那是杀气。第一次，落星辰动了杀意。

似乎是感受到了落星辰的杀意，林万山眼神微微一凛，不过看到落婷婷身上的那些伤痕，想到了她之前受到的殴打，他什么都没有说，就这么直接走到了落星辰的身边，和落星辰站在了一起。不管落星辰做出怎样的选择，不管之后会有什么样的后果，他都决定和他共同进退，这与感情无关，更与利益无关，只与心中的正义有关。

落星辰没有注意到林万山的态度，心中充满杀意的他伸手握住了那把长刀的刀柄，只有杀人的时候，他才会使用这把刀，当他准备用刀的时候，也就是他真要杀人的时候。

可就在他即将拔出长刀的时候，一只满是伤痕的小手却握住了他的手，阻止了他拔出黑色的长刀。

落星辰一愣，朝着小手的主人看去，落婷婷朝他轻轻地摇了摇头。她的眼中有不甘，有愤怒，但更多的却是担心，对落星辰的担心，对这件事后果的担心。

这里是白鹿学院，这里的第一条规矩就是：禁止杀人。

任何人，不管是学院的学生，还是外来的人员，都绝对禁止在白鹿学院杀人，不管是谁，一旦在白鹿学院里杀了人，都将遭受到白鹿学院全体师生的全力格杀。

落星辰动了杀意，因为落婷婷，这个他生命中最重要的人受到了欺负，受到了殴打，所以他动了杀意。他想要将凡是对落婷婷动手的人全部杀掉，可是落婷婷却不肯让他这么做。他想要替她找回公道，她又何尝希望他因此受到牵连？想到了报名的时候那个老人恐怖的实力，一旦落星辰真的在这里杀了人，那么绝对逃不出这里。白鹿学院的规矩，没有任何人可以违背。

看着落婷婷担忧的眼神，落星辰心里更加难受了，她受到了这样的欺负，却还处处为自己着想，她才十二岁啊。心里轻叹了一声，落星辰松开了握住刀柄的手。

“怎么？想杀我？还是打我？来啊！”这时吴少辰等人已经回过神来，他们刚才都感受到了落星辰体内散发的那股冰凉杀气，内心竟然有过一瞬的畏惧，那一刻的他们甚至有一种拔腿就逃的冲动。

一想到他们竟然在一个贱民面前畏惧了，吴少辰就感觉自己的脸火辣辣的烫，似乎是为了壮胆，也似乎是为了找回尊严，当看到落星辰松开刀柄的时候，他直接冷笑了一声。这里是白鹿学院，他还害怕什么？就算自己也不敢杀人，落星辰不过是一个来自荒野的贱民，他怎么敢杀人？况且就算这小子有两下子，可是自己这边有这么多人，难道还怕他不成？想清楚这一点，吴少辰胆子更大了，甚至还仰了仰脖子，他却不知道，这一切不过是他心虚的表现。

“既然你有这样的要求，那我就不客气了！”听到吴少辰的叫嚣，林万山狞笑一声，捏了捏自己的拳头，传来一阵噼里啪啦的声响，就要上前一步踏出，却被落星辰拉住。

“他们是我的！”落星辰淡淡说着，已经从林万山的身边走了过去，就算不能在这里杀死他们，也要让他们付出惨重的代价，在这个世界上没有任何人可以在伤害落婷婷之后平安无事。没有任何人！

极力压抑着心中愤怒的落星辰走了出去，看着落星辰瘦削的背影，林万山的神情震了震，这一刻的落星辰给他的感觉就好似一座即将喷发的火山，在平静的外表下蕴含着近乎毁天灭地的威能。为了这个叫婷婷的女孩，他真的可以付出一切。

林万山没有动，这件为落婷婷讨回公道的事情还是由落星辰亲自来做比较好，而他则静静地站在落婷婷的身边，守护着她。

落星辰一步一步地走向了吴少辰等人，他的表情肃穆，步伐稳重，每一步都是一样的距离，不多一点，也绝对不少一点，每一步的频率同样整齐，好像心脏跳动的频率。不知道为何，看着越来越近的落星辰，吴少辰的心里竟然再一次闪过了一缕恐慌，好像走过来的不是一个人，而是一头来自荒野的巨兽一样。

“靠，一个卑微的贱民，也敢在我面前嚣张，兄弟们，上，狠狠地教训他一顿！”为了驱除心中的恐慌，吴少辰大骂了一声。

受到了吴少辰的鼓舞，其他的少年也都从落星辰平稳有节奏的步伐中回过神来，想到了他们竟然被一个贱民震住，一个个愤怒不已，当下就朝落星辰冲了过去。就算这小子是一个星武斗士又如何，一个刚刚觉醒了元星之力的星武斗士并不比普通的人强大太多，单打独斗可能不是他的对手，但他们这么多人，难道还怕他不成？

冲得最快的是吴少辰，他几乎是第一个冲到了落星辰的身前，抬起右拳就朝落星辰的脑袋砸去。

面对这样的一拳，落星辰没有任何闪避的意思，他就这么同样抬起了右拳，闪电般挥出。

“砰”的一声，两人的拳头撞击在一起，吴少辰整只手臂一颤，那种感觉就好似一拳砸上了一颗炮弹一样，整只手臂都要断裂一般，身子也不由自主地一颤，就这么一顿的时间，落星辰的左勾拳已经挥来，一把砸在了他的下巴上，将他整个人砸得飞了起来。

他后面的少年没有了遮挡，一下子暴露了出来。在那名少年惊骇的目光中，落星辰右腿用力一蹬，左脚大步迈出来到了他身前，一头撞进了他的怀中，一拳砸在了他的小腹上，巨大的劲道整个爆发开来，那名少年的身体也是直直地朝后飞去，连续撞翻了好几人。而落星辰如入无人之境，身体横冲直撞，不过片刻的时间，这些想要围殴落星辰的少年已经全部躺在了地上。每一个人嘴里都发出凄惨的叫声，显然伤得不轻。

这一刻，落星辰却来到了吴少辰的身前，一把将其从地上拎了起来。没有多余的废话，直接一巴掌扇在了他的脸上。五根清晰的手印出现在吴少辰的脸上，半边脸迅速浮肿了起来，吴少辰想要挣扎，可是面对落星辰的劲道，他根本无法挣脱。“啪！”又是一巴掌扇出，接着是第三巴掌，第四巴掌，不过片刻的时间，吴少辰整个脑袋已经变成了猪头。

“砰！”好似扔死狗一样，随手将脑袋昏昏沉沉的吴少辰扔在了地上。

偌大的全场静悄悄一片，包括那些随后赶来的唐潇等人，都一脸惊诧地看着场中的落星辰。这才多久的时间，十多个人就全部被他打翻在地，他的实力竟然有这么强!

林万山也是目光闪烁地盯着落星辰，从始至终他都没有使用过半点星力，完全靠着肉身的力量就将这些人全部打趴在地。自己也能做到，但绝对做不到落星辰这般轻松。难道自己的肉身力量还不如这小子？不可能啊。

至于那些被落星辰打翻在地的少年们，也一个个噤若寒蝉，再也不敢多哀嚎一句，生怕引来落星辰的注意。

没有在意众人的惊诧，也没有看那些少年一眼，落星辰转身朝着落婷婷走了过来。他相信经过了这一次，这些家伙会长点记性。

“我们走吧！”看着眼神倔强的落婷婷，落星辰轻柔说道。再也没有刚才的暴戾，好似完全变了一个人。

“嗯！”落婷婷轻轻地点了点头，就要随着落星辰一起离开，却看到又一群少男少女自高档住宿区走了出来，带头的一人正是一身白衣的叶轻舞。

“叶小姐，你来得正好，你要为兄弟们报仇啊，呜呜呜呜……”被落星辰打成猪头的吴少辰同样看到了走出来的叶轻舞，顾不得身体的疼痛，“嗖”的一下从地上跳了起来，冲到了叶轻舞的身边，很委屈地说道。

叶轻舞却没有理他，甚至没有多看他一眼，只是转头朝着旁边的一名男子说道，“二哥，就是这小子昨日打伤了我！”

众人这才注意到，叶轻舞的身边还站着一名身材修长的男子。男子看上去约十七八岁，长得也颇为英俊，不过眼神有些凹陷，一看就是纵欲过度的样子。

这人正是白鹿叶家四公子之一的叶轻狂，论辈分正是叶轻舞的二哥，也是白鹿学院二年级的学生。这一刻，他的目光正落在落星辰身后的婷婷身上。虽说此刻的婷婷浑身上下都是伤痕，脸上还有血迹，而且还是一个小女孩模样，可是她那双清澈的灰色眼眸依旧吸引了男子所有的目光。

“妙啊，简直就是妙啊，如此清澈倔强的眼神，征服起来一定很有趣，来人，把这丫头给我抓回去！”叶轻狂显然比叶轻舞还要傲慢，眼中根本没有其他人，甚至连自己的妹妹也不放在眼中，就这么直接开口道。

这样藐视的话让叶轻舞一阵不爽，可是想到了对方在叶家的地位绝对不是自己能够比拟的，也只能压下心中的这股不爽。再说了，他竟然会看上那小乞丐，小乞丐在那小子心目中的地位显然不低，如此一来，自然会和那小子起冲突，自己的目的也算是达到了。叶轻舞脸上再一次恢复了冷漠，好似完全置身事外一样。

在叶轻狂的身后，一名身高有一米九左右的少年却因为叶轻狂的一句话大步走出，走向了落婷婷。这人名叫袁野，同样是一名来自荒野的流民，在去年的学院考核中，通过了层层考核进入了白鹿学院，后来被叶轻狂收服，成为了叶轻狂最得力的打手悍将。对于叶轻狂的命令，从来都是无条件执行。如今叶轻狂说要带走那丫头，那就直接带走，至于她前面的落星辰等人，他根本没放在眼里。

听到叶轻狂肆无忌惮的话语，再看到走过来的袁野，落星辰心中恼怒，他虽然只有十六岁，但生活在荒野的他自然比一般的少年早熟，哪里会不明白叶轻狂话中的含义，一想到对方竟然想要占有落婷婷的身子，心中的怒火就噌噌地往上直冒。就要上前拦截这个家伙，林万山的身子已经迈了出去。

“让我来！”林万山拦在了袁野的身前，从眼前的少年身上他感受到了一股可怖的压力，这可不是一般的好手，以落星辰现在的状态未必是对方的对手，毕竟他刚才看似轻松地打翻十多人，消耗了不少的力气。

“滚开！”落星辰还没有说话，袁野已经暴喝了一声。一个刚刚进入学院的新生，也敢阻拦自己的去路，简直就是找死。

“滚你妹！”林万山却直接破口大骂一声，紧接着一步跨出，一拳就朝对方砸去。

看到林万山砸来的一拳，袁野嘴角露出一抹讥讽，同样一拳挥出。

白鹿学院和其他的学院不同，能成为一名二年级学生，并非他在这里呆了一年，在白鹿学院，想要从一名新生成为二年级学生只有一条路径，那就是肉身力量超过五百斤。只要你的肉身力量超过了五百斤，就可以成为一名二年级学生，到时候所学到的东西和获得的权限也和一年级完全不同。若是没办法达到要求的肉身力量，那么就算你在学院待个几年，也永远只是一名一年级新生，实际上，若是连续三年都没办法突破五百斤，也会被学院直接淘汰。

这小子刚刚到来，白鹿学院的入学标准是肉身力量达到一百斤，就算他比一般的新生强，能强到哪儿去？最多也不过一两百斤，怎么可能是自己的对手。这一拳他甚至没有用上全力，在他看来只要使出三百斤的力量，就足以轰断这小子的手臂，让他见识到自己的厉害。

“砰”的一声闷响，两人的拳头狠狠地碰撞在一起。两人的身子同时一震，竟然不由自主地都朝后退了一步。

林万山的脸上闪过了一抹红晕，显然这一拳让他很不好受。袁野的脸上却写满了震惊，原本想象中的摧枯拉朽轰断林万山手臂的一幕并没有出现，他不过是朝后退了一步，甚至还将自己震退了一步，这怎么可能？自己刚才一拳的劲道最少也有三百斤了，难道他一个刚刚入学的新生也有三百斤的巨力？他当初可是在进入学院半年之后才有这样的肉身力量啊。

震惊之后，袁野是极度的愤怒，身为一个二年级的学长，在肉身的对碰中竟然被一个刚刚入学的新生震退了一步，这让他很没面子，特别是还当着叶公子的面。

所以袁野顿时就怒了，再也没有任何保留，全力朝前跨出一步，又是一拳轰向了林万山，这一次，他用尽了全力。

第八章　威震群小

超过五百斤的力量震得空气一阵颤抖，在力量的加持下，这一拳的速度也到了极致，就好似一颗破空的炮弹全速砸向了林万山。恐怖的威压让林万山身后的众人一阵色变，就连落星辰的眼中也闪过了一抹担忧，这可比昨日擂台上的那些家伙强多了啊。

面对如此恐怖的一拳，林万山竟然没有闪避，而是朝前一步踏出，一把抓向了轰来的一拳。

所有人都一阵诧异，他疯了不成？一个刚入学的新生，竟然敢用手去硬接一名二年级学生的全力一拳。

就连袁野的眼中也闪过了一抹诧异，接着一阵狞笑，小子，你要找死，就不要怪我。这一刻，他又加大了一把力气，势必要一拳粉碎林万山的手臂。

“啪”的一声，袁野脸上的狰狞笑容瞬间僵住，只因为林万山竟然真的抓住了他的拳头，那一拳所有的劲道涌入林万山的身体，就好似泥入大海一般，林万山的身体竟然纹丝不动，这怎么可能？

一个刚刚进入学院的学生，怎么可能承受超过五百斤的巨力？就算是同年级的那些学生也不可能完全承受这一拳的劲道啊，他怎么做到的？他还是一个平民啊，平民怎么可能在刚刚进入学院的时候就有超过五百斤的力量？

袁野的眼中充满了震惊。一个人靠着自身的锻炼让肉身达到一百斤不算什么难事，可若是想要继续增强肉身力量，只能够通过注射基因药剂，或者修炼了星力的星武斗士，普通的锻炼根本不可能将一个人的肉身力量练到五百斤。他一个平民，就算比其他人天赋高一些，能够拥有三百斤的巨力已经是极限了，现在完全承受了自己一拳而纹丝不动，这就太不可思议了。如果说他是一个权贵子弟，袁野或许还不会这么惊讶，毕竟只要肯下本钱，完全可以靠着基因药剂将肉身力量提升到这个程度，但他是一个平民啊，怎么可能有那么多的钱将肉身力量提升到这个程度?

袁野不解，他身后的叶轻狂等人同样不解。

“这就是你全部的力量？”这时一把抓住袁野拳头的林万山却轻哼了一声。不等袁野反应，右拳已经闪电般挥出，一拳砸在袁野的脸上。

这一拳的劲道绝对超过了五百斤，袁野的脑袋整个地朝后仰去，这也亏得他的肉身强悍，否则这一拳就足以轰爆他的脑袋。

趁着他的身子朝后仰去的刹那，林万山左手已经松开了袁野的拳头，身子朝前踏出一小步，左拳紧握又是一记重拳轰在袁野的小腹上，同样超过五百斤的劲道整个爆发开来，袁野的身体立马如同炮弹一样倒飞了出去，人还在空中已经一大口鲜血喷了出来。最后偌大的身子重重地摔在地上，又是连续几口鲜血喷出。

现场再一次安静了下来，所有人的注意力都落在了林万山的身上，充满了惊骇。谁也没有想到他竟然有这么强大的力量，就连落星辰也是一阵诧异，这小子当初在场上也没有动用全力啊。

“废物！”叶轻狂轻哼了一声，朝着左边的一名男子说道，“屠绝，你上，废掉这小子！”

“是！”随着叶轻狂的命令，另一名身穿蓝色劲装、脸色冷漠的男子走了出来。

“不，他是我的！”这时袁野却再一次爬了起来，眼中闪烁着一抹疯狂。

他是来自荒野的流民，靠着远比常人更多的努力，他才通过了学院的考核，进入了白鹿学院，原本以为到了学院，就是来到了天堂，可是他却发现这里是一个比荒野还要残酷的世界，为了不被挤兑和欺负，也为了能够获得更多的资源，他投靠了叶轻狂，成为了叶轻狂的一个家仆。这是好听一点儿的说法，说得不好听一点儿，他就是叶轻狂身边的一条狗。一只狗，若是对主人没了用，那么离死期也就不远了。他不想死，也不想被叶轻狂放弃，他还想要活下去，所以他绝不能被冠上废物的名号。

然而，屠绝根本没有搭理他的意思，继续大步朝着林万山走去。

“我说过，他是我的！”袁野嘶吼了一声，双眼竟然一片血红。大有你再出手我就跟你拼命的架势，感受到他体内散发的那股狠劲，哪怕同样以凶狠闻名的屠绝也有些心悸。回头看了叶轻狂一眼，叶轻狂轻轻地点了点头，立马止住了步伐，退到了叶轻狂的身边。

袁野这才收回了目光，看向了林万山，眼中露出两道凶光，“你比我想象的还要难缠，可是也到此结束！”

话音落下的瞬间，袁野的身上忽然亮起了银色的光芒，当这一缕光芒亮起的时候，很多人的脸上都露出了一抹惊诧。

星芒，那是星芒？他竟然已经领悟了星力！就连叶轻狂的眼中也闪过了一抹诧异，这小子竟然有这样的天赋？

而一旁的屠绝脸色也有些难看，作为叶轻狂身边地位最高的人，他一直引以为傲的地方就是他是除了叶轻狂之外唯一一个修出星力的人，可是现在，这个卑贱的家伙竟然也修出了星力，这岂不是会威胁到自己在叶轻狂身边的地位？

至于林万山，这一刻，脸色也变得极为严肃。对方竟然也是一名星武斗士，以自己现在的力量能够对付一名星武斗士吗？哪怕他只是刚刚修出星力的星武斗士。

“死吧！”就在这时袁野嘴里传来了一声暴喝，他的身体如同猛虎一般冲向了林万山，他的速度比刚才更快，冲势比刚才更猛，几乎眨眼的时间，已经来到了林万山的身前，一拳就朝林万山的心口砸去。身上的银色星芒也在这一刻整个地爆发开来，隐隐有一团银色的光芒自他的拳头上亮起，是那般刺眼。

面对这蕴含了星力的一拳，林万山同样没有任何躲避，全力一拳迎了上去。

眼看就要和袁野的拳头对碰的时候，袁野的嘴角却浮现出一抹讥讽的笑容，迎向林万山拳头的一拳忽然变向，更是瞬间加速，以比刚才快上一倍的速度轰在了林万山的胸口，而林万山的拳头却擦着他的脸颊而过。

“砰”的一声，林万山庞大的身体被这一拳轰得整个倒飞了出去，直接飞出了十多米，重重地摔在地上，荡起了阵阵尘埃。

“老大！”唐潇、梁七等少年一个个惊呼不已，还没来得及朝着林万山奔去，袁野已经迅速扑了上去。二公子的命令是废掉他，他自然要执行到底，彻底废掉这个家伙。

“拦住他！”眼见袁野还要继续进攻，梁七等人大惊，一个个不顾生死地冲了上去，可是他们都是刚入学的新生，很多甚至是勉强通过三轮考核而已，哪里是袁野的对手，一个冲击，包括唐潇梁七在内的五六名少年已经全部飞了出去。

袁野一脸的讥嘲，整个人如入无人之境，眼看就要毫无阻拦地冲到林万山的身前，废掉这个让自己丢脸的家伙，一个瘦弱的身影拦在了他的身前。

那是落星辰的身影。袁野看着这个穿着普通、身材瘦弱的少年，并不知道落星辰厉害的他直接一拳轰出，没有动用星力，就这么凭借纯粹的肉身力量，砸向了落星辰。

落星辰没有躲避，受伤的林万山就在他的身后，他怎么可能闪开。落星辰直接伸出了右手，一把抓向了袁野的拳头。

眼见对方竟然也抓向自己的拳头，袁野狞笑，林万山身材魁梧，力量强悍，敢以这样的方式硬接自己的拳头，他也就认了，可是一个身材瘦弱的小子也敢这么做，也太不把自己放在眼里了。所以他没有任何收手的意思，反而加大了劲道。他要一拳轰断这家伙的手臂，让他知道狂妄的代价。

“啪”的一声，袁野的拳头轰在了落星辰的手掌上，就在那一拳的劲道要整个爆发的时候，落星辰却忽然朝后退了一步，很小很简单的一步，而他握住袁野拳头的手也是轻轻一拉，袁野感觉自己的那一拳如同泥牛入大海一样，不仅如此，他整个身子都好似失去了平衡一般，不受控制地朝前迈去。

这时落星辰却伸出了右脚，绊在了袁野的腿上，袁野的身子就这么不受控制地飞了出去，以一个恶狗扑食的姿势，一头摔在地上，发出了轰隆巨响。

刹那之间，现场再一次一片寂静，而叶轻狂身边的叶轻舞，以及被同伴扶起来的林万山，同时想到了昨日的擂台上，落星辰甩飞林万山的一幕。这到底是一套怎样的功法？竟然如此神妙。

而叶轻狂等人则是全部傻眼了，他们怎么都不明白，落星辰瘦弱的身子怎会有如此强悍的劲道，将肉身力量已经达到五百斤的袁野甩飞。

至于一头摔在地上的袁野，却如同暴走的猿，“唰”的一声从地上跳了起来，一把抹去嘴角擦出的血液，嘴里传来了一声低沉的嘶吼，一道银色的光芒自他的身上再一次亮起，而且越来越亮，而他的双眼，这一刻也是通红一片，那是愤怒。

袁野怒了，彻底怒了，整个人都陷入了暴走状态。作为一个二年级的学生，当着二公子的面，之前被林万山轰飞出去已经让他很丢脸了，现在又被一个身材瘦小的家伙轻而易举地扔飞出去，而且还是以这样的方式，想到自己刚才扑在地上的丑态暴露在众人的视野中，袁野就恨不得将落星辰碎尸万段。

丹田处的星力不断地涌出，身上的银芒越来越亮，甚至因为大量的星力外溢，他的身体表面都有细细的血珠出现，那是他还没办法完全控制体内的星力。然而他却根本不在乎一般，只是拼命地提升体内的星力，大有一举击杀落星辰的架势。这一刻的他，整个人都好似一颗银色的太阳，爆发出了灼热的银色光芒，一股恐怖的气息不断飙升。

感受到袁野体内爆发的星力，屠绝的脸色变得极为难看，只因为这一刻，袁野散发出来的星力已经超过了他，甚至在袁野的背后，隐隐有一道银色的光圈若隐若现，那是只有在丹田内凝聚出了星环的星武斗士才可能拥有的现象。那是踏入元境的迹象，踏入元境的星武斗士，已经可以星力外放了。袁野这个贱民，在星力的修炼上，竟然走到了自己的前面，这怎么可能？他不过是一个荒野的流民而已，靠着学院那种下三滥的修炼之法，竟然能够在这么短的时间内修出如此浓郁的星力，快要达到元境星武斗士的水准，这怎能不让屠绝吃惊？

叶轻狂的脸上却露出了淡淡的笑意，他还真没有想到，袁野已经有了这样的实力，看来以后可以好好地培养培养啊。或许再多给他一些资源，就能够顺利凝聚星环，成为一名元星士？元星士，那可是可以真正发挥战技威力的境界，自己的身边若是多了一个元星士，那么对继承人的争夺也更为有利了吧。想到这里，叶轻狂脸上的笑容更加灿烂了。

叶轻舞则是眉头挑了挑，眼中有些妒忌，二哥手下竟然有这样的人才，此刻，袁野爆发出来的星力，甚至已经超过了她。不过更多的却是快慰，如此恐怖的星力，落星辰那小子应该挡不住吧？

另一边，林万山等人却一阵担忧，落星辰虽然也是一名星武斗士，可是他能够挡住袁野的攻击吗？

众人的视野之中，袁野还在疯狂地提升自身的星力，甚至他身体表面已经出现了一丝裂痕，恐怖的气息不断地弥漫开来，身上的银芒也越来越亮，周围的人都被这样的一股威压压得有些难受，每一个人都对袁野刮目相看。

感受到自身星力的提升，袁野发出了疯狂的笑声，特别是看到周围的那些人敬畏恐惧的眼神，他前所未有地得意，仿佛这一刻的自己就是天上的神祇，没有任何人能够挡住自己的一击。

“哈哈哈哈，小子，你死定了，你死定了！”袁野大笑，继续爆发体内的星力，可是他笑到一半就瞬间僵住，只因为落星辰的身影已经瞬间来到了他的身前，一拳砸在了他的心口，正在不断提升力量的他根本没办法抵挡这样的一拳，“砰”的一声，他的身体立马好似断线的风筝一般倒飞了出去，“扑通”一声摔在地上，一大口鲜血喷了出来。

本来就有些控制不住的星力立马好像被点燃的火药，整个爆发开来，特别是胸口承受落星辰一拳的部位，是星力最为紊乱的地方，直接爆出了一团血雾，胸口的血肉一片模糊，嘴巴一张，又是一大口鲜血喷出，白眼一翻，就这么晕了过去。

全场鸦雀无声，每一个人都静静地看着还站着的落星辰。袁野可是一名随时都可能突破到元境的星武斗士啊，竟然就这样被他简单的一拳揍晕过去了，这也太快了吧？

“傻逼！”看着昏迷过去的袁野，落星辰轻骂了一句，也是这一句将众人从震惊之中拉回了现实。

林万山一方一个个点头不已，可不是吗？你袁野就算星力充沛又怎样，就算气息强大又如何？在战斗之中竟然完全不控制自己的星力，只是疯狂地站在那里提升，根本不在乎对方随时会发起进攻，这不是傻逼是什么？

袁野与其说是被落星辰一拳打伤，还不如说是被自身的星力反噬弄伤。

叶轻狂的脸色一阵难看，之前他还觉得袁野是个可造之材，毕竟靠着学院的那种大众化的修炼之法在这么短的时间内快要达到元境的标准，可不是谁都能够做到的。可是现在，竟然被这小子一拳撂倒在地。若是被对方的实力碾压，那也就算了，可问题是对方甚至连全力都没有出，就是简单的一拳。袁野完全是只顾着提升星力，根本没有任何防备，任由对方冲过来，这不是傻逼是什么？想到自己刚才竟然还觉得这样的一个傻逼有培养前途，叶轻狂就觉得自己的脸庞火辣辣地发烫，那一句“傻逼”就好像连他也骂进去了一般。

“屠绝，上，给我狠狠地教训教训这小子！”叶轻狂阴沉着一张脸，冷声道。

“是！”身穿蓝色劲装的屠绝应了一声，随后大步跨出，一道银色的光芒直接从他的身上亮起，只不过刚开始他就爆发了体内的星力，猛地一步就朝落星辰掠去。

袁野的愚蠢也让他见识了这个新生的难缠，他可不想阴沟里翻船。他的速度极快，甚至在星力的催动下，身子在空中只剩下道道残影，眨眼都不到的时间，已经来到了落星辰的身前，一拳就朝落星辰的胸口砸去。

面对这呼啸而来的一拳，落星辰根本来不及闪避，只能够抬起双臂抵挡，“砰”的一声闷响，他的身体被直接震飞了出去，眼看就要摔在地上的刹那，他却迅速伸出了双手，用力一撑，身子完成了一个后空翻，稳稳地落在地面上，却依旧觉得手臂一阵剧痛，眉头不自觉地挑了挑，似乎没有想到眼前的这个屠绝还有着这样的实力。

然而，一拳轰飞他的屠绝却更加吃惊，原本以为自己的这一拳足以重创落星辰，谁能够想到，竟然被他给挡了下来，甚至连一口血都没有吐，这小子的身手很了得啊。比他想象的还要难缠，既然如此，那的确没有必要再做任何保留了。

想通了这一点，屠绝丹田内的元星之力瞬间爆发开来，刺目的银色光芒瞬间亮起，虽然没有袁野那般宏伟，但却绝对凝练，这至少说明了他对星力的掌控完全在袁野之上，不等落星辰做出反应，直接一步踏在了地面，“啪”的一声，他脚下的青石地板瞬间粉碎，溅起了无数的碎石，一股恐怖的气息直接爆发，整个人如同炮弹一样射向了落星辰。

看那一往无前的气势，就好似千军万马奔腾冲刺一般。这一招，正是他屠家的战技——千军破！

虽说他的实力没有达到元境，还无法发挥战技的真正威力，但是此刻，这千军破所爆发的威力也让所有人瞠目。特别是叶轻狂身边的叶轻舞，眼中全是诧异之色，她怎么都不明白，在她眼中如同草包一般的叶轻狂怎么会招揽这么多好手？一个袁野也就算了，现在还多了一个能够使出战技的屠绝。按照学院的规定，没有达到元境的学员是没资格修炼战技的，这屠绝显然没有达到元境，那么只能说明这是他自己家族的战技。只看这战技的威势，就绝对不是那种下三滥的战技，拥有这等战技的家族也绝非普通的家族，这种家族出生的人，怎么会效忠自己的二哥？她可看出屠绝对二哥是发自内心的恭敬。这个在众人眼中只知道吃喝嫖赌的二哥凭什么招揽这么多好手？

这一刻，叶轻舞甚至不再关注落星辰的下场，在她看来，面对如此威势的一击，就算落星辰再有能耐，也是必败无疑。

不仅她有着这样的想法，在场很多人都有着这样的想法，就连落婷婷也是紧张地握紧了手中的长刀。哥哥能够挡住这样的一击吗？

林万山也是面色难看地看着这一幕，这家伙使出的战技可绝对不是叶轻舞那娘们儿使出的寒风落叶所能够比拟的，只看这气势就远远超过了叶轻舞的战技，落星辰他接得住这一招吗？

面对这气势磅礴的一击，落星辰面如止水，脸上看不出任何表情，他的身子也没有动，就这么静静地站在那里，仿佛已经放弃了抵抗一样。然而，就在屠绝的拳头即将轰在落星辰身上的时候，落星辰却忽然朝着左边横移了半步，不多不少，只有半步，可这半步的距离，却正好避开了屠绝的一拳，也避开了他的冲击，落星辰的右拳之上也亮起了一道银色的光芒，那一道光芒越来越亮，就好似一颗冉冉升起的朝阳。

第九章　黑色长刀

使出了千军破的屠绝根本无法收住自己的冲势，当落星辰横移半步，避开他锋芒的时候，他整个人就这么从落星辰的身边冲了过去。

落星辰的身子直接来到了他的身后，看着空门大露的后背，落星辰没有任何犹豫，直接一拳轰了出去。刺眼的银色拳芒发出呼呼的风声，毫无阻碍地轰在了屠绝的后心。

屠绝的身子以更快的速度飞了出去，一头摔在地上，滑出了好几米才停下，几口鲜血喷出，显然已经受到了重创。

千军破，讲究的就是一往无前，没有任何保留，所有的星力都凝聚到了前面，就好似冲锋的铁骑，任何阻挡在前面的东西都要被撕碎，可是他的后方，却没有任何防御力量。若非落星辰体内的星力不算浑厚，这一拳已经足以要掉他的性命。可即便如此，屠绝也没有力气再爬起来。

看着倒在地上的屠绝，很多人同时倒吸了一口凉气，谁也没有想到强势无比的屠绝也会被落星辰一拳击败。之前他一拳击败袁野，还可以说是因为袁野的大意，可是现在，屠绝可是打起了十二分精神，依然被他一拳击败，那岂不是说明落星辰的实力已经远在两人之上？

可是这怎么可能？袁野也好，屠绝也罢，都是能够修出星力的星武斗士，一个已经无限接近元境，一个拥有自己的独特战技，这样的两人不要说对付一名新生，就算在二年级的学员中也是排在前列的高手了，可是现在，就这么轻易地被一个刚入学的新生，还是来自荒野的流民一拳击败了。这让人如何相信？

林万山张了张嘴，一时之间竟然不知道该说些什么，他一直想着找落星辰分个胜负，哪怕他昨日在擂台上使出了星力，击败了叶轻舞，他也觉得自己能够击败他。可是现在看到他轻而易举地轰飞屠绝，他隐隐觉得，若是自己再和他对敌，结果只有两个，一个是被落星辰扔飞出去，另一个就是如同昨日擂台上一样，被他活活累死。他的身法太过敏捷，连屠绝这样的星武斗士都没办法击中他，又何况是自己。这小子可是来自荒野啊，他怎么练就了这等敏捷的身手？

叶轻舞同样张大了嘴巴，难以置信地看着这一切，这个在她眼中一直如同蝼蚁一般的贱民，竟然有着打伤屠绝的能力？扪心自问，就算是她自己，也绝不是屠绝的对手，面对使出千军破的屠绝，她连一成的胜算都没有，可是现在，实力还在自己之上的屠绝竟然被他这般轻易地击败，这也太不可思议了吧？特别是她明明感觉到落星辰所爆发出来的星力并不算强悍，至少远不如屠绝强大，在这样的情况下怎么可能击败屠绝？不知道为何，叶轻舞想到了落星辰在最后刹那横移的半步。又想到了昨日摔飞林万山，今日掷飞袁野的一幕，似乎都使出了这样的步伐，这到底是一套怎样的功法，如此了得吗？这个来自荒野的家伙，到底隐藏着多少秘密？

叶轻狂的脸色已经变得铁青一片。自己麾下两个最得力的干将，竟然被一个来自荒野的贱民给击败，还是这般轻易地击败，这简直就是在打他的脸啊。若是这样的事情传出去，别人不会去想这个贱民的实力有多强，只会觉得他的手下无能，他的手下无能，不就说明他无能吗？所以叶轻狂很恼怒，眼中更是迸射出了凌厉的杀机。若非这里是学院，他都有当场格杀落星辰的心思了。

“废物，两个都是废物，连一个贱民都打不过，你们这两个废物！”愤怒的叶轻狂将怒火倾泻到了屠绝和刚刚苏醒的袁野身上。

不管是屠绝还是袁野，都感觉脸蛋火辣辣地发烫，有心想要站起来继续对付落星辰，可是他们的伤势都太过惨重，哪里爬得起来，只能够将怨恨的目光投向了落星辰，显然已经将他当成了死敌。

落星辰却依然不惧，甚至根本没有看两人一眼，而是转头看向了叶轻狂，朝着他冷声道，“废物的手下自然也是废物。”他可清楚地记得，这家伙对落婷婷不怀好意，如今解决了他身边的两名悍将，自然要在他身上出口气。

“你想死吗？”被一个荒野的贱民侮辱，直接引爆了叶轻狂心中的怒火，那因为纵欲过度有些凹陷的眼睛都快喷出火来，脖子青筋直冒，一张原本苍白的脸此刻已是铁青一片。

“一个废物而已，你也能杀我？”落星辰同样冷笑，一副完全没将叶轻狂放在眼里的样子。

这样的态度，彻底惹怒了叶轻狂，“你这是自己找死，可不要怨我。”愤怒的叶轻狂低吼了一声，忽然咬破自己的食指在身前一划，划出一个奇异的符号，而他的嘴里更是喃喃叨念着什么。

离得最近的叶轻舞听到叶轻狂所念的东西，脸色瞬间剧变，本能地朝后退去，远远地避开叶轻狂。叶轻狂身边的其他几个少年也是一个个急速后退，仿佛有什么恐怖的东西要出现了一样。

落星辰一愣，心里闪过一股不安，本能地想要远离叶轻狂，可是他却压制住了内心的这股不安，踏步就朝叶轻狂奔去。不管他要做什么，都要全力阻止。

“出来吧，我的小宝贝，开！”叶轻狂却根本不管急速扑来的落星辰，直接单手在身前一划，之前急速书写的血色符号瞬间光芒大盛，一道血色的光芒亮起，随着他最后的那一划，那一道血色的光芒竟然被破成了两半，一个高大的身影自那光芒中踏出，出现在叶轻狂的身前，正好拦住了急速扑来的落星辰。

落星辰还没有看清楚那是什么东西，就感觉到一道巨大的劲道当头砸来，没有任何犹豫，他抬起双手迅速护住脑袋。

“砰”的一声巨响传来，他的手臂上传来了一记可怕的劲道，两只手臂都好似要断裂一样，整个身体被震得朝后飞去，直接在空中完成了一个后空翻落在地上，连连后退了七八步才站稳了身子。可是他的双臂却放在两边，不停地抖动着，以卸去那一击所带来的痛楚。

也是直到这一刻，落星辰才看清楚了那一道忽然出现的高大身影。那根本不是一个人，而是一头猿，一头身高达到三米，身材极为魁梧，全身上下布满浓密红毛的血色暴猿，血猿！

这……竟然是一头魔兽？落星辰张大了眼睛，难以置信地看着这头忽然出现的魔兽。

不仅是他，林万山、唐潇、梁七，包括叶轻舞在内，都难以置信地看着这头忽然出现的血猿。

血猿全身呈现血红色，嘴角更是露出两枚长长的獠牙，嘴里发出低沉的吼声，一股暴戾的气息不断从它的身上散发出来，血红的双眼死死地盯着远处的落星辰。

现场已经静悄悄一片，一些胆小一点的已经吓得瑟瑟发抖，毕竟，这里是白鹿学院，忽然出现了一头血猿，而且是一头性格极其暴烈的血猿，如何不让人心惊。

至于为何会出现这样的一头血猿，很多人都不自觉地看向了脸色再一次恢复苍白的叶轻狂。这……应该是他召唤而来的一头魔兽吧?

想到了叶轻狂之前以鲜血画出的血色符号，以及他之前默默叨念的咒语，部分人的脸色变得极其震惊，其中包括了退到叶轻狂身后的叶轻舞。

能够召唤出魔兽为其战斗的人，在这个时代有着一个令人尊敬的称号——封魔师！那是一种比星武斗士还要高贵和稀少的职业。如果说能够吸纳星力入体，成为星武斗士的人占据的比例只有万分之一的话，那么封魔师的比例就是千万分之一。

封魔师不仅稀少，而且还是强大的代名词，任何一名封魔师，都有着同等境界星武斗士两到三倍的战力，毕竟他们除了自身的实力外，还有着一头强大的魔兽战宠。一些高等级的封魔师，甚至不止一头战宠，一旦遇上了这样的封魔师，除非高出对方好几个等级，否则还是有多远逃多远吧。

叶轻狂显然没有达到这样的境界，可是即便如此，随着这一头血猿的出现，现场的气氛依旧凝固了不少，特别是落星辰，他体会过这头血猿的力量。它随意的一击就险些震断自己的手臂，这要是使出全力，绝对超过了千斤之力，以自己现在的能耐根本无法抵挡如此恐怖的一击。至少，他不认为自己的身体能够承受千斤巨力，落星辰的眼神前所未有的凝重。

而退到叶轻狂身后的叶轻舞，眼中却露出了一抹恍然，她终于明白了为何以袁野和屠绝两个本该前途无限的人，竟然甘愿成为二哥手下的原因，能够为一名封魔师效力，那可是无数人梦寐以求的事情。特别是，这个封魔师还不到二十岁。她只是有些难以接受，自己这个在很多方面都平淡无奇的二哥，竟然是一名封魔师，他隐藏得还真够深啊。恍然之后，却是深深的妒忌，妒忌对她来说或许是一辈子也难以丢弃的天赋。

叶轻狂并没有注意到妹妹眼中的妒忌，此刻的他脸色有些苍白，显然召唤出这样的一头魔兽对他来说消耗巨大，不过他的眼中却闪烁着狰狞的光芒。

“宝贝，杀了他，给我杀了他！”一手指着落星辰，叶轻狂嘶吼道，这一刻的他已经完全将学院的规矩抛到了脑后，落星辰必须死，一个贱民也敢辱骂自己，他必须死。

宝贝？听到叶轻狂竟然叫一头狰狞可怖的血猿“宝贝”，很多人都感觉头皮一阵发麻，哪怕这是他的战宠。可是叫这么一头凶戾可怖的魔兽宝贝，这口味也太重了一点吧。

不过感受到血猿恐怖的气息，包括林万山在内，都笑不出来，在场没有一个人能够对付这样一头血猿。而且怎么看叶轻狂都不像是能够完全控制住这头血猿的样子，一旦这血猿失去了控制，那……

很多不相干的人不由自主地又后退了好几步，而林万山等人却来到了落星辰的身旁，准备一起对抗这头可怕的凶兽。这样的一头凶兽，凭借落星辰绝对无法抵挡。

“哥哥，给。”落婷婷也来到了落星辰的身边，将那把漆黑色的长刀递给了落星辰。

这一次，落星辰没有半点犹豫，直接接过了长刀，当着众人的面解开了缠在刀身上的布条，众人也终于看清楚了这把刀的全貌。

特别是吴少辰等人，原本看到落婷婷即便是自己受伤也要抱住这把刀，还以为是把多么锋利的名刀，可是当看到刀身原貌的时候，一个个露出了嘲讽的表情。这哪里是一把刀，没有刀刃，没有刀锋，与其说是一把刀，不如说是一块铁片，还是一块布满斑斑锈迹的铁片，就是这样的一块废铁，竟然被这对兄妹如此慎重地缠起来，他们这是穷到了哪一步？不过想到两人来自荒野，吴少辰等人又是一阵释然，在荒野中根本没有什么武器，能有一块废铁片防身也的确不错了。

实际上林万山等人也是一脸怪异地看着落星辰手中的长刀，这样的一把刀，真能用来对付这头大家伙？

谁也没有注意到，当落星辰解开刀上布条的时候，那头凶戾的血猿竟然安静了下来，原本凶戾的眸子中更是闪过了一抹凝重。

“宝贝，还愣着做什么？不就是一把破刀吗？快，给我撕碎这小子！”叶轻狂并没有注意到血猿眼中的凝重，只以为它还没有从召唤通道中回过神来，顿时嘴里咆哮了一声，又是一道精神波涌向了血猿。

在这一道精神波的刺激下，血猿眼中再一次凶光大盛，嘴里发出一声巨吼，猛地一步踏出，只是简单的一步，它脚下的地板却纷纷碎裂，庞大的身躯全速扑向了落星辰。

看着这等威势，林万山等人脸色纷纷剧变，林万山甚至顾不得自身的伤势，直接冲到了落星辰的身前。在他看来，即便是落星辰也未必能够承受住血猿全力的一击，这里或许只有自己能够抵挡住血猿的一击，只要自己挡住了一击，那么就可以给落星辰创造机会。他相信拥有星力的落星辰定然能够抓住这样的机会，给予这头血猿致命的一击，哪怕他手中那把刀看上去如此不靠谱。

可是林万山刚刚迈出一步，一道身影已经从他的身边迅速奔了过去，那是落星辰的身影。林万山本来就受了伤，实力大减，面对这样一头凶悍的血猿他怎么可能是对手，而且这件事是因落婷婷而起，林万山已经为他们做了这么多，他可不想再让他受到任何伤害。

眨眼的时间，落星辰已经超过了林万山，握着黑色长刀的右手更是闪烁着银色的光芒，体内所剩不多的星力源源不断地涌入刀身之中，看上去就好似泥入大海一样，没有半点变化，可若是有高手在场，会发现那把刀的刀身上出现了一道道复杂的纹路，一股玄妙的气息更是不断自刀身上散发出来。

这一点就连落星辰自己都没有发现，他只知道一旦输入星力，这把刀的威力将会倍增，哪怕眼前是一头血猿，他也有信心将其斩杀。只是，这一击之后，他将再也没有战力。

似乎是感应到刀身上传来的气息，凶戾无比的血猿眼中竟然闪过了一抹恐惧，那是一种发自内心的恐惧，为何会有这样的恐惧，连它自己都不清楚。前扑的身子也随之一顿，就这么一顿的时间，落星辰已经来到了它的身前，双手握刀，朝着血猿当头斩去。

他的手上光芒大盛，可是刀身上依然没有半点变化，一旁看去就只是他举起一块铁片，全力斩向血猿。

血猿是一种性格凶戾的魔兽，不仅天生神力，而且肉身极为强悍，就算精钢制成的战刀也休想破开他的表皮，更不要说落星辰手中的那把破刀了。

“白痴！”叶轻狂轻骂了一声，在他看来，这样全力斩出一刀，将自己的空门送到血猿的身前简直就是找死的行为。血猿甚至完全不用抵挡，只需要硬扛这一刀，一掌就可以结束落星辰的性命。

然而，让叶轻狂没有想到的是，本来暴戾的血猿并没有趁机向落星辰发起进攻，反而抬起了自己的双臂，做出了抵挡的姿态。似乎若不这么做，这一击就会要掉它性命一样。

“嗤”的一声，并不算锋利的长刀斩入了暴猿的手臂，一股股红的血液流出，可是并没有飞溅出来，而是被那把黑色的长刀吸收了，一股凶戾的气息不断自刀身上散发开来，仿佛有一只太古凶兽要出世一般。

“吼……吼……”血猿眼中的惊恐之色越来越浓，嘴里更是发出凄惨的叫声。

似乎是感受到血猿的惊恐，有些不明所以的叶轻狂眉头一皱，忽然一口咬破舌尖，喷出了一口鲜血，迅速在半空画出了一道符文，这一道符文直接印入了血猿的身躯，已经有了退意的血猿再一次凶光大盛，猛地双臂一震，竟然将落星辰连人带刀一起震飞了出去。

“扑通”一声，落星辰的身体重重地摔在地上，只觉得脑袋一阵眩晕，体内的血脉更是一阵翻滚，喉咙处一热，一口咸咸的液体直接喷了出来，那是鲜红的血液。而他手中的长刀也脱手而出，掉落在一边，也不知道是巧合还是其他，竟然一头插在了地板的缝隙之间。发出了嗡嗡声响，只不过血猿的叫声太过巨大，谁也没有注意到这一点。

“吼吼……”血猿的身体也是朝后退了两三步，眼中露出了惊恐的神色，仿佛看到了最可怕的事情一样。这一幕就连叶轻狂也是百思不得其解，从他的角度望去，并没有看到那把刀斩伤血猿，毕竟血猿身上的毛发太过浓密，受伤的地方流出的鲜血也被长刀吸收了，根本看不到什么伤痕。

其他人也被这一幕所震住，谁都不明白到底发生了什么事，为何那头血猿会忽然发狂。

“吼吼……”又是几声嘶吼，血猿敬畏地看了一眼插在地板缝隙中间的长刀，凶狠的目光又落在了落星辰的身上。都是这小子，都是这小子伤害了自己，杀了他，一定要杀了他。

之前闪过的那一抹危机让血猿本能地意识到若是不杀掉落星辰，自己迟早会死在他的手中。趁着那把刀不在他的手中，正是杀他的最好机会。

又是一声嘶吼，血猿顾不得手臂传来的剧痛，直接就朝还没有爬起来的落星辰扑去。

“星辰，小心！”林万山大惊，一边嘴里惊呼，一边全速朝着落星辰奔去，可是血猿只是一个弹跳，就已经来到了落星辰身前，抬起那只锋利的爪子就这么朝着落星辰的脑袋拍去。

哪怕林万山将速度提升到极致，也来不及了。

“不要！”落婷婷传来一阵撕心裂肺的呼声，身子本能地朝着落星辰扑去，可是连林万山都来不及，她怎么可能赶得上，只能够眼睁睁地看着那只利爪抓向落星辰的脑袋，那双清澈的灰色眸子之中隐隐有泪光在闪烁。

叶轻狂的嘴角露出了一抹狞笑，臭小子，你终于要死了，你死后，我会好好地疼爱你可怜的妹妹的。

叶轻舞的眼中则是闪过了一抹快慰又讥讽的笑容，快慰，是因为落星辰即将死去；讥讽，却是讥讽叶轻狂的所作所为，在学院杀人，就算他是叶家的二少爷，也会有极大的麻烦。这还真是一箭双雕的好事。

而倒在地上的落星辰，这一刻却眼露不甘，他拼命地想要爬起来避开这一掌，可是刚才的那一击震荡震得他五脏六腑都在翻腾，浑身上下更是无力，这一刻就连动下手指头都很困难，又如何能够躲得开这致命的一击。看着急速拍来的利爪，还有利爪尖上闪烁的一抹寒芒，他的嘴角露出了一抹苦笑，自己终究还是大意了，这可是一头能够击杀元境星武斗士的魔兽，自己就算竭尽全力，胜算也不大啊。

自己这是要死了吧？爸，妈，孩儿不孝，未能帮你们报仇……

就在落星辰近乎绝望的时候，一道身影忽然出现在他的眼前，他看到了一双腿，一双白嫩修长、魅力无限的大长腿……

第十章　红衣女子

那是一道妙曼到极点的身影，身着一件大红色的旗袍，叉开得很高，而她的动作又是这般迅速，忽然停在了落星辰的身前，一股劲风吹起，整个裙摆飞扬，露出了白嫩的长腿，躺在地上的落星辰甚至能够看到雪白的大腿。

“小心！”不过只是扫了一眼，落星辰就发出了一声惊呼，这个时候血猿本拍向他的利爪已经来到了女子的头顶。如此娇艳的一个女子，怎能承受如此狂暴的一击。

落星辰有心想要将女子撞开，可惜他全身上下没有半点力气，根本无法动弹，只能够期望女子闪开。

然而，落星辰的话音刚刚落下，女子忽然抬起了右腿朝前踹去。

落星辰还没有明白过来怎么一回事，“砰”的一声闷响，血猿庞大的身躯就飞了起来，直接朝着高空飞去，足足飞出了十多米才落下，最后重重地摔在地上，发出了一声巨响。整个地面的地板都被砸得粉碎，无数的碎石飞射而出，一片尘埃荡起。

偌大的现场忽然变得静悄悄一片，落星辰更是目瞪口呆地看着眼前这个曼妙无限的背影。飞扬的裙摆落下，满头飞舞的火红色秀发也纷纷垂下，一直垂到了臀部，将那挺拔的翘臀遮住了大半。落星辰顿时吞了吞口水，不是因为曼妙的背影，而是因为女子那惊艳的一脚。血猿身高接近一丈，肉身结实如钢铁，体重怎么说也在千斤以上，竟然被这女子轻易地一脚踹飞那么高，这一脚的劲道得有多大?

不仅落星辰如此，叶轻狂、叶轻舞、吴少辰、林万山、梁七、唐潇等人同样是目瞪口呆，一个个嘴巴都张得大大的，足以塞下一个鸡蛋。

尘埃逐渐散去，现场已经多出了一个大坑，刚才还威风凛凛的血猿此刻正躺在深坑之中一动不动，它的胸前整个凹陷了下去，大片的血液不断地流出，显然已经死了。

现场的人再一次倒吸了一口凉气，一个个看向女子的目光如同看到了怪物一样，女子身材虽然高挑，但最多也就一米七五，血猿有接近三米高，她那一脚怎么就踹在了血猿的心口？她是怎么做到的？

叶轻狂脸色惨白得可怕，嘴角还溢出了一丝血迹，血猿是他召唤出来的魔兽，和他有着一定的联系，如今血猿身死，他也受到了一定的反噬。然而一向张狂无比的他这一刻却不敢多说一个字，只是死死地盯着女子的容颜。他清楚地知道，能够随意一脚将一头魔兽踹死的人绝对不是他能够招惹的，至少，他那个号称叶家这一代第一、已经达到元境巅峰修为的大哥叶轻风就没有这样的能耐。女子能够随意一脚踹死肉身力量达到千斤的血猿，别的不说，她的肉身力量最少也是万斤以上。这样的存在，岂是他能够招惹的？

只是，当看到女子容颜的时候，叶轻狂的眼中却闪过了一缕贪婪。

女子似乎并没有注意到叶轻狂的神色，或者就算注意到了也不在意，就如同一头狮子，岂会在意一只蝼蚁的眼神？她只是看了一眼深坑中彻底死去的血猿，嘴里喃喃叨念了一句，“一头一级魔兽而已，怎么就跑进学院了呢？那些执法队都干什么去了？”说完了这一句，女子转身就朝学院里面走去，似乎只是路过解决了一头出现在学院的魔兽而已。

听到这一句话的叶轻狂却差一点一口血喷出来，这可是他的召唤兽啊，敢情这女人是将它当成了一头闯入学院的普通魔兽，这也死得太冤了吧。只是看着女人离开的霸气背影，借给他一百个胆子，也不敢找女人辩论，只是淫邪的目光扫过了女子的臀部，露出了一抹贪婪。

落星辰还呆呆地躺在地上，当女子转身的刹那，他看到了女子的侧脸，那绝对是他这辈子见过最好看的脸庞，看着对方就这么直接离开，不知道为什么，他的心里竟然有一股小小的失落。

“星辰哥哥，你怎么样了？”这时落婷婷已经跑到了落星辰的身边，扶住了他的身子。

“没事，就是有点脱力！”落星辰这才收回了自己的目光，轻轻地摇了摇头。

林万山、唐潇等人也已经围了过来，将落星辰从地上搀扶了起来。

另一边，叶轻狂也收回了自己的目光，看着死去的血猿，再看看被林万山等人围住的落星辰，知道今日要找回场子是不可能的，狠狠地丢下一句，“算你小子走运！”就带着自己的人离开了。

叶轻舞也跟着他一起离开，不过离开之前，却同样瞪了落星辰一眼，这小子的运气不是一般的好，在这样的情况下竟然都会被救。只是，那个女人到底是谁？

等到叶轻狂等人离开后，落星辰等人也随之离开，他们离开后不久，学院的执法队也到了，血猿虽然只是一级魔兽，可毕竟也是一头魔兽，可不能这么浪费了，而且打坏的现场也需要修补一番。至于冲突的两方，却没有人去追究，学院只规定了不能在校内杀人，可没有规定不许斗殴，只要不死人，双方打成什么样子学院都不会在意。

在学院的高层看来，这也是学员之间提升实力的一种方式。毕竟，这是一个混乱的时代，特别是地处帝国边缘的白鹿市来说，战斗随时都在发生，想要在这残酷的世界里生存下去，就只能不断变强，学院的存在也是为了教授这些学子们成为强者，而不是护养一群温室的花朵。

回到了居住的小院，落星辰和落婷婷各自回到了自己的房间，落婷婷需要清洗下身上的污垢，落星辰却需要继续修炼。对于落婷婷为何会出现在那里，他也并没有多问，只是确认落婷婷身上没有什么严重的伤势后就放下心来。

经过了今日的一战，他对自己的实力也有了一个清晰的认识。实际上他的肉身力量只有五百斤左右，除了林万山等几个变态外，这样的肉身力量碾压一年级的新生几乎没什么问题，可若是对上二年级的学生还略显不够，不过凭借太极的玄妙招式，不动用星力的情况下他也能够击败很多二年级的学生。再配合上星力，单打独斗，哪怕是二年级的高手也可一战，可若是对上了那些肉身力量超过千斤的人，却很难获胜。一个不慎就容易被重创，比如今日的那头血猿，哪怕只是一级魔兽，力量也超过了千斤，若是没有长刀在手，自己连抵抗的能耐都没有。

想到这里，落星辰的目光又看向了身前黑色的长刀，曾经的种种表明这绝不是一把普通的长刀，今日若非自己大意，被血猿震飞这把刀，自己也不会落入那种绝境。

一想到那时的情况，落星辰脑海中就不自觉地浮现出那个曼妙的背影。想到了她随意一脚所蕴含的劲道，他的心里就是一阵火热，那起码也是上万斤的力量吧，只是肉身就拥有着上万斤的劲道，那她的修为最起码也是元境巅峰吧，甚至有可能已经突破了元境，迈入了玄境。

玄境？想到自己看到的那张倾国倾城的侧脸，怎么看也不过二十来岁吧，二十来岁的玄境，这得需要多高的天赋？一想到女子可能已经是一名玄星士，落星辰的内心就有些低落。

不过很快这一抹低落就被坚毅所代替，就算她已经是一名玄星士又如何，自己是要为父母报仇的，那些仇家只可能更强，自己若是连这点信心都没有，还怎么报仇？想通了这一点，落星辰继续盘腿在床上开始修炼，他要抓紧每一分每一秒修炼，尽早在体内凝出星环，踏入元境。

就在落星辰修炼的时候，叶轻狂所在的别院内，脸色苍白的叶轻狂斜靠在一个躺椅上，正将一瓶蓝色的药剂倒入嘴中。

看着叶轻狂如此奢侈地喝掉一瓶价值上千金币的凝元露，哪怕是叶轻舞嘴角也不自觉地抽了抽。这是一种能够急速治愈肉身伤势和恢复精神力的极品灵药，在战斗时甚至是保命的东西。

实际上叶轻狂根本没受什么伤害，只不过是召唤的魔兽被杀，受到了一点反噬，精神力受到了一些创伤，这种伤害只需要休养两三天就足以复原，根本不用服什么药剂，可是他却依然喝下了整整一瓶，这绝对是浪费。不过一想到叶轻狂在家族的地位，叶轻舞也只能轻叹一声。谁让他的父亲是白鹿叶家的家主呢，而且他是一名封魔师，仅仅是这样的身份就足以让叶家的资源向他倾斜。

封魔师一旦成长起来，地位不是一个普通的星武斗士强者能够比拟的。在整个叶家或许只有叶轻风能够在资源上和他一拼了。

“这里还有两份，你们两个废物，一人拿一瓶吧！”喝完了凝元露，叶轻狂整个人都神清气爽了不少，这才朝着屠绝和袁野说道。

袁野和屠绝原本以为会受到责罚，哪怕伤势极重也只能眼巴巴地站在那里，看着叶轻狂喝掉了一瓶珍贵的凝元露，不敢多说一句，哪里想到二公子还会给自己赏赐。顿时赶紧上前接过了凝元露，在其他人羡慕的目光中放在了怀中。这可是价值上千金币的好药啊，一千金币，不要说对来自荒野的袁野是一笔巨款，就算来自没落贵族家境的屠绝，也绝对是一笔无法承受的巨款。这样珍贵的药剂，他们怎么舍得马上喝掉，至于叶轻狂的一句辱骂，和价值上千金币的灵药比起来算什么。

“瞧你们这没出息的样子，不过是两瓶凝元露而已，藏起来做什么？马上喝掉！”看到两人并没有喝掉，叶轻狂轻哼了一声。

两人不敢不从，这才不舍地掏出凝元露，当着众人的面全部喝掉。随着凝元露入体，他们体内的伤势也以极快的速度复原着，连脸色也滋润了不少。

“你们都给我说说，那女人到底什么来路？”等到两人的脸色恢复一些的时候，叶轻狂缓缓开口道。

众人面面相觑，那个女人出现得太过突兀，走得又那般从容，谁知道她是谁，他们可从来没有见过。

一旁的叶轻舞眼中却闪过了一抹鄙夷，原本以为吃了这么大的亏，叶轻狂召集众人前来是为了商讨对付那些贱民的事，谁知道他一开口就是那个女人，看来不管他天赋多高，这好色的性格也难以改变。

“轻舞，你可知道她是谁？”看到众人茫然的眼神，叶轻狂就知道他们也不知晓，顿时问向了一旁的叶轻舞。

“我也是第一次见到她，不过她既然出现在学院，想必也不会短时间内离开，只要花点心思总能查到的，倒是那个贱民，二哥总不会就这样算了吧？”叶轻舞轻声道。

“算了？怎么可能！只是今日闹得这么大也没有要掉他的性命，实在可惜了一些。以后想要在学院动手，怕是不易了。”叶轻狂轻声道。如今冷静下来，他才知道今日差一点犯了大错，要是真在学院杀死落星辰，对他来说绝对是巨大的麻烦。

“这没什么不易的，在学院没办法杀他，难道在学院外还不行吗？按照学院的规定，一个月后他们会外出进行第一次野外试炼，到时候在野外找机会干掉他不就可以了吗？”服用了凝元露后的袁野神色已经恢复了许多，立马开口道。

“不错，他们迟早也会出去试炼的，哪一次试炼不死几个人？不过到时候万一我们也野外试炼，该如何是好？一年级和二年级拉练的地方不可能相同！”叶轻狂眉头微皱道。

“二公子不必担心，我有个弟弟，叫屠南，他的身手还在我之上，只要我知会一声，到时候再加上叶小姐的能耐，要杀掉那小子并不是难事！”屠绝也在这个时候上前一步道。

“屠南？就是那个在擂台上连杀数人的屠南？”叶轻狂一愣，显然也听过这个第一天就引起很多人注意、杀性极重的少年。

“是，就是他！”屠绝轻声道。

“他的实力还在你之上？”叶轻狂继续问道，眼中有些诧异。

屠绝的天赋已经算是高的了，他的实力在二年级的学生中也算前列，如今一个刚入学的新生实力竟然比他还要强，这天赋得有多高？

“是！”尽管很不想承认，可是屠绝也不得不承认，在屠家，屠南才是最有天赋的一个人。

“那好，你就告诉他，只要杀掉那贱民，就可以成为我的追随者！”叶轻狂眼中亮起了一道精芒。

“是！”尽管觉得这样一来自己的地位会受到威胁，可是想到了袁野表现出来的潜力，屠绝还是觉得拉自己的弟弟一起追随叶轻狂好一些，怎么说他都是自己的兄弟。

看到屠绝、袁野等人因为一瓶凝元露就对叶轻狂露出毕恭毕敬的神色，叶轻舞心里再一次轻叹了一声，自己想要招纳真正的好手为己所用，只是靠着叶家之人的身份是不行的啊，看看吴少辰、王虎等人，和他们比起来就相差太远太远了。想要招揽真正有天赋有实力的人为己所用，还是需要大量的资源啊。只是她连自身获得的资源都有限，又如何获得更多资源？叶轻舞的眼中闪烁着阴晴不定的光芒。

入夜，天空中隐隐浮现着一层铅云，铅云并不算厚，至少无法阻挡银色的月光挥洒下来。白鹿学院落星辰所在的小院中，落星辰盘腿坐在小院的中央，摆出了一个奇怪的姿势，他的身上逐步泛起了一道银色的光辉，也不知道是月亮的光华，还是吸收而来的星之力。

一般说来，对于还没有苏醒本命星的星武斗士来说，也只能吸纳元星之力。元星，这是星武斗士对地球的一种称呼。为何称为元星，落星辰并不知晓，他只知道这是太古流传下来的一种说法。

星武斗士，先是吸纳元星之力入体，淬炼肉身，锻炼神识，开辟命海，只有最终开辟了命海的人才有资格感应本命星。一旦能够成功苏醒本命星，就可以直接吸纳天空中的本命星力，到了那时自身的实力将是一个质的飞跃。不过自龙庭帝国开国皇帝龙紫阳苏醒本命星后，这八百年来，成功苏醒本命星的也不过寥寥数人而已，而每一个苏醒本命星的人，都成为一方强者。这类人也极少出现在世人面前，所以对于绝大多数的星武斗士来说，实力的强大往往和体内容纳元星之力的多少有着直接的关系。又因为元星之力无处不在，所以很多星武斗士修炼是不分白昼和黑夜的，什么时候修炼对他们来说吸纳的星力并没有多大的区别。

可是落星辰却不同，自从他成功感应到元星之力并且吸纳入体之后，就发现在夜晚的时候，他修炼的速度是白昼的不止两倍，特别是在星空下。为何会有这样的不同，他并不知晓，一直以为夜晚的元星之力更加浓郁。所以每到夜晚，他都会抓紧时间修炼，提升自身的修为。

就在他认真修炼的时候，离他不足百米的地方一道人影正静静地站在一棵树上，他的嘴里还叼着一根旱烟，正有一口没一口地吸着，旱烟的烟头散发着忽明忽暗的光芒，这么近的距离，落星辰本该发现才对，可是他却没有半点反应。

“有没有发现，他的修炼姿态很古怪！”狠狠地吸了一口旱烟，老头轻声道。

“古怪？”老头的旁边竟然还站着一身白衣的男子，只不过他整个人都躲在树丛中，也极难发现，听到老者的话语，男子有些诧异道。

“嗯，不仅古怪，而且他晚上吸纳星力的速度是白昼的三倍左右，这很不符合常理！”老人悠悠道。

“啊？您不会一下午都在这里吧？”白衣男子吃惊道。

“是啊，反正闲着也是闲着，就一直跟着这小子了，你还别说，他身上的秘密还真多，其他的暂且不说，就他手中的那把长刀，我看也有古怪！”老人继续说道。

“有什么古怪？”白衣男子开口道。

“我也不清楚，只是给我一种极为危险的感觉。”老人轻轻地摇了摇头。

听到这一句话的白衣男子却露出了震惊之色，老人的实力他最清楚不过，能够让老人也感到危险的东西，那会是什么？

“那我安排人下去，查查他的底细？”白衣男子想了想，开口道。

“用不着，我已经派人去查过了，四岁之时就出现在十一号聚居地，十一号聚居地的老首领收留了他，一直在那里地长大。除此之外，再也没有其他！”老人轻轻道。

白衣男子闭上了嘴巴，似乎没有想到眼前的这位对这个少年竟然如此感兴趣，亲自派人去查探了他的底细，而让他无言的竟然是最后没有查出什么结果。

“那我们该怎么办？”

“什么都不要管，这孩子虽然有些神秘，但心性不错，而且修炼的也是最纯正的星之力，不可能是黑暗种族那边派来的。”

“好吧！”白衣男子轻轻地点了点头。

“走吧，过两天就正式开学了，有寻月那丫头在，就算他真有什么，也翻不起什么风浪！”老人轻叹了一声。

白衣男子在听到寻月两字的时候，身体竟然不自觉地抖了抖，而老人的身影已经消失在原地。夜风之中还隐隐传来他的叨念，“落星辰，陨星落，呵呵，有趣，有趣。”

白衣男子有些听不明白，不过又回头看了一眼院子之中盘腿修炼的落星辰，看到他那远比常人修炼时浓郁的星力，眉头微微地皱了皱。晚上吸纳星力的速度是白昼的三倍，忽然间他想到了什么，脸色瞬间剧变，眼中露出了一抹震惊。只是想到了老人的话语，白衣男子深深压下了这股震惊，悄悄地离去，就好似从来没有出现过一样。

然而，盘腿坐在院子中的落星辰却在这个时候骤然睁开了双眼，那双如黑宝石一般的漆黑眸子即便在夜晚也射出了两道夺目的光芒。

第十一章　南宫寻月

朝着白衣男子之前所在的方向看了一眼，落星辰的眉头微微皱了皱，以他现在的实力还没办法发现两人的存在，可是他却总有一种感觉，似乎有人在窥探自己。只不过对方并没有什么恶意，让他也感觉不到什么。

摇了摇头，落星辰又闭上了眼睛继续修炼。没有人发现夜空之中有一缕微弱的紫色星芒照射下来，融入了他的体内。正是在这股紫色星芒的带动下，周围的元星之力才风一般地涌入落星辰的丹田，让他修炼的速度极大地增强。

落婷婷在房间内看着镜子中自己平坦的小腹，一直淡漠的脸上终于露出了一抹浅浅的笑意，那块印记终于消失了，困扰了自己多年的掌印彻底消失了，从此以后就可以修炼星力了。想到这里，她脸上的笑容更加灿烂。没有半刻停留，落婷婷开始盘腿坐在地上，按照落星辰传授给她的姿势，开始修炼起来。一股若有若无的星力逐步凝聚。

在遥远的夜空中有一颗散发着璀璨紫芒的星辰，在紫芒的照耀下，这一片星空都呈现出紫色，这颗星辰仿佛是这一片星域的王者。然而，就在此时，这一片星域的边沿，一颗原本黯淡无光的星辰却在这一刻忽然闪烁了一下。

报名之后，新生有三天的准备时间，除了第一天因为落婷婷的事和叶轻狂发生冲突外，其他的时间落星辰都用来修炼。连续几天的修炼，在星力的淬炼之下，他的肉身力量已经超过了六百斤，丹田内的星力也凝聚了不少。按照这样的势头修炼下去，最多一个月的时间，他的肉身力量就能够突破一千斤，体内的星力也应该能够在一个月的时间里凝聚出第一道星环，踏入元境。

这样的速度已经极为惊人，一般人要达到这个境界，最起码也要半年左右的时间。若是有一些灵丹妙药的帮助，他的修炼速度还可以更快一点，这也是为什么很多权贵子弟在修炼速度上一直快过平民或者流民的原因。资源，也是实力的一种。落星辰没有这方面的资源，不过他不在乎，既然能够来到白鹿学院，只要肯努力，总能够获得源源不断的资源。

今日是正式开学的第一天，天空中阳光明媚，穿戴整齐的落星辰一大清早就走出了自己的房间，正好落婷婷也走了出来。将那把漆黑色的长刀扔给了落婷婷，两兄妹一起走出了别院，朝着教学区走去。

白鹿学院有四个年级，每一个年级最少也有五个班级，班级数量最多的就是这一届新生。三日前通过考核的一千人被分成了十个班级，就以那日的分组决定，落星辰和落婷婷自然被分在了七班。

落星辰和落婷婷来到七班教室的时候，发现教室的面积竟然多达上千平方米，除了最前面的一张椅子外，没有任何桌椅，反而摆放着一些训练器材，与其说这是一个教室，不如说是一个训练场。此刻训练场上已经聚集了一些人，正三五成群地围在一起，低声闲聊着。

落星辰兄妹进来的时候，立马吸引了众人的目光。毕竟在那日的擂台上，落星辰是使出了星力的星武斗士，只是这一点就已经甩开了在场众人一大截，很多人的目光中充满了羡慕、妒忌。

“星辰！”就在此时左边传来了喊声，落星辰回头一看，林万山一群人站在那里。

嘴角微微一笑，落星辰拉着落婷婷走了过去。通过几天的相处，落星辰对林万山身边的这群人也有了一定的了解。包括林万山在内，总共有七个人，分别是林万山、唐潇、梁七、周文、阿米、五志、林小宝。林万山实力最为强大，一直是七人的首领。

唐潇的父母都是医生，从小受到熏陶的他也有一手出色的医术，几人不管是谁受了伤，都是他负责治疗。梁七原本是贵族家庭，只可惜到了爷爷那一代彻底没落，等到了他父亲那一辈，已经连最起码的爵位都保不住，成为了一介平民，在梁七还没有出生的时候就郁郁寡欢地逝去，连名字也没有给他留下，他的前面有六个姐姐，在家正好排行老七，他母亲就给他取名梁七。不过在他三岁的时候，母亲也因为操劳离世，最后还是他的姐姐带大了他。他一生最大的梦想就是率领梁家重回贵族序列。

周文在众人之中最为沉默，不过一手枪法却是出神入化。阿米长相普通，看不出有任何特长，可是却总给落星辰一种看不透的感觉。五志是七人之中最胖的一个，整个人就像一个球，笑起来总给人一种人畜无害的感觉，可是熟知他的人都知道在这憨厚的外表下隐藏着一颗淫荡的心，此刻他的一双小眼正不断地打量着班上的那些女同学，重点全是别人的胸部、腿部。

最后一个是林小宝，他是七人之中最小的一个，年龄不过十四岁，看上去也只比落婷婷大一点，还是个小男孩模样。

“你们来的倒是挺早的！”分别和几人打过了招呼，落星辰随口道。

“嘿嘿，能不早么？我可听说了我们班的导师是整个白鹿学院最恐怖的一位，我可不想第一天上课就被导师惩罚！”林万山嘿嘿一笑，眼睛看向落婷婷的时候闪过一抹诧异，今日的落婷婷虽然还是穿着学院发放的白色长袍，长相也没有什么变化，可是不知道为什么，却给林万山一种脱胎换骨的感觉。在她灰色的纯净眸子之中，似乎多了一丝神彩。

“最恐怖？”落星辰一愣，就要问几句，教室门口传来了一阵骚动，几人同时转头望去，一大群人走了进来，带头的正是和他们有极深过节的叶轻舞。

今日的她依旧穿着那一套白色的纱裙，乌黑的头发扎成马尾束在脑后，露出了那张美丽的脸庞，在她的身边，吴少辰、王虎、李林华等人众星拱月般地跟了进来。一眼就看到了前方的落星辰等人，吴少辰等人的脸色顿时有些难看，一个个狠狠地瞪了落星辰等人一眼。

至于叶轻舞，却仿佛没有看到落星辰等人一样，径直走到了一边站定。在她看来，落星辰等人最多只有一个月的时间逍遥了，她何必跟一个即将死去的人多争论什么。

看到叶轻舞藐视的神情，林万山忽然咧嘴一笑道，“一个手下败将而已，也如此嚣张，真不知道她哪儿来的优越感！”

“你说谁是手下败将！”听到林万山的挑衅，叶轻舞只是眉头皱了皱，可是她身边的吴少辰却忍不住怒吼道。不过是一个平民，竟然敢主动挑衅叶家的小姐，这也太不像话了吧？

“怎么？那天的教训还不够？还想跟我打一架？”林万山狞笑一声，身子更是朝前踏出一步，捏了捏拳头，传来了一阵噼里啪啦的脆响。

吴少辰的脸色顿时一变，他可不是林万山的对手。有心想要发怒，可是想到林万山恐怖的肉身力量，却不敢接话。

“孬种！一群孬种！”眼见吴少辰不敢接话，林万山轻骂一声。

吴少辰的脸色已经变得铁青一片，他竟然再一次被一名平民辱骂了。就连叶轻舞的脸色也有些难看，这个不知死活的家伙。

就要忍不住出言，门口忽然传来了“砰”的一声，教室的大门整个粉碎，无数的木屑四散开来，偌大的教室里顿时静悄悄一片，所有人都不由自主地朝着门口望去，一道火红色的身影自漫天的木屑中走了进来。然而，当她走进教室的时候，漫天的木屑竟然没有在她的身上留下一粒，好似她的身上有一道透明的光罩一样，隔绝了所有的尘埃。

“嗒！”静静的教室里，传来了一道轻微的脚步声，也将震惊之中的众人唤醒，众人同时看清楚了来人的样貌。

她的身上穿着一套开叉的长裙，行走之间一双白嫩的大腿时隐时现，腰间竖着一根米黄色的腰带将纤细的腰肢展露出来，一对饱满的酥胸高高耸起充满了诱惑力。火红色的长发束在脑后，露出了一张精致无瑕的脸庞，那绝对是落星辰这辈子见过最漂亮的女人，比叶轻舞还要美好几个层次。

白嫩的肌肤，红润的双唇，微挺的鼻子，再加上那双勾魂的眼睛，教室里所有男性的心跳为之一顿，仿佛要窒息一般。即便是那些女孩子，也被女子的容貌深深地折服。比起眼前的女子来，哪怕美若叶轻舞，也不过是凤凰身边的一只野鸡而已。

“小兔崽子们，从今天起我就是你们的班导师，记住我的名字，南宫寻月！”美艳女子径直走到了教室唯一的一张椅子上大马金刀地坐了下来，霸气无双地说道。

一时之间，偌大的教室，又是一片寂静。

南宫寻月，多么优美的一个名字，和她绝美的容颜如此相符，可是她此刻的姿态却跟她的样貌和名字形成了强烈的对比，谁能够想到一个貌若天仙的女人坐姿会像一个占山为王的土匪头目一般，还说出那么匪气十足的话语。

一时之间，即便是以落星辰的应变能力，大脑也有片刻短路的迹象。

“咦，你们这是什么表情？难道是被我的美丽吸引了？哎，我就知道，长得太漂亮也是一种罪过，可是谁让我天生就这般美貌动人呢。哈哈哈哈……”众人还沉浸在女子霸气的话语之中，原本霸气无双的女子忽然如同小女孩一般娇羞地说了一句让众人彻底无语的话，可是她却浑然不知，反而自顾自地哈哈大笑起来。笑得那样欢快和张扬，饱满的酥胸更是一阵乱颤。

"……"

"……"

"……"

偌大的教室继续静悄悄一片，不管是叶轻舞等人，还是落星辰等人，都是目瞪口呆地看着这个百变的女人。这画风转变也太快了吧？

落星辰还朝着林万山看了一眼，这就是你说的学校最为恐怖的导师？不过想到了女子进门时霸气的一脚，以及如此变幻莫测的性格，或许真的是学院最恐怖的导师也未可知。而后，落星辰忽然觉得她有些眼熟，目光落在了她火红的头发上，骤然想到了那日一脚踹飞那头血猿的红衣女子，不就是眼前的南宫寻月吗？她竟然是自己的班导师？

"老师好！"想到这里，落星辰第一个回过神来，朝着前方的南宫寻月行礼道。

"咦，原来是你小子啊，你竟然没死！"然而南宫寻月的一句话却差一点噎死落星辰。

什么叫作你竟然没死？自己好端端的怎么就要死呢，难不成就因为当日受了血猿一击吗？落星辰只是心里抽搐，他旁边的落婷婷却狠狠地瞪了南宫寻月一眼，这个死女人，长得那么好看也就算了，竟然还诅咒星辰哥哥，实在太可恶。若非知道自己根本不是她的对手，怕是已经直接动手揍人。

叶轻舞自然也认出了眼前的女子就是当日一脚踹死血猿的人，原本还担心她救了落星辰会对他另眼相看，日后针对落星辰的时候会站在落星辰一边，如今听到这句话，心头微微一松，更是略有喜色。

可是这一抹喜色还来不及绽放，南宫寻月继续朝着落星辰说道，"既然你命这么大，也算是有福之人，我们班正好需要一个有福之人带领，从今天起你就是我们班的班长，日后班上获得的所有资源，就由你来分配吧，老师相信你哦！"

叶轻舞一阵窒息。班长？这个来自荒野的贱民竟然直接担任班长！这怎么可以？

要知道，很多人费尽心思进入白鹿学院，除了有机会学到研习星力的心法外，还有一个重大的原因就是为了学院发放的各种提升修为的资源。

叶轻舞身为白鹿叶家之人，身份极为高贵，可是她并不是家族重点培养对象，所获得的资源也并不多，根本无法满足自身的修炼。以她的年龄和实力也没办法单独在荒野猎杀魔物换取资源，只能够进入白鹿学院获得学院配发的资源，快速提升自己的实力。她尚且如此，又何况其他人？

为了尽快提升学员的实力，白鹿学院每个月都会配发一定数额的修炼资源，不过是直接发配到班级，由班导师进行分配。

一般说来，班导师都会在入学一个月后，根据学员们的成绩进行分配，成绩越好，分配的资源也越多，这几乎成为了白鹿学院不成文的规定。

在叶轻舞看来，自己已经修出了星力，实力远远高于一般的新生，不管是进入哪一个班级，凭借自身的实力都能够获得最好的成绩，也自然获得最多的资源，再加上家族配发给自己的资源，完全可以满足自己的修炼要求。可是谁能够想到擂台考核的时候会遇到落星辰这个同样修出星力的家伙，而且他的实力还在自己之上。这本来是好事，也是坏事。好事是班级多了一个高手，那么在班级排名的时候，班级获得的成绩会更靠前一点，获得的资源也更多一些，坏处是多了一个和自己竞争的人。不过随着她和落星辰的交恶，这就变成了最坏的事情，至少她不认为自己会和落星辰合作。如此一来，她才想尽一切办法除掉落星辰，除掉这个最大的威胁，可是谁能够想到即便是二哥出手，也未能杀死他。

这已经让叶轻舞很郁闷了，还在琢磨怎么让自己的成绩更好一点，到时候获得的资源更多一点，至少在第一个月的时间里不要落后落星辰太多，可是现在老师竟然选他当班长，并且让他全权负责班上的资源分配，这还让自己怎么过？以自己和他的关系，叶轻舞不认为落星辰会分给自己修炼资源，自己实力本来就不如他，若是不能得到学院分配的资源，靠着家族的那一点修炼资源，自己和他的距离只会越来越远，到时候还拿什么跟他斗？

至于二哥的计划还有一个月的时间，这一个月的时间里自己还不得被他压得死死的。况且他来自荒野，荒野是不可能拥有太多资源的，在这样的情况下他都有着这样的实力，若是再获得大量的资源，一个月后他的实力会提升到何等地步？到时候二哥派出的人能杀死他吗？

叶轻舞的脸色一阵变幻，当下就朝着旁边的吴少辰看了一眼。吴少辰心领神会，立马上前道，“老师，这不妥吧？他不过是一个荒野贱民，凭什么担任班长，我们不服。”

“不服？”南宫寻月诧异地转过头，看向吴少辰，似乎没有想到会有人质疑自己的决定。

“不服！”被南宫寻月的美眸一瞪，吴少辰不仅没有觉得害怕，反而挺了挺胸膛，一副很豪迈的样子。

“很好！”南宫寻月忽然展颜一笑，笑得吴少辰心头一喜，看样子老师会考虑自己的意见啊。

可是心头的喜悦还来不及绽放到脸上，南宫寻月已经一脚踏在地面，众人感觉到整个教室都一阵抖动。“砰”的一声，吴少辰的身体瞬间被震得飞了出去，一头撞在后面的墙壁上，再重重地摔在地上，一大口鲜血喷了出来，里面还夹杂着内脏的碎片，白眼一翻直接晕了过去。

“现在，还有谁不服？”南宫寻月美眸一扫，除了落星辰和落婷婷，包括林万山在内的所有人都不由自主地垂下了脑袋，根本不敢和她对视。

“这才乖嘛，我就喜欢听话的孩子，过来。”看到没有人反对，南宫寻月轻笑了一声，朝着落星辰勾了勾手指。那双勾魂的眸子秋波一荡，这哪里是老师在叫学生，简直就是一个迷人的妖精在勾引一个纯情的小处男。

若非这里还有这么多人，哪怕以落星辰的心智也会受影响，不过此刻他却大大方方地来到了南宫寻月的身前。只是南宫寻月斜靠在椅子上架着二郎腿，裙摆下垂露出了白嫩的大腿，而她长裙的领口也不高，平视的时候还不觉得什么，此刻从落星辰的角度望去，隐隐能够看到大片白嫩。落星辰的心跳竟然不自觉地加快了不少。

“老师，什么事？”努力让自己的心跳平息了下来，落星辰开口道。

“这是我们班第一个月分配的资源申领单，你拿去分了吧！”南宫寻月也不知道从哪儿掏出了一张纸，随手递给了落星辰。

落星辰赶紧接住，随意扫了一眼，以他的镇定也脸色一变。原本以为学院配发的修炼资源并不会太多，之前也没怎么放在心上，可是真正看到这一个月资源的时候，他才知道这个分配所代表的含义。一级基因药剂一百支，二级基因药剂五十支，三级基因药剂二十支，四级基因药剂十支，还有五支达到五级的基因药剂。

按照正常的情况，刚入学的新生都没有修炼星力，所以并没有对星力提升有帮助的灵药，全都是一些提升肉身力量的基因药剂，但即便如此，这也绝对是一笔巨款了。一瓶一级基因药剂可以提升十斤的肉身力量，二级则是提升二十斤，三级三十斤，四级五十斤，五级则是一百斤。

不过因为免疫性的原因，任何基因药剂一旦服用多了都会逐步失效。拿一级基因药剂来说，一旦注射了十次以上，就很难再有什么效果，这个时候想要提升肉身力量，就必须服用更高等级的基因药剂，所以基因药剂的品级越高，价格也越高。一般一级基因药剂需要十金币，二级需要三十金币，三级已经需要一百金币，四级最少也需要四百金币，到了五级，哪怕只有一瓶也需要最少两千金币。换算下来，仅仅是这一个月的资源，价值就已经超过了上万金币。

上万金币，这已经足够一万个普通的平民家庭一年的开销了，更是足够让十一号聚居地的一千多人过上百年不愁吃不愁穿的日子。拿着这张轻若鸿毛的清单，落星辰只觉得重若泰山。

第十二章　不公不正

上万金币的资源就这么直接交给自己分配，她就一点儿都不担心自己中饱私囊吗？她就这般地信任自己？想到这里落星辰的心里一阵感动，更暗暗发誓一定不能辜负老师的信任，尽量将分配做到公正公平。

“老师，我能向您要一件东西吗？”落星辰稳了下自己的情绪，开口道。

“什么东西？”南宫寻月一愣。

其他的同学也一个个目瞪口呆，这小子也太不知进退了，老师都将一个月的资源分配权给了他，他竟然还好意思问老师要东西，也太得寸进尺了吧？若非吴少辰的前车之鉴，怕是又有人已经跳出来喝骂了。

“我们班入学的成绩单！”落星辰鼓起勇气道。

“你拿那个做什么？”南宫寻月更是好奇，能够进入这里的学生都经过了三轮的考核，虽说考核的内容很难具体评分，但是学院的老师还是暗中将每一个人的表现记录了下来，并且综合打了分，这有助于老师们因材施教。

“我想根据成绩单上的实力分配！”落星辰老老实实道。

南宫寻月眨巴了下勾魂的眸子，难以置信地看着落星辰。这是一个混乱的时代，这个时代不缺人，不缺天才，却唯独缺资源，几乎每一个人都会想尽一切办法争夺资源。像这种学院分配的资源，就算是那些班导师也会想尽一切办法克扣一些。自己将分配的权力交给他，就是让他自行分配，即便是他将资源全部留给他自己，她也不会多说什么。这本身就是一个不成文的潜规则，谁能想到这小子竟然傻乎乎地问自己要成绩单，他还真打算按实力分配不成？

不仅南宫寻月一愣，其他的同学也一阵诧异。林万山等人是一脸的不解，不解落星辰怎么会这么天真。叶轻舞等人却是一阵不屑，打死他们也不会相信落星辰真的会按照成绩单上的实力认真分配，这不过是在老师面前做个样子而已。只是不管众人怎么想，这一刻也没有人说话。

“那单子早就不知道扔哪儿去了，你想怎么分就怎么分吧，好了，今天的课程到此结束，明天正式开始训练！”南宫寻月惊愣之后，随口道了一句，不等落星辰问话已经站起来走了出去。

众人面面相觑，第一天的课程就这么结束了？

落星辰更是一阵无语，想怎么分就怎么分，这对自己还真是信任啊。

林万山等人的眼睛却直接亮了起来，老师的这句话已经说得再明白不过了，这等同于将这些资源全部给了落星辰，以自己这些人和他的关系，怎么说也能够多分一点吧？

至于叶轻舞等人，却一个个脸色变得极为难看，老师对这小子也太厚爱了吧？竟然当众纵容他中饱私囊啊。

等到南宫寻月的身影彻底消失在教室，沉寂的教室才活跃起来，每一个人看向落星辰的目光都充满了变化，有妒忌，有羡慕，但更多的还是献媚。除了叶轻舞一行人，很多学员已经恨不得扑上去抱落星辰的大腿了。

“万山，你跟我去领取资源吧！其他同学麻烦在这里等一下。”感受到众人火辣辣的目光，落星辰朝着林万山道。

他知道，虽说老师很纵容自己，可是若今日没有将这些资源分配好，自己以后在班上会很难混的，怎么说自己也是这个班的班长。

“好！”林万山兴奋地答应了下来。直接和落星辰一起走出了教室。

和他们交好的几人则一个个兴奋不已，至于那些没什么关系的，一个个忐忑地待在原地，期待能够从落星辰的手里多少分得一点儿资源。

反倒是叶轻舞身边的一群人，一个个将目光投向了叶轻舞。他们和落星辰可结下了怨，现在资源分配的权力在落星辰手中，以他们之间的恶劣关系，怕是这一次资源分配跟他们没什么关系了，可若是就这么走了，又觉得心里不甘，哪怕只分得一瓶一级基因药剂，那也是好的啊。他们虽说都出自权贵家庭，但十个金币对他们个人来说也绝对不是一笔小数目。

“他不是说要按照实力分配吗？我倒要看看他是不是会真的做到，就在这里等着！”叶轻舞冷哼了一声。

她才不相信落星辰真的会按照实力划分资源，不过若是他们提前走了，那就不是落星辰的问题了，是他们自己不愿意要，所以她宁愿在这里再等会儿，若是最后落星辰没有分配资源给他们，也有借口攻击落星辰了。

“可是吴少辰怎么办？”王虎上前道。众人这才想起被南宫寻月一脚震飞的吴少辰，此刻还晕倒在地上。

“你们两个，先扶他去医疗室！”

“是！”被叶轻舞点名的两人不敢反驳，赶紧上前将昏迷的吴少辰扶起，走出了教室。

此刻，落星辰带着林万山一起来到了学院的仓库。

作为一个存放基因药剂的仓库，按理说应该重兵把守才对，可是仓库的大门口却只有一个身形伛偻的老人，老人穿着一件深蓝色的抹布衣，整个身子蜷缩在一个躺椅上闭目养神，而他旁边的仓库大门大开，似乎根本不担心有人从里面拿走东西一样。

“老人家，我是一年级七班的落星辰，受老师之命前来领取这个月的资源！”即便老人看上去并没有什么能耐，完全就是一个看门的，但落星辰还是客客气气地说道，一边说一边将手中的清单递了上去。

谁料到老人却根本不接，只是有些不耐烦地挥了挥手道，“里面有人！”

落星辰应了一声，和林万山一起走进了仓库。果然发现里面还有其他班级的人前来领取这一个月的资源，而负责分配资源的则是一名三十来岁的男子。

男子穿着一件白色的衬衫，还戴着一副金丝眼镜，看上去脸色有些苍白，似乎是纵欲过度，看到落星辰和林万山到来，轻声道，“来领取分配资源的？”

“是！”落星辰客气地点了点头，上前将手中的清单递给了那名男子。

男子接过看了一眼，又将清单递给旁边的一名助理道，“四！”

那名助理心领神会，赶紧进去搬基因药剂了，一旁的落星辰和林万山却一脸的莫名其妙，什么叫四？而不远处，正在领取资源的一些学生却朝着落星辰俩人投去了幸灾乐祸的眼神，这让两人更加莫名其妙了。

不一会儿的时间，那名助理抱来了一个金属箱，放在了落星辰和林万山的跟前，很不耐烦地说道，“这是你们这个月的修炼资源，快拿走！”

对方的态度很傲慢，可是林万山的眼神却早已经被那一箱基因药剂给吸引，哪里注意这些，就要提起箱子离开，却被落星辰拉住。

“我得核对一下！”落星辰说着，不理会那名助理和老师变得难看的脸色，打开了金属箱子。

箱子里整整齐齐地摆放着数十支基因药剂，从一级到五级都有，可是数额却根本不对，五级基因药剂只有两支，其他的也各有减少，整体数量甚至不足全额的一半，大约只有四成左右。落星辰瞬间明白了那名老师所说的四是什么意思，这是只给他们四成啊。两人的脸色瞬间变得极为难看。

“老师，这数目不对吧？我们班的……”落星辰抬头就要发问，可是话还没有说完就被那名男老师打断。

“的确不对，你们班根本没有五级基因药剂，小李，你怎么办事的，把五级基因药剂拿出来。”根本没有理会落星辰剧变的脸色，男子朝着那名助理开口道。

“是的，老师！”那名助理伸手就要去抓金属箱子里的五级基因药剂，却被落星辰一把抓住。

“老师，我们班总共有五支五级基因药剂，十支四级基因药剂，二十支三级基因药剂，五十支二级基因药剂和一百支一级基因药剂，这里的数目全部对不上！”落星辰一把抓住那名助理的手，没有丝毫松手的意思，反而抬头看向那名男老师，肃穆道。

这些药剂是南宫寻月老师信任他才交给他分配的，若是自己连基因药剂都不能完整地拿回去，还怎么对得起南宫老师的信任。

那名男老师一愣，似乎没有想到这小子还会这般倔，顿时冷声道，“你确定？”

“确定！”落星辰用力地点了点头。

“那好，我给你补上！”男老师依旧面无表情地说着，话音落下的瞬间，他忽然抓起没有盖上的金属箱子整个地朝着地面砸去。

“当啷”一声脆响，数十支基因药剂尽数砸在地上摔得粉碎，一股沁人的香味弥散开来，偌大的仓库内顿时静悄悄一片，所有人都目不转睛地看向了这边。

很多人心里都充满了幸灾乐祸，他们也都是来这里领取资源的，虽说也被克扣了，但却没有一个人站出来为自己的班级争取公平的待遇。毕竟这也是一条潜规则，就如他们拿到分配资源后也会分走一部分一样，谁也不会多说什么。可是谁能够想到，竟然还有人敢索要那一部分。要知道，即便是那些班主任亲自前来，也或多或少会给负责分配的老师一些回扣，这同样是不成文的规定，只不过抽成的多少全看个人的实力。像这种一年级的新生自己来拿的，抽个五成六成也是正常，一般的新生哪一个不是拿了就走，谁能像落星辰一般站出来说事。

“这个傻逼，人家辛辛苦苦负责分配资源，抽点儿成怎么了，竟然不知道通融！”

“就是就是，这可是学院的潜规则！”

“这下好了，一点资源也没有，真是傻逼！”

片刻的时间，现场已经响起了轻微的议论声，这些人都是自己不敢反抗，却又见不得别人反抗，如今眼见反抗的人吃了大亏，自然暗爽不已。

“你看你这孩子，也太不小心了一点，这可是你们班一个月的修炼资源啊，你怎么就这样给砸碎了呢？你怎么向你们的老师交代？”至于那名男老师，却丝毫没有打碎这些基因药剂的觉悟，反而一脸叹息地看着落星辰，仿佛这一切真的是他不小心造成的一样。

看着满地的碎渣，还有四处流淌的基因药剂，落星辰只觉得自己的心好似在滴血一样，这可是他们班这个月的修炼资源啊，还代表着南宫寻月老师对他的一片信任啊，想到了她明亮的双眸以及她眸子之间的信任，一股怒气自落星辰的胸间升腾而起，他的双眼更是布满了血丝，整个身子都在颤抖，那是气的。

一旁的林万山同样气愤不已，这里可关系着他进入学院后第一次资源分配啊，以他和落星辰的关系，即便不多给他一些，但最少也会公正分配，现在竟然全没了，这让他如何不怒？双拳紧紧地握在一起，发出“噼里啪啦”的声响，肩头的肌肉更是一阵抖动，隐隐有压制不住怒气直接开揍的架势。

“赔我们的修炼资源！”落星辰压抑着心中快要爆发的火山，沉声道。

“赔？呵呵，你自己打坏的，怎么叫我赔呢？”面对落星辰的怒火，那名男老师却轻笑了一声，一脸的轻蔑，一个刚入学的新生而已，也敢跟自己叫嚣。

“明明是你……”

“你哪只眼睛看到是我打坏的？你们都看到了吗？”不等落星辰说完，男老师已经冷声道，说这话的时候还朝着周围的那些学员看了一眼。

“没有看到。”不管是谁，这一刻同时摇了摇头，开玩笑，这可是负责分配资源的老师，他的实力或许不算强，可若是没有十足的后台，怎么可能担任这样的一个肥缺。谁愿意为了一个不知道天高地厚的小子触这样的霉头？

眼见现场竟然没有一个人为自己证明，落星辰气得浑身都在颤抖，到底怎么了？明明就是他打碎的，为什么没有一个人愿意说实话？难道他们的心中就没有一点良知？

看着男老师得意的笑容，落星辰心里瞬间明白，他既然如此有恃无恐地摔坏自己班上的基因药剂，就不怕自己去告他。如此一来，自己岂不是空手而回？想到了班上那些同学期待的目光，想到了南宫寻月信任的眼神，落星辰忽然上前一步，一拳砸出，直接砸在了那名男老师的眼窝上。

“砰”的一声闷响，男老师的眼镜当场被砸得粉碎，整个身子也被砸得朝后仰去。顿时就觉得脑袋一阵眩晕，还没有回过神来，落星辰第二拳已经砸在了他的小腹，继而第三记重拳狠狠地砸在了他的下巴，将他整个人砸得飞了起来，重重地摔在地上。

“嘶！”现场很多人同时倒吸了一阵凉气。

谁也没有想到落星辰竟然敢对学院的老师动手，哪怕只是一个负责分配资源的老师，但也是老师啊。更没有想到的是，这个老师竟然如此不堪一击，被落星辰几拳轰飞在地。

实际上这名男老师名叫韩旭，是学院七大长老之一韩长老的一个侄子，修炼天赋极差，不仅没办法修出星力，就连基因药剂对他肉身的改造也极为困难，服用了那么多基因药剂，如今也不过达到三百斤的肉体力量而已，扛住一般的新生攻击还没什么问题，可是面对落星辰的拳头根本不够。若非有个位高权重的叔叔，他有什么资格担任修炼资源的分配官。

即便是摔在地上，韩旭也处在震惊之中，他到现在都还难以相信，自己竟然被一个新生打了。

落星辰可不会给他爬起来的机会，身子一个跳跃再次冲到了他的跟前，一下坐在他的身上，对着他的脑袋又是一拳砸下。

那名姓李的助理眼见韩旭老师被揍趴在地，就要上前帮忙，一旁的林万山已经上前一步，一拳砸了上去。虽说他也明白在这里和负责分配的老师动手很不好，可是落星辰都已经动手了，哪里还管那么多。

那名助理可没有韩旭的强悍肉身，感应到林万山轰来的拳头，本能地抬起手臂抵挡，可是他的手臂还没有抬起，林万山的一记重拳已经砸在了他的心窝，将他整个地砸飞了出去，人还在空中，已经一口鲜血喷出。如此凶悍的一幕，立马让几名想要上前帮忙的助理停住了脚步，当下就有人朝外面奔去，看样子是叫支援去了。

“砰！”落星辰又是一拳砸在韩旭的头上，再一次砸得韩旭眼冒金花，分不清东南西北，甚至连牙齿都掉落了好几颗，可落星辰依旧没有停手的打算，连续数拳轰出，直到轰得韩旭整个脑袋都浮肿了起来。

“住手！”这时背后传来了一声冷喝，落星辰这才停手站起身来，一名身穿棕黄色衣服的男子带着两名穿着武士服的男子自另一侧走了过来。

现场的那些学员一个个噤若寒蝉，分别向男子问好。

从其他学员的口中，落星辰也知道了对方的身份，是这个仓库的主管韩风啸。当下立马开口道，“韩主管，这位老师不仅克扣我们班级六成的修炼资源，在我提出异议之后还故意打碎了我们剩下的四成基因药剂，我实在忍不住才对他动手！”

“克扣你们班的修炼资源？我韩风啸一向公平，我的手下又怎会做出这样的事情，我所看到的只有你恶意殴打老师。按照学院规矩，凡是恶意殴打老师的全部开除，你们给我把他们两个轰出去！”谁料到韩风啸却冷笑了一声，朝着身边的两人说道。

“是！”那两人直接应了一声，抬步就朝落星辰和林万山冲来。

落星辰脸色再变，这位主管竟然和这老师是一丘之貉。可是看着扑过来的男子，已经来不及辩解，看着对方轰来的一拳，心中恼怒的落星辰也不再留手，同样全力一拳轰出。这一拳，他甚至用上了星力。至于事后会有什么处置，他已经不在乎了。男儿在世，有所为，有所不为，如今自己明明受到了不公正待遇，还要一个劲儿地委曲求全，那不是他的风格。

眼见落星辰竟然还敢还手，那名出手的男子狞笑了一声，他虽然没有什么天赋，但作为韩总管身边的助手，也服用了好多基因药剂，肉身力量怎么说也达到了五百斤，一个一年级的新生竟然也敢对自己出拳，这不是找死吗？而且这小子竟然敢对韩主管的堂弟动手，就算废了他，也不是什么大不了的事情，想到此处的男子进一步加大了劲道。他要一拳粉碎落星辰的手臂。

“砰”的一声巨响，隐约之间还夹杂着一阵骨裂的声音，男子嘴角的狞笑戛然而止，他清楚地听到了手臂骨断裂的声音，可是却不是对方的手臂，而是他的手臂，一股剧烈的疼痛传来，整个人都被震得飞了起来，重重地摔在地上。

几乎同一时间，另一名袭击林万山的男子也被轰飞出去，砸在地上。偌大的现场又是一片寂静，谁能够想到，这两个一年级的新生会有这么彪悍的实力，如果说之前的韩老师是因为大意被落星辰偷袭放倒了，这两个可没有大意的意思，完全是在硬碰硬的时候被两人放倒在地。这两人怎么说也有五百斤的力量吧，怎么会连两个新生都搞不定？

韩风啸同样一脸震惊地看着落星辰和林万山，两个一年级新生，而且看上去根本没有接受过任何基因药剂注射，他们怎么会有如此恐怖的力量？不过震惊之后，韩风啸就是一阵恼怒，这两个不知道天高地厚的家伙，竟然敢当着这么多人的面打伤自己的人，简直不可饶恕。

“找死！”嘴里一声大喝，韩风啸身子一迈，就朝落星辰冲去。超过千斤的一拳狠狠砸向了落星辰。

面对如此恐怖的一拳，落星辰眉头紧锁，脚下步子一动，就要使出太极步伐卸去这一拳的劲道，一个魁梧的身体却出现在他的身前，那是林万山的身体。

第十三章　三拳之约

“砰！”一声闷响，林万山双手护头，架住了韩风啸这纯粹的一记重拳，一股可怖的巨力传遍全身，整个身子一弯，他脚下的地板甚至出现了一丝龟裂，足以想象这一拳的劲道有多大。

“咦！”韩风啸一愣，似乎没有想到这个家伙还能够承受住自己的一拳，嘴里发出一声惊咦，却迅速抬起右脚踹在了林万山的小腹，将他整个地踹飞了出去。

“万山！”看着倒飞出去的林万山，落星辰惊呼一声，却也顾不得其他，身子猛地朝前一步，体内的星力疯狂地运转，一拳朝着韩风啸砸去。

拳头之上光芒乍现，韩风啸眼皮一阵急跳。星力！一个刚入学的新生，竟然就已经拥有了星力，这可是个了不得的天才啊。只是一想到已经和对方交恶，这个时候越是天才越要赶尽杀绝，他可不想等他成长起来之后找自己的麻烦。他是负责仓库的主管，既然有学生敢向他出手，那按照学院的规矩，杀了也就杀了，谁也没办法说什么。

想到这里，韩风啸的眼中闪过一缕杀意，体内的星力也骤然爆发开来，同样一拳轰向了落星辰，拳头之上同样光芒大放，甚至这一道光芒太过耀眼，彻底压制住了落星辰的拳芒。

看到如此浑厚的星力，林万山脸色剧变，如此浑厚的星力，落星辰哪里能够挡得住。

即便是落星辰，这一刻也是一脸的凝重，这可比袁野的星力强大太多。可是他此刻只能拼命调动星力到拳头上，抵挡这样的一拳。

“砰！”一声巨响，两人的拳头重重地撞击在一起，一道强烈的光芒闪过，落星辰感觉一股浓烈的星力涌入自己的手臂，企图摧毁自己的生机。他的身体也被震得连连后退，每退一步，脚下的地板就碎裂一块，连续退出了十三步，地面的地板碎裂了十三块，当他重新站稳身子的时候，已经感觉不到右臂存在，整个右臂都是一阵麻木，垂了下来。

他的脸色变得苍白一片，一脸愤慨地看向了韩风啸。他是真的打算杀了自己啊。

“嗯？”韩风啸也是一愣，似乎没有想到挨了自己的一拳，这小家伙竟然没死。

就要再次出手，仓库门口的方向却传来一声轻笑，“哟，这里怎么这么热闹？”

韩风啸的眉头一皱，转头一看，一名身材修长的少年带着两个一模一样的少女走了进来。

少年身材修长，穿着一件白色的长袍，一头深蓝色的长发披在脑后，只是在末尾处扎着一个结，露出了一张比无数女人还要漂亮的脸蛋，不是苏家的苏瞳又是何人。

“苏同学，你来这里做什么？”当着苏瞳的面，韩风啸也不好再次出手。

当着其他人的面，杀死落星辰也就杀了，他自然有办法让所有人口供一致，可是要让苏家的继承人为他作证，他还没有这样的本事。一旦自己强杀落星辰的事传了出去，对自己总是不好的。

“呵呵，当然是来领取我们班的修炼资源了，韩主管，您这是怎么了，怎么就动起手来了？”苏瞳看了落星辰一眼，淡淡一笑道。

他虽然对韩主管用上了敬称，笑容也很温暖，可是在韩风啸看来，对方压根没将自己当成一回事。只是想到对方的身份，即便是他也只能忍住。

“还不是这小子自己打坏了他们班级的修炼资源，还硬要韩老师赔偿，韩老师没有理睬，他竟然动手打人。你也知道韩老师一直都是文职工作，身子骨特别弱，大意之下被他殴打，这才惊动我。”韩风啸直接咬定是落星辰的不是。

“你说谎，明明是他克扣我们班的修炼资源，我不服，他直接打碎了我们班的资源，而这位韩主管来了之后也不问青红皂白，直接对我动手！”这一次，不等韩风啸说完，落星辰已经打断道。

“哦？我一直听说资源分配部有克扣资源的传统，难道是真的？韩主管不会是打算连我们班的也一块克扣了吧？”苏瞳轻轻一笑道。

“苏同学说笑了，我韩风啸一向公正无私，怎么会做出这种事情，苏同学可以把领取清单给我，我这就让人给你去取！”韩风啸一脸坦然道。

“呵呵，我的不着急，反倒是我这位朋友，先处理下他的事情吧！”苏瞳轻轻一笑，朝着韩风啸道。

“他是你朋友？”韩风啸一愣，落星辰一看就是来自荒野的贱民，否则之前韩旭也不会抽取六成，这样的一个人怎么可能和白鹿三大世家之一苏家的继承人成为朋友？

“当然！我们是很好的朋友！”苏瞳淡淡一笑，蓝色的眸子里全是亲切之色，只不过刻意咬重了“很好”两字。

这立马让韩风啸很难堪了，苏瞳是摆明了要为这小子出头啊。

“好吧，既然是苏同学的朋友，那我就给苏同学一个面子，不追究他打伤韩老师的责任了，这事就这么算了，你走吧！”看着苏瞳温暖的笑容，韩风啸即便是再想让落星辰死，也不能在这个时候动手。

苏瞳微微一笑，看向了落星辰。

“我们班的修炼资源，还没给我！”落星辰感激地看了苏瞳一眼，不过却并没有就此放弃，他本来就没有做错什么，只是要回该得的东西，你韩风啸就算身为主管，又凭什么剥夺我们班级的权力。那可是南宫老师的信任，他绝不会空手而归。

“这位同学，你们班的修炼资源韩老师已经发放给你了，是你自己不小心打坏了，这可怪不得我们啊！”韩风啸冷哼了一声。

苏瞳的身份特殊，他可以给苏瞳一个面子，放过落星辰一次，可是他却绝不会承认是韩旭打坏了落星辰班级的修炼资源。一旦承认，岂不是也承认了韩旭克扣修炼资源的事实？虽说这已经是不成文的规定，但既然不成文，就不能放在表面上说，一旦捅破了这层膜，韩旭自然是要被开除的了，不仅是他，连自己也要受到处罚，很可能被直接调离这个位置，到时候连韩长老都救不了他们。

“明明就是他故意摔坏的，你们必须赔偿我们班的损失！”落星辰一旦认定了某件事，绝不会轻易改变。他绝不想辜负南宫老师的信任。

看到落星辰一副赴死也要追究责任的态度，再看看一旁苏瞳淡淡的笑容，韩风啸的脸色变得极为难看，他知道这件事一旦处置不好，很可能会给自己带来巨大的麻烦。

“罢了，看在你也是为了自身班级着想，我也就不跟你计较了，你们班的修炼资源，我可以私人赞助给你们，不过我有一个条件！”韩风啸伸出了一根手指。

“什么条件？”从韩风啸的话中，他看出了对方的底线，知道不管如何他也绝对不会承认是韩旭故意打坏了基因药剂的事，更不会承认韩旭克扣的事。他肯私人掏出这份修炼资源，已经是看在苏瞳的面子上。否则以他现在的实力根本没办法要求对方做什么，只要能够拿回班级的资源，哪怕受一点儿委屈，落星辰也不在意。

“很简单，承受我三拳不倒，我就私人掏腰包弥补你们班所有的损失，你敢吗？”韩风啸轻佻地看了一眼落星辰。

这一句话却让任何人都无法挑剔，你落星辰不小心打坏了自己班级的修炼资源，学院肯定是没办法赔偿给你的，现在我可以自己掏腰包给你，既然是我私人赞助的，我提出自己的要求也是正常，哪怕苏瞳你也不好说什么吧。

“韩主管，您可是一位元境高手，星辰他不过是一个刚入学的新生，怎可能接得住您三拳？”苏瞳眉头微皱，轻轻道。

“放心，我自然不会动用星力，若是他连我肉身之力都没办法接住，自然也没资格分配资源了！”韩风啸轻笑道。

“好，我答应！”不等苏瞳开口，落星辰已经一口应承了下来。

诚如韩风啸所言，若是连对方纯粹的肉身力量都没办法接下，他又有什么资格分配资源。这本就是一个强者为尊的时代，苏瞳已经帮了他很大的忙了，至少让他有资格去争取下班级的修炼资源，他已经很感激了。而且他也看出这是韩风啸最后的底线，一旦自己不接受，闹到最后或许什么都拿不到，到时候他如何跟班上的那些同学交代？如何跟南宫寻月老师交代？

苏瞳张了张嘴，有心想要说些什么，可是看到落星辰倔强的眼神，轻叹了一声，朝后退了一步，表示自己也接受这样的提议。

“星辰。”林万山眼中全是担心之色，他可亲身体验过韩风啸的力量，以落星辰现在的情况，如何能够承受他的三拳。可是话还没有说出口，就被落星辰伸手制止。

“来吧，韩主管！”落星辰一个马步，一脸肃穆地看向了韩风啸。

这一刻，落星辰的右臂还有些麻木，韩风啸的星力还在他的体内肆意纵横，企图破坏他的生机，好在他的星力内一道紫色的光芒左突右窜，吞噬着那些外来的星力，用于修补他的身体创伤。但这一缕紫色的星芒太过稀少，韩风啸涌入他体内的星力远远超过了当初叶轻舞那一掌的星力，想要完全将其吞噬掉，短时间内根本不行。

这时他最需要的是找个安静的地方调理体内的星力，修复伤势，而不是继续承受韩风啸的攻击，可是为了班级的那些修炼资源，落星辰只能迎难而上。

看到半蹲马步的落星辰，韩风啸的嘴角露出一缕嘲讽，果然是个呆子，这么简单的计谋都看不出来。

有苏瞳在，自己不好再直接出手，可是现在他却为了班上的一点资源甘愿承受自己三拳，那可就怪不得自己了。到时候就算死了，也没有人能说自己什么。反正你苏瞳的面子我也给了，人情我也做了，你还能把我怎样?

“你现在后悔，还来得及！”看着做好准备的落星辰，韩风啸又轻笑了一声，这么说也只是想让自己的形象更光明一些。

“韩主管尽管出手便是！”落星辰目光坚定，沉声道。

“那好，就不要怪我以大欺小了！”韩风啸轻哼了一声，忽然一个箭步跨出，瞬间来到了落星辰的面前。

哪怕他没有动用半点星力，可是只凭借肉身的力量，他的速度也快到了极致，甚至能够听到身体破空的声音，他一拳轰向了落星辰。简单无奇的一拳，没有任何花哨，正因为如此，这一拳显得极为纯粹。纯粹的力量如同一颗出膛的炮弹，狠狠地轰向了落星辰的胸口。

落星辰眼皮一阵急跳，双手迅速护在胸前，挡住了要害，任由韩风啸的一拳砸在自己的双臂上。空中传来一声闷响，一股磅礴的巨力轰在他的手臂上。落星辰整个人都被这一拳震得连连后退，每退一步，脚下的地板再一次裂开，他在以太极步伐不断地卸去这一拳的劲道。可是这一拳的劲道实在是太大，哪怕不停地卸去劲道，他的双臂依然被震得一阵发麻，就好似已经断掉了一样。

“接我第二拳！”眼见落星辰竟然挡住了自己的一拳，韩风啸眼中一凛，这家伙的肉身力量最多几百斤而已，怎么可能承受住自己超过千斤的一拳。

只是他也不去多想这些，身子再一次上前一步，又是一拳轰出。这一拳，他爆发了所有的力气，大有一拳轰杀落星辰的迹象。

林万山怒目圆睁，眼中全是担忧之色。苏瞳眉头微皱，似乎没有想到韩风啸还有杀落星辰的心思。他身边的不闻不语两姐妹也是美目大睁，很想看看这个自家少爷看好的少年能否承受住这样的一记重拳。

拳头破空，发出呼呼的声响，犹如一把自天而降的大铁锤，狠狠地砸在了落星辰的双手之间，落星辰的双臂再也承受不住这样的巨力，直接被震飞，那一拳就这么砸在了他的胸口。

“扑哧”一声，一大口鲜血喷出，落星辰整个人都被砸得飞了起来，划出了一个巨大的抛物线，重重地摔在地上，又是一口鲜血喷出，显然受伤不轻。

“星辰！”林万山焦急，就要上前搀扶，却被苏瞳一把拦住。

“你这是做什么？”林万山大怒，若非这小子之前为他们说话，他已经直接动手。

“他能站起来！”

“站个屁，他都伤成这个样子，还怎么站！”林万山大骂。

“一旦你将他搀扶起来，他就输了！”苏瞳不快不慢道。

“可……”林万山还想要说些什么，苏瞳已经继续道，“我们要相信他！”他深蓝色的眼眸已经看向了落星辰。

落星辰只感觉自己的五脏六腑都已经碎掉了一样，体内的血气一阵翻滚，好几次都要涌出喉咙，却被他强压了下去。他已经喷了不少血了，若是再喷几口，将无力站起来。丹田内的星力自助运转起来，开始修复体内的伤势，而那一道紫色的光芒则是继续吞噬韩风啸的星力，转化为自身的星力修复伤势。可他依然感觉脑袋一阵眩晕，胸口更是一阵剧痛。万幸的是，他的骨头没有断裂。

一手撑着地面，落星辰凝聚起全身的力气，就这么在众人诧异的目光中摇摇晃晃地站了起来。他的嘴角有血溢出，头发也有些凌乱，衣服更是凌乱不堪，他的脸色那样的苍白，看上去仿佛病入膏肓一般，随时都可能死去。但他依然坚强地站了起来。他的眼中没有后怕，没有畏惧，没有退缩，有的只是前所未有的坚强。

老师，我不会让你失望，我绝对不会辜负您的信任。心里默默地叨念着，落星辰努力抬头看向了韩风啸，黑色的眸子之中闪烁着一道精芒，“来吧，还有一拳！”

即便是韩风啸也被落星辰表现出来的气势震了一下。刚才的那一拳，他可是凝聚了全身的力量，就算是一名肉身强度达到千斤的战士，也未必能够完全承受住这一拳，可是这小子不仅承受了，还再一次站了起来。这怎么可能？而且以他现在的状态，就算站起来又如何，难道他还能承受住自己的第三拳不成？他就不担心自己一拳打死他？

看着落星辰倔强不屈的眼神，韩风啸心中的杀意前所未有的强烈。这样一个天资出众、意志力又极为坚定的家伙，绝对不能让他成长下去，否则以今日结下的仇怨，将是一个极大的麻烦。

“你现在的情况可未必能够承受我最后一拳，我劝你还是认输吧，可不要枉送了性命！”尽管心里恨不得将落星辰千刀万剐，可是韩风啸表面上还是一副长者的慈悲模样。

你现在已经不行了，继续下去也是送死而已，我可以网开一面，就此结束。若是你执意要继续，那死了也不要怪我。这话，任谁也挑不出毛病。

“星辰，要不我们算了吧，你已经做了这么多了，大家不会怪你的！”林万山也是一脸担忧，若是可以，他宁愿自己来承受这一拳。

“生死有命，韩主管，尽管出手！”落星辰吐了一口血水，却依然倔强地抬起头来，眼中依旧没有半点退缩。

“好！”看着倔强的落星辰，韩风啸眼中杀机一闪，身子骤然上前一步，又是一拳轰出。这一拳，他同样没有半点保留，就是要一拳彻底粉碎落星辰的生机。这样的一个家伙，绝对不能留下。狂暴的拳劲犹如一颗流星，急速砸下。

面对这快如闪电的一拳，落星辰却出奇地平静，那双黑色的眸子死死地盯着韩风啸的拳头，似乎要看穿这一切。

可是在外人看来，却是落星辰傻傻地站在那里，任由韩风啸的拳头落下，难道他已经无力抵挡了吗？林万山的心甚至提到了嗓子眼儿，若非知道自己即便冲上去也来不及，他都有冲上去的冲动了。苏瞳也是眉头紧皱，那双蓝色的眸子闪过了一抹担忧。

眼看韩风啸的拳头就要砸在落星辰胸膛的时候，落星辰的身体却轻微地震荡了一下，那种感觉就好似一棵扎根深处的树木，树干抖动了一下。

正好这时韩风啸的拳头砸在了他的胸口。一股劲道涌入体内，却有至少一半的劲道被这一道震荡传递到脚下，他脚下的地板瞬间碎裂，甚至有碎石四散而出。

这一招，正是太极功法中的“太极震”。哪怕以落星辰平常的心境，也没法随时使出这一招，但在这生死攸关的时候，他出奇地使出了这一招，哪怕并不完美，但依然卸去了韩风啸大部分的劲道。

但即便如此，他的身体依然被轰得飞了起来。如同一个断线的风筝，飞出老远才一头摔在地上。一直强忍在喉咙处的鲜血朝上一涌，“哇”的一声，一大口鲜血喷出，脸色又白了三分。

“呼！”轰出了第三拳的韩风啸长长地松了一口气。

哪怕最后一拳感觉对方有古怪，至少他不明白明明是砸向他胸口的一拳，怎么他脚下的地板碎裂了，但他自信挨了自己最后的一拳，以落星辰的身体状况绝对难逃一死。就算不死，也定然重创，怕是心脉完全受损，修为也到此为止。如此一来，不仅省了上万金币的基因药剂，还消除了一个后患，终于可以松一口气了。

“韩主管，我做到了！”然而就在韩风啸准备转身朝着苏瞳说话的时候，落星辰却再一次从地上爬了起来，气息虚弱地说道。

韩风啸整个人都是一愣，转头一看，落星辰竟然真的站了起来，虽然他的脸色苍白得近乎透明，气息虚弱得随时都可能死去，但他就是站了起来，而那双黑色的眸子却依然精光闪烁。

这怎么可能？韩风啸的脸上，全被惊骇所代替。

第十四章　倔强不屈

韩风啸整个人都愣在了那里，一脸的难以置信。在承受自己第二拳的时候，对方就已经受到了重创，按照自己的估算，第三拳甚至只需要一半的力量就可以击杀他，为了保险起见，自己再一次用上了全力，面对超过千斤的巨力，他怎可能不死？

不仅是韩风啸，负责分配资源的那些助理，甚至被人搀扶起来的韩旭同样目瞪口呆地看着这一切，就连那些领取资源的学员也是满脸的惊骇。他们都能感受到韩风啸那一拳的力量，哪怕没有动用半点星力，但他一拳的劲道也绝对超过了一千斤，除非是肉身力量同样达到一千斤的三年级学生，一般的学生怎么可能抵挡？就算落星辰肉身力量格外强大，但也不可能超过一千斤啊。他竟然真的承受了韩主管三拳不死，这如何不让人震惊。

一直担忧的林万山长长地舒了一口气，这家伙可吓死他了。

而他身旁的苏瞳，俊美的脸上再一次露出了淡淡的亲切笑容，自己果然没有看错人。

“韩主管，我已经承受了你的三拳，我们班的修炼资源呢？”看着发愣的韩风啸，落星辰再一次艰难地开口道。

“去，重拿一份他们班的基因药剂，记在我账上，另外，把苏同学班上的一起拿上！”尽管心中怒意滔天，可是当着这么多人的面说出来的话，韩风啸也不好反悔，只能强压着心中的怒意，朝着下面的人说道。

那些人哪里还敢玩花样，赶紧跑进了库房，不一会儿的时间就拎着两个大的金属箱子走了出来。并且当着落星辰和苏瞳的面打开了金属箱子，“这是你们两个班这个月的资源！”

看了看里面排放得整整齐齐的基因药剂，落星辰这才点了点头，朝着林万山道，“万山，我们走！”

林万山有些担忧地看了落星辰一眼，赶紧提起了属于他们班级的箱子，苏瞳背后的不语也是上前一步拎起另一个箱子，一行五人大步朝着外面走去。

“堂哥，就这么让他们走了？”看到落星辰等人这般张扬地离去，脑袋还是猪头的韩旭凑到了韩风啸的身边，开口道。

“不让他们走还能怎样？废物！”韩风啸冷哼了一声，一甩衣袖，扬长而去。

这一次，他丢脸可丢大了。全力三拳，竟然没办法击杀一名一年级的新生，这要是传出去，自己还怎么在其他老师面前抬头？他可不是韩旭这种文职老师啊。若要让他就这样放过落星辰，自然不可能。只不过这里是学院，没有特殊情况他可没办法公然击杀一个在校学生，不过想到一个月后的野外试炼，他的嘴角又露出了一抹阴冷。

“看什么看，有什么好看的，领了资源的还不快滚，留在这里做什么？”韩风啸一走，韩旭立马脸一沉，朝着周围那些看热闹的学生吼道。

此刻他的脑袋像个猪头，说起话来也是含糊不清，惹得人发笑，可是却没人敢笑，只是一个个迅速离开。仓库再一次恢复了平静。

而刚刚走出仓库的落星辰却再也忍不住，直接一大口鲜血喷出。哪怕他奇迹般地使出了“太极震”卸去了韩风啸最后一拳大部分的劲道，可是依然有部分劲道重创了他，此刻拿到了属于自己班级的修炼资源，心神放松下来再也难以压制体内的伤势。

“你伤得怎样？”眼见落星辰又喷了一口鲜血，苏瞳一把扶住落星辰，轻声道。

“没……没什么大碍，这次多谢你……”落星辰摇了摇头道。

“我都说了，我们是朋友，何必说谢，而且对我来说也不过是举手之劳。反倒是你伤得不轻啊，这瓶星灵露你赶紧服下吧，可不要留下什么后遗症！”苏瞳微微一笑，拿出了最后一瓶星灵露递给了落星辰。

他身边的不闻不语姐妹一阵不满，之前的两瓶都给了他和他妹妹了，现在连最后一瓶都要给。想要出声劝住，却被苏瞳的眼神制止，只能委屈地闭上了嘴巴。

落星辰一愣，没有想到苏瞳竟然又给自己一瓶这么珍贵的药剂，有心想要说点什么，可是感受到体内那股还在肆无忌惮蹿动的星力，知道现在不是客气的时候，否则指不定真留下什么后遗症。抓过药瓶一口倒进了嘴里，顿时就感觉一股暖流涌入全身，那些还在四处奔腾的星力也被急速消化，体内所有的创伤也都在急速修复着。就连耗尽的力气也恢复了不少，苍白的脸色也恢复了不少。这瓶药的价值可真不低!

“多谢！”尽管不明白苏瞳为何会对自己这般好，三番两次地帮助自己，但他心里还是认可了这个朋友。

没有太多的言语，一句多谢已经道尽了他心中的感激。他欠苏瞳一条命。

“呵呵，小事一件，不要放在心上，不闻不语，我们走吧！”苏瞳却轻轻一笑，毫不在意地挥了挥手，招呼一脸不满的双胞胎姐妹离去。

“这家伙不会是喜欢上你了吧？”看到离去的苏瞳，林万山喃喃叨念了一句。他可清楚地记得，当日在擂台上苏瞳就曾赠过一瓶星灵露给落星辰。

今日不仅帮了他们一把，还又送了一瓶。这药的价值可不低，即便是以苏瞳的身价也未必有多少，却一点儿也不心痛地送给落星辰，不是喜欢他是什么?

“滚，我可是男人！”落星辰却翻了个白眼。

“男人又怎么，万一他就喜欢男人呢？”林万山却一脸不以为然。

“……”落星辰一阵无语，这家伙看似老实憨厚，思想怎么这么跳跃。

没有理会林万山的喃喃自语，落星辰大步朝着教室走去。林万山自讨没趣，也跟了上去。

“嘿，不过是领取下资源，竟然花了这么长时间，你不会是私自拿了一些放起来了吧？”刚刚走进教室，一道阴阳怪气的声音就响了起来，正是叶轻舞那边的人。

“你他妈说什么呢，要不是……”林万山大怒，落星辰为了拿回属于他们的修炼资源，差一点送掉了性命，这些家伙不仅不知道感激，还在这里怀疑落星辰的人品，就要大骂一顿，却被落星辰拉住。

“这是我们这一个月的资源清单，总共有五支五级基因药剂，十支四级基因药剂，二十支三级基因药剂，五十支二级基因药剂，一百支一级基因药剂，我的意思是一级基因药剂每人一支，二级基因药剂则由实力最强的五十人分配，三级则是最强的二十人，四级最强的十人，五级最强的五人分配，你们有意见吗？”落星辰拿出了那张清单，站在箱子前面朝着众人道。对于仓库发生的不愉快事情，他并不想让大家知道，在他看来，那是身为班长的他应该做的。

“没意见！”听到落星辰的分配方案，众人齐声高呼，特别是一些从来没有注射过基因药剂的平民学员，在他们看来，老师将分配的权力给了落星辰，他们根本很难分到，谁能够想到落星辰竟然如此大方，人人有份。

至于二级以上的基因药剂是按照实力来划分，也是学院最公平最正常的分配了。一时之间，众人对落星辰都大有好感。

只是除了落婷婷外，谁也没有注意到落星辰略显苍白的脸色。

“哼，说得挺好的，谁知道你是不是会按照真正的实力来分配！”叶轻舞的身边，名叫秦云的少年冷哼了一声。当日，正是他和其他几人拦截了落婷婷。

“当然会！”落星辰面色不变道。

“若是真的如此，那叶小姐的实力在我们班怎么说也能排进前五，每一级的基因药剂都应该有一支才对！”秦云继续阴阳怪气地说道，他也是为了挤兑下落星辰，谁能够想到落星辰竟然真的点了点头。

“不错，叶同学的实力的确可以排进前五，所以这五支基因药剂是你的！”一边说着，一边从箱子里取出了五支基因药剂，递到了叶轻舞的身前。

这一幕不要说叶轻舞等人，就连林万山等人都是一脸的诧异，谁能够想到落星辰会真的给他们分配资源，他们当初可是想要置落星辰于死地啊，随便分一支一级基因药剂也就算了，怎么连五级的基因药剂也要分配？

特别是林万山，他可知道拿回这些药剂是多么不容易，如今却要分配给对头，换成是他，就绝对做不到。

“你真给我？”叶轻舞也是满脸震惊地看着落星辰，她可不相信世上有这么老实的人。

“这是你应得的！”落星辰淡淡道。

“你就不担心我实力突飞猛进，胜过你？”叶轻舞继续道。

“你永远没有这样的机会！”落星辰一脸的自信。

“哼！你会后悔的！”叶轻舞冷哼了一声，一把接过了那些基因药剂，这可是价值好几千金币的药剂，哪怕对她来说，也绝对是一笔巨款了。而且有了这些基因药剂，她的实力又可以提升一截了。

落星辰根本没有理会叶轻舞的威胁，又拿出了另外五支基因药剂，递给了林万山道，“这是你的！”

林万山轻叹一声，接过了五支不同等级的基因药剂，只有他明白这些基因药剂的分量。以他的实力，在班上除了落星辰和叶轻舞，没有人能够胜过他，这药剂他领取得心安理得，至于其他人也同样没有意见。

“这是你的！”紧接着，落星辰又拿出了五支不同等级的药剂，递给了王虎。

王虎睁大了眼睛，同样难以置信地看着落星辰。落星辰将资源分配给叶轻舞，还可以说是怕别人说闲话，毕竟叶轻舞已经修出了星力，实力怎么说也能够排进前五，这是有目共睹的。可他实力虽然也能进前五，但并不像叶轻舞那般突出，就算不给自己，也没有人会说什么，可是他还是给了自己，这让王虎很惊骇。

“谢谢！”双手有些颤抖地接过了落星辰递来的基因药剂，王虎由衷感谢道。

他虽然也是权贵子弟，可是家族早已经没落，家里的收入甚至不如一些平民家庭，根本无力购买基因药剂，若非他同样天生神力，根本不可能进入白鹿学院。而他选择追随叶轻舞，也是为了能够多获得一点儿资源，如今叶轻舞没有给他任何资源，反而是这个得罪过的少年给了他这么多的资源，这让他如何不感动。

“不用，这是你应得的！”落星辰依旧不喜不悲道，开始继续分配，而一旁的叶轻舞却皱了皱眉头，冷冷地扫了王虎一眼。

王虎并没有注意到叶轻舞冰冷的眼神，整个人已经被落星辰的胸襟折服，暗暗发誓，日后再也不会和落星辰作对。

落星辰却没有多想什么，不管叶轻舞等人和他有多大的矛盾，但现在毕竟是一个班上的同学，在资源分配上他不屑以此打压他们，至于他们欺负落婷婷的事，他会一一讨回来的。

分配继续进行，梁七也得到了五支不同的基因药剂，他的实力实际上也只是比王虎略差一点，还在被送去医疗室的吴少辰之上。

至于最后的五支不同等级的基因药剂，则是留给了落星辰自己，对此，班上没有任何人有意见，毕竟他击败了叶轻舞，实力绝对是班上最强的一人。

资源顺利地分配完毕，就连被抬出去的吴少辰也得到了自己应有的份额，这样公平的分配让班上的很多同学对落星辰大生好感，他不仅没有半点儿中饱私囊，还因为他对班上一百人实力的了解，没有通过成绩单，却几乎精准无误地分配了资源，这如何不让人吃惊。有这样一个细心的班长，对大家来说是一件好事，至少在他的带领下，资源的分配不会不公平。

资源分发完毕之后，众人先后离开，他们要忙着吸纳基因药剂的效力，尽快提升自身的实力。明天就要正式训练了，每提升一点儿修为，在接下来的训练中就能够取得更好的成绩，有了更好的成绩，下一次分配资源的时候也能够得到更多的资源，这可是一个良性循环。不管是权贵子弟，还是平民学子，没有一个敢大意。

"叶小姐，王虎那家伙没有跟我们一起！"叶轻舞一行人也离开了教室，不过王虎却没有跟他们一起走，秦云顿时上前开口道。

今日王虎对落星辰的感激，众人都看在眼里，虽说落星辰也分配了资源给他们，但可不是每一个人都像王虎那般懂得感恩，他们总觉得这是自己应该得的，甚至有人还觉得自己得的太少。秦云就是这样的心思。

"我知道！"叶轻舞冷冷道。

"他不会是去投靠那小子了吧？"

"你若是想去，也尽管去！"叶轻舞冷哼了一声。

"叶小姐，我绝对没有那样的心思，我对您的忠诚天地可鉴！"秦云脸色微变，赶紧解释道。

"那就给我闭嘴！"叶轻舞冷冷道，她自然看出了王虎的心思，经历了这样的事情，想要再让他一起对付落星辰根本不可能，只是，她又能如何？扪心自问，她若处在落星辰的立场，绝对做不到这般公正。

对于王虎的选择，她也只能无奈地接受，若是这个时候自己再去找王虎的麻烦，那只会把王虎彻底逼向落星辰一方。没有再理会秦云的挑拨，叶轻舞大步朝着自己的别院走去，她要尽快提升自己的实力，她可不想一直被落星辰压着。

眼见叶轻舞没有追究王虎背叛的事情，其他人面面相觑，也不敢多说什么，一个个纷纷散去。

另一边，落星辰和落婷婷也回到了自己的小院。

"婷婷，这些药剂你拿去，分批注射，等药力全部吸收后，你的力量也能达到五百斤了！"走进了小院，落星辰掏出了自己分配的那些基因药剂，递给了落婷婷。

落婷婷身材虽然单薄，可是经过长年的打磨，也有接近三百斤的力量，这是其他人根本想象不到的。而她自己也分得了两个等级的药剂，再加上落星辰的几支药剂，足以将她的肉身力量提升到五百斤。有五百斤的肉身力量，在班上也能够进入前十了，下一次分配资源的时候也能多分一点儿。

"你比我更需要！"落婷婷却倔强地摇了摇头。

在荒野落星辰已经给了她太多的资源，若非她的原因，以落星辰的天赋，肉身力量怕早就达到了千斤，修为也肯定进入了元境。现在她体内的那道掌印已经没有了，也感应到了元星之力，用不了多久就能够修出星力，淬炼肉身，实力也会逐步提高，这个时候可不想再拖落星辰的后腿。

“乖，听话。”落星辰微微一笑道。

“我不要！”落婷婷依旧倔强地摇了摇头，她不想再做一个拖油瓶。

“拿去！”眼见落婷婷还是拒绝，落星辰的声音忽然冷了下来。

看到落星辰严肃的脸庞，落婷婷并没有半点害怕，反而觉得心里一阵酸楚，从小到大，不管得到了什么好东西，他都第一时间给自己，他总把最好的东西留给自己，他对自己的爱从来都是这般无私。强忍住要夺眶而出的泪花，落婷婷抓过了那些基因药剂，一头冲进了自己的房间。她要努力，她要加倍努力，她不要再做哥哥的拖油瓶！

看着落婷婷离去的背影，落星辰轻叹了一声。那些基因药剂的确可以让他的实力上一个台阶，至少可以让他的肉身力量达到七百多斤。可是在他看来，自己的肉身强度还可以通过星力来淬炼提升，虽然缓慢，但总会提升。婷婷却根本没办法修出星力，她要变强，只能不断地注射基因药剂，提升肉身修为。在这个混乱的时代，实力才是根本，自己也不可能随时保护她，万一遇上了什么危险，她总需要一点自保的能力吧。

轻轻地摇了摇头，落星辰推开自己的房门走了进去，正准备修炼，却忽然看到房间里站着一个人，一个漂亮到极点的女人。一套大红色的长裙垂下，火红色的秀发随意地披散在两肩，露出了那张绝美无瑕的脸蛋，不是南宫寻月又是何人？

“老师？”落星辰惊呼了一声，他怎么都不会想到，老师会来他的房间。

南宫寻月并没有说话，她只是静静地看着落星辰，那眼神就好似在打量一头外星生物一样。被她美艳的眸子盯着，落星辰竟然觉得心跳又有加速的迹象，只是一时之间却不知道该说些什么。

“哎！”也不知道过了多久，南宫寻月发出了一声轻叹。这一声叹息，叹得落星辰有些莫名其妙。

“你把基因药剂都给了你妹妹，就不担心被别的同学超过吗？”南宫寻月轻声叹道。

“不担心！”落星辰很干脆地摇了摇头。

就算有人的肉身强度超过了他又怎样，力量可不代表实力，在荒野苦苦挣扎生存的他自信可以击败任何同等级的对手。

“你倒是自信，可是叶家的那丫头本身就有家族的资源，又得到了你分配的那些药剂，她的实力进步只会比你想象得更快，一旦她的实力超过了你，你觉得她会轻易放过你？”南宫寻月轻叹道。

“她永远也超不过我！”落星辰依旧自信满满道。

这话反而让南宫寻月一阵语塞，自己都说得这么明白了，这小子怎么还不懂？只是看着落星辰自信的黑色双眸，她竟然不知道该怎么接话。她的直觉告诉她，他不是口头上的逞强，而是真的自信。

“好吧，看在你办事公正的情况下，老师就奖励你一点儿东西！”心里轻轻一叹，南宫寻月随手掏出了一支药剂，扔给了落星辰。

落星辰接住一看，脸色微变，竟然是一支七级基因药剂，这可是能够一次性提升三百斤肉身力量的上等基因药剂，每一支的价值起码都在一万五千金币以上，这一支基因药剂的价格就差不多是之前分配的药剂的总和。

“老师……”落星辰有些忐忑，这个奖励也太贵重了一点。

“不要废话，这是我奖励给你的，可不许给任何人！”南宫寻月直接打断了落星辰要说的话。

“多谢老师，我一定会给自己注射的！”落星辰压下了心中的感动，开口道。心里却在琢磨一会儿给落婷婷，有了这支药剂，她的肉身修为就可以达到八百斤了，足够在班上进入前五了。

“哼，信你才有鬼，马上给我注射了！”谁料到南宫寻月却轻哼了一声，显然看出了落星辰的打算。

落星辰苦笑，还要说点什么，南宫寻月已经一步上前，夺过了基因药剂，拨开塞子露出了注射器，一下扎进了落星辰的脖子。

落星辰的身子一僵，立马感觉到一道火热的能量涌入自己的身体，整个身体都好似要沸腾了一般。不过不等这部分能量涌入细胞，在他的丹田处就涌出了一道紫色的光芒，将这股能量整个吞噬，化为一道道银色的光芒涌向全身，那是星芒。而他整个人却承受不住这股冲击力，直接晕了过去！

“咦，怎么会有星芒弥漫？”看到落星辰身体表面的那一道银色光芒，南宫寻月的嘴里发出了一声惊咦。

第十五章　淬炼星力

落星辰已经是一名星武斗士，南宫寻月早已经知晓，只是她给落星辰注射的是基因药剂，这是提升肉身力量的药剂，跟星力没有半点关系，怎么会引起体内星力的反应?

那双勾魂的眸子闪了闪，随手将晕倒在地的落星辰拎了起来扔到了床上，一只白嫩的小手放在了落星辰的小腹，感应着他体内的情况。可是不管她如何努力，却没有半点头绪，只是确认落星辰的身体并没有什么不妥才放下心来。

“小家伙，在这个时代，太过正直未必是好事啊！”看了一眼躺在床上的落星辰，南宫寻月轻叹了一声，走出了房门。

这一刻，落星辰体内的七级基因药剂不断地被紫色的光芒吞噬，根本没办法直接提升他的肉身修为，转变成的星芒反而涌入全身，淬炼他的身体。如此一来，那些会对肉身造成部分影响的杂质完全被提炼出去，他的肉身力量虽然也在提升，却是以纯粹的星力淬炼，完全不是常规意义上靠着基因药剂的刺激提升。

若是让南宫寻月看到这一切，一定会惊讶得合不拢嘴。只因为不管何种等级的基因药剂都会有一定的免疫性，一旦注射多了都不会有效果，哪怕是九级基因药剂也有个上限，一旦到了上限就再也没办法靠着基因药剂提升肉身修为。

可是落星辰却不同，他是将基因药剂的能量转化为纯粹的星力，以星力淬炼肉身，基因药剂的药性杂质被直接排除，如此一来，不管什么等级的基因药剂对他来说几乎没有任何限制，他完全可以无限制地注射基因药剂，提升自身的肉身力量。甚至这类只是增强肉身力量的基因药剂，还能够增强他的星力修为。能够增强星力的药剂是极为稀少的，哪怕是最差的元品星药，一瓶的价值也要数十万金币，这已经超过了九级基因药剂的价格，而且往往有价无市，所以绝大多数的星武斗士都只能够靠着自身的修炼，慢慢提升自己的修为。

可是落星辰既然能够将基因药剂转化为星力，那么在修炼方面，他将占据着绝对的优势，毕竟基因药剂的价格虽然贵，可是却远远不如星药。而且一级基因药剂和九级基因药剂，对他来说并没有太大的区别，无限制吸纳基因药剂的最大优势就在于他完全可以注射一百支一级基因药剂而达到一支九级基因药剂的效果。然而，一支九级基因药剂的价格，却是一百支一级基因药剂的一百倍。

落星辰醒来的时候，南宫寻月早已经离去。看了一眼空空荡荡的房间，想到了南宫寻月的厚爱，心里轻叹了一声。从床上爬起来，来到了院外，发现天色已经完全黑了下来，一轮弯月高挂天空，洒下了银色的月辉。

落星辰又是一声轻叹，真没有想到第一次注射基因药剂，自己竟然承受不住药力的作用晕厥过去，还是当着老师的面，这也太丢人了。不过想到那可是一瓶七级基因药剂，落星辰眼中又露出了一抹期待，一支七级基因药剂，最少也能增强三百斤的力量，自己之前的力量就差不多达到了六百斤，现在应该有九百斤了吧。

想到了这里，落星辰来到了小院中央的一块巨石前面，凝聚了全身的力气，一拳就朝那巨石砸去。“砰”的一声巨响，没有动用任何星力，完全凭借肉身的力量就将那块巨石砸得粉碎，可是落星辰的眉头却微微皱了皱。因为他发现自己的肉身力量并没有想象中增加的那么多，不过增强了一百多斤而已，甚至现在还没有达到八百斤，这支七级基因药剂的效力只发挥了不到一半，这不应该啊，自己可是第一次注射基因药剂，不应该产生任何免疫力啊。

就在他疑惑的时候，却忽然感觉到自己丹田内的星力似乎浓郁了不少，至少比他昏迷之前浓郁了许多，这更让他百思不得其解。难道说有部分基因药剂的能量转变为星力了？落星辰的脑海中忽然冒出了这么一个念头，这不可能吧？哪怕没有进行过系统性的修炼，落星辰也明白基因药剂只是提高肉身力量的药剂，根本不可能转化为星力，可是现在的情况如何解释？

“星辰哥哥。”正好这时落婷婷从自己的房间走了出来。

她身上只披着一件白色的长袍，一头灰色的短发随意地披在头上，露出了乖巧的脸庞。而她的肤色也比之前好了很多，再加上清澈的灰色双眸，给人的感觉就像个公主，哪里还有半点荒野流民的样子。

“基因药剂还有吗？我需要一支。”落星辰并没有想到她体内的伤势已经治愈，只以为是来到了白鹿后的原因，也没有细想，而是问起了基因药。他现在急需要求证下自己的猜测。

“有。”一听说落星辰需要基因药剂，落婷婷赶紧掏出了那支五级的基因药剂，她之前不过注射了一支基因药剂而已。

“这个你留着自己用，给我一支一级的就好！”落星辰却摇了摇头，若是他的猜测正确，那么一级和五级对他来说根本没有太大的区别。

落婷婷脸色一阵黯淡，哥哥还是不肯用最好的，不过知道落星辰性格的她也不多说什么，取出了一支一级的基因药剂递给了落星辰。

落星辰赶紧返回了自己的房间，将那支基因药剂注射到体内，同样感觉到一股热流涌入体内。只不过和七级基因药剂相比，这基因药剂明显温和了许多，这股能量还没有被他的身体吸收，落星辰就感受到丹田内一股星力涌出，直接将这些基因药剂尽数包裹了起来，整个地吞噬，化为最纯粹的星力涌入全身，淬炼他的肉身。

一支能够增强常人十斤肉体力量的一级基因药剂，对他来说不过增强了四斤左右，可是他丹田处的星力却又浓郁了一些，相当于他修炼好几个时辰的效果。感受到这样的变化，落星辰心中大喜，自己的猜测竟然是真的，竟然真的能够吸纳基因药剂的能量，将其转化为纯粹的星力，淬炼自身。如此一来，自己岂不是可以大量地注射基因药剂？而且根本不需要高级基因药剂，只需要最便宜的一级基因药剂即可。

想到这里，落星辰一阵肉痛，一支七级基因药剂可以增强常人三百斤的力量，价值一万五千金币以上，而一支一级基因药剂增强常人十斤的力量，却只需要十金币。别人是因为同样等级的基因药剂没办法注射太多，可是对他来说却没有半点限制，如此一来，注射一支七级的基因药剂和三十支一级基因药剂并没有区别，他岂不是直接浪费了一万多金币？若是将那七级基因药剂拿去卖掉，足以买回来一千五百支一级基因药剂了，足够自己提升五十倍的力量和修为了。

想到这里，他又是一阵感叹！按照之前的进度，一支七级基因药剂的能量，相当于他修炼十天的效果，换句话说，若是再来两支七级基因药剂，或者六十支一级基因药剂，他可以在今晚尝试凝聚星环，冲击元境。

只是一想到哪怕最便宜的一支一级基因药剂，也需要十个金币，落星辰的眉头又皱了起来。看这样子还得想办法挣点钱，在这个资源至上的时代，想要成为一名真正的强者，必须得有大量的资源，只是来自荒野的他并不知道该如何挣钱。不过这事也不用着急，到时候可以找林万山问问。

想通了这一点，落星辰再一次走出了屋子，盘腿坐在了小院，开始认真地修炼了起来。基因药剂虽然能够迅速提升他的实力，可是现在对他来说，显然落婷婷更需要基因药剂，他还可以通过修炼星力，淬炼肉身，提升修为。

随着落星辰肉身的增强，他发现自己修炼的速度也提高了不少，难不成因为肉身的增强，体内经脉的扩张，从而让修炼速度也提升了不少？若是如此，那么是不是代表着肉身越强，修炼星力的速度也越快？

实际上这就是常识，肉身越强悍，体内的经络越宽阔、坚固，容纳的星力也更多，修炼的速度自然更快。这也是为何同样是觉醒了星力的人，权贵子弟的修炼速度基本都快过平民子弟或者流民的原因，他们或许没办法大量获得元品星药这样直接提升星力的丹药，但却可以注射一些基因药剂，提升肉身的强度。肉身强大了，修炼的速度自然也更快。

落星辰之前都是循序渐进，肉身力量提升得也不明显，即便是修炼速度提升了也没发现，这一次骤然提升了一百多斤的力量才感应到这个变化。

想到这里，落星辰又想到一个问题，如果星力的修炼真的如此，那自己岂不是可以暂时压制修为的增长，不断地以凝聚的星力淬炼肉身，等到肉身强大到一定的境界，再全速提升修为。

想做就做，落星辰继续盘腿坐在院中，一边吸纳天地之间的元星之力，一边开始调动体内的星力淬炼自己的肉身，随着星力不断地涌入身体，他的肉身强度竟然也在不断地增强，若是这一幕被人发现，不知道会惊骇成什么样子。

肉身越强，修炼的速度越快，这是所有星武斗士都知道的常识，正因为是常识，也有无数的人想过先以星力淬炼肉身，提升肉身强度，再进行修炼，可是却没有人能够直接办到。

要知道，星力虽然能够淬炼肉身，提升肉身力量，不过都是运行星力的时候星力自经脉之中溢出，自行淬炼肉身。换句话说，只有极少的一部分星力用来淬炼肉身，绝大多数都是凝聚到丹田内提升自身修为。这完全是不受控制的。只不过随着星武斗士的实力越强，吸纳的星力越多，溢出的星力也越多，肉身的强度也越来越强，绝对没有人像落星辰这般，直接调动星力淬炼自己的肉身。

绝大多数的强者肉身强度进展极快，都是通过注射基因药剂，一旦到了彻底免疫基因药剂之后，只能够按部就班地靠着自经络之中溢出的星力慢慢地淬炼肉身，再也没有其他的方法，所以星武斗士越是到了后面，肉身的强度往往越跟不上修为的进展。很多强大的星武斗士一击之间都有毁天灭地之能，但肉身的强度却绝对难以承受这样的一击，那时的他们只能靠着星力对抗对手的攻击，或者穿戴星铠。

可是落星辰却不同，以他现在的情况，他完全可以不停地淬炼自己的肉身，将其练到一个让人难以想象的强悍地步。此刻的他并不知道这一点，只是一个劲儿地调动星力，淬炼肉身。

一夜的时间很快就过去，整个晚上落星辰都在淬炼自己的肉身，丹田内的星力没有半点儿变化，可是他的肉身强度却增强了十斤，不过是一个晚上就提升了十斤，这样的速度足以让无数人惊骇。按照这样的速度，哪怕不依靠基因药剂的帮助，他也能够在大半个月的时间内将肉身力量提升到一千斤，一千斤，这已经是一个三年级学生的标准。

当太阳高照的时候，落星辰停下了修炼，感受到体内磅礴的力量，他的嘴角勾勒出一抹淡淡的笑意，他相信，就算叶轻舞所拥有的资源比他多一倍，也绝对不可能超过自己，况且除了修炼外，他也准备和林万山聊聊赚钱的事情。不管是自身修炼，还是为了那件事，他都需要大量的资源。

落婷婷也从房间里走了出来，背上已经背好了那把漆黑的长刀，两兄妹一起走向了教室。

当他们来到教室的时候，并没有发现南宫寻月的身影，在教室等他们的老师是一位三十来岁、身材高大的男子，男子穿着一件军用背心，下身是一条迷彩长裤，脚下一双军用战靴，一副军人打扮。整个人如同一把出鞘的利剑，静静地站在教室的中央，等待学员的到来。哪怕是落星辰兄妹进来，他也没有多看一眼。

当上课的铃声响起的时候，班上的同学已经全部到来，一个个神情肃穆地站在教室中，满脸诧异地看着站在前方的男子。他们都有些不明白，班导师去哪儿了？怎么派了一个男人过来？

“我是你们的格斗教官杜启喜，在接下来的一个月里，你们的课程将由我负责。现在，给我列队！”男子并没有理会众人的诧异，直接沉声道。

众人不解，但感受到男子身上散发的煞气，却也迅速站成了队列。哪怕叶轻舞等权贵子弟，也是极为认真。

杜启喜的眼中露出了一抹赞赏，“很好，现在开始进行体能训练，每人负重一百斤，围绕校场奔跑十圈，中午之前必须完成，否则没有午饭！”杜启喜沉声道。

众人都一愣，他们来学院是为了学习星力的修炼之法的，怎么第一天还要练体能？能够通过考核的哪一个不是体能充沛之辈，需要练体能吗？

只是面对黑着一张脸的杜启喜，却没有人敢提出疑问，只是按照他的吩咐来到校场，纷纷背上一块一百斤的石头开始奔跑。

一百斤的负重，对于落星辰、林万山等人来说根本不算什么。当很多同学还在第五圈的时候，落星辰、林万山、叶轻舞三人已经先后完成了任务，紧随其后的是王虎和梁七。

当看到五人轻轻松松地完成了任务，明显还不知道五人情况的杜启喜眼中闪过一抹诧异，不过并没有多说什么，而是安静地等待其他的学员。

一上午的时间很快就结束，最后班上有十三名同学没有按时完成，结果他们只能眼睁睁地看着同学们吃饭。

吃饭休息一个小时后，杜启喜再一次召集了众人，依旧是负重跑步，只不过这一次落星辰几人的负重却变成了两百斤。让杜启喜没有想到的是，他们几个依旧最先完成了任务，甚至和上午所用的时间相差并不多。不过他并没有多说什么，等到所有学员都完成之后，直接宣布解散。

第二天的课程依旧是负重奔跑，落星辰等人的负重直接变成了三百斤，如此一来，实力稍差的梁七有些吃力，但依旧完成了任务。到了下午，落星辰、林万山、叶轻舞、王虎四个人的负重增加到了四百斤，王虎已经感觉到了吃力，不过也同样完成了任务，落星辰等人依旧轻松过关。杜启喜眼中的惊讶之色已经越来越浓。

到了第三天，他们三人直接负重五百斤，最后除了叶轻舞有些吃力外，落星辰和林万山气都不喘一下。杜启喜已经对两人产生了浓厚的兴趣，但是在接下来的几天里，并没有再增强负重，而是继续背负五百斤，正常训练。

这样枯燥的训练让林万山很不爽，若非落星辰拉住，他都要找教官理论了。如此过去了十天，落星辰的肉身力量又增强了一百斤左右，已经达到了八百多斤，五百斤的负重对他来说就跟玩儿一样。修炼速度也提升了不少，若非淬炼肉身需要的星力也越来越多，他提升的速度只会更快。

而落婷婷也顺利地吸纳了那些基因药剂的效力，肉身力量成功达到了五百斤。也直到这时他们才明白杜教官的用意，所谓的体能训练就是让身体快速吸收基因药剂的药力，通过十天的体能训练，每一个人的肉身力量都增强了不少。

落星辰同样在这个时候才明白，基因药剂注射之后都需要一定时间来改变肉身的强度，可不是每一个人都和他一样，能够将基因药剂迅速地吞噬转化为星力，再淬炼肉身。

体能训练结束之后，是严厉的格斗训练，杜启喜亲自将军方的一些简单有效的格斗技巧传授给了众人，只是简单的几个动作就练了足足半个月。期间很多同学都觉得很无聊，就连林万山也觉得太过乏味，只不过看到落星辰那么认真地学习每一个动作才压下心中的烦闷，继续练习。

期间叶轻舞竟然也极为认真，出生于叶家的她竟然没有半点儿不耐烦的样子，不管多么简单的动作，她都按照教官的要求严格地执行。她的实力也在飞速地提升，这让落星辰很吃惊，对她也高看了一眼。

不过他并没有太多的担心，大半个月的时间，他的肉身强度已经无限地接近一千斤，或许班上只有林万山还能够在力量上和他对抗一下，其他人在肉体上的力量和他的差距已经越来越大，再加上杜教官传授的格斗技巧，实力提升了不止一倍。

还有几天就是他们的第一次野外试炼了，在最后的几天里，杜启喜开始传授众人在野外生存的经验。对于来自荒野的落星辰来说这却不算什么，他自信比起在荒野生存的能力，他绝对在教官之上，不过作为七班的班长，他还是认认真真地听取了杜启喜的每一个细节，甚至还提出了一些有用的观点，这再一次让杜启喜另眼相看，似乎没有想到一个十六岁的少年在荒野的生存经验比他还要丰富。

等到第一个月的课程彻底结束的时候，杜启喜甚至私下问过落星辰是否有从军的意思，落星辰这才知道杜启喜并非学院的老师，而是南宫寻月从军方找来的教官，对南宫寻月的能耐有了进一步的了解。不过对于杜启喜的提议持保留意见，他要做的事情还有许多，一旦从军会有很多不便，更何况以他现在的实力进入军队，也不过是一个普通的士官而已，还不如留在白鹿学院多学习一下。反正只要从白鹿学院顺利毕业的学生，一旦加入军队，最起码也是尉官。

一个月的训练就这样结束，这段时间叶轻舞一行人也没有找过落星辰的麻烦，似乎完全忘记了之前的仇怨。可是在七班的联欢会上她却并没有出现，此刻的她正待在二哥叶轻狂的别院里，除了她之外，屠绝、袁野等叶轻狂的心腹也都在。让叶轻舞没有想到的是，不管是屠绝还是袁野，体内都散发着强烈的星力波动，显然这一个月的时间两人的实力都有极大的提升，特别是袁野，似乎已经凝聚了星环，踏入了元境。

可是比起两人的强大来，另一名少年却让叶轻舞感到一阵心悸，那是一名脸色有些苍白的少年，整个人站在那里，犹如一尊地狱走出的杀神。

第十六章 杀神屠南

少年身着一套黑色的武士服，皮肤白皙，头发呈现金色。只是静静地站在那里就如同一把出鞘的利剑，无时无刻不散发着凌厉的杀意。

叶轻舞只是看了一眼，就有一种眼睛被灼伤的感觉。而她也认出了这个杀性极重的少年，正是那日在考核擂台上大杀四方的屠南。

如今一年级三班的班长，据说在这一个月的时间里，一年级三班有超过十人被他打成了残废，这还是学院明确规定了学院里面不能杀害学院的学生，否则这十人就不是残废，而是直接死亡了。十个人的鲜血，换来了他在三班的绝对地位，也进一步落实了他的杀神之名，不要说三班，即便是整个一年级，也有不少人听过他的传说。

“找我有事？”屠南站在大厅的中央，看着坐在前方沙发上的叶轻狂，不冷不热道。

“屠南，你这是什么口气，这可是叶家的二公子，你……”一听到自己的弟弟竟然这样对叶轻狂说话，一旁的屠绝脸色微变，叶轻狂可不是什么心胸大度之辈，若是因为屠南说话得罪了他，从而迁怒自己那可就不划算了。当下直接出声呵斥道，可是他的话还没有说完，就被屠南的一句暴喝震住。

“废物，闭嘴！”屠南丝毫没有给自己的大哥留面子的意思。

屠绝的脸色瞬间变成了猪肝色，浑身上下更是一阵发抖，那是气的。

“你……你……”一手指着屠南，气得发抖的屠绝似乎想要骂些什么。

“身为屠家子弟，竟然要靠着别人施舍，你不是废物是什么？”屠南毫不留情地继续骂道。

“屠南，你不要忘记了自己的身份，你不过是一个贱……”屠南的话彻底刺激到了屠绝，当下就要骂出屠南的身份，可是他的话音还没有落下，一道身影忽然出现在他的身前，还没有回过神来，一记重重的巴掌已经落在了脸上，当场将他扇飞了出去，一头摔在地上。

屠绝只觉得脸蛋火辣辣的剧痛，一手捂住脸庞，朝着前方望去，才发现打自己的竟然是屠南，心中又是一阵愤怒。他和屠南虽然是兄弟，可是却不是同一个母亲生的，屠南的母亲不过是一个毫无身份的侍女，身份根本无法和自己相比，可是现在他竟然敢当着这么多人的面扇自己的耳光，这让他如何不怒。

就要爆发自己的星力，好好地教训一顿屠南，却听到屠南冰冷的声音响起，“你若再敢多说一句，我立马杀你！”屠南的语气不冷不热，不快不慢，没有任何情感，就仿佛在诉说一件很简单的事实，可正是这样的语气让屠绝彻底闭上了嘴巴。

他听出了屠南话中的杀意，想到了他瞬间来到自己身前并且扇飞自己的实力，心头一阵余悸，他毫不怀疑，若是自己再多说一句，这家伙真会出手击杀自己。而可悲的是，自己似乎根本没有抵抗的能力，甚至他有一种感觉，就算叶公子要护住他，也未必能够护住，而且自己在叶公子心目中什么地位，他同样清楚，叶轻狂绝对不会为了自己得罪一个实力更强的屠南。想到这里，他忽然有些后悔，早知道何必要将他介绍给叶公子，就算袁野的潜力超过自己，但自己总还有机会，可比起屠南来，自己连挣扎的机会都没有。

“说吧，到底什么事？”没有在意屠绝的想法，屠南再一次看向了叶轻狂，淡淡说道。

这一次，客厅内静悄悄一片。就连叶轻狂也诧异地看向了屠南，哪怕是他，刚才也没有看到屠南是怎么出手的，屠绝之前说屠南比他强，叶轻狂还有些不相信，可是现在看来，何止比他强，两人完全不是一个层次的。有这样的一个家伙出手，落星辰那小子就算有九条命都不够。

“明天你们就要进行野外试炼了，我想请你在野外试炼的时候帮我杀一个人！”叶轻狂直截了当道。

“谁？”屠南冷冷道。

“落星辰，一年级七班的班长！”叶轻狂继续道，心想以屠南的性格应该会对同为班长的落星辰有兴趣。

“不认识！”谁料到屠南却直接道。

这让叶轻狂一阵唏嘘。

“没关系，我会给你他的资料！”强压住一股喷血的冲动，叶轻狂继续道，他只觉得这家伙比自己还要狂傲。

“报酬多少？”屠南继续道。

“一千金币！”叶轻狂伸出了一根手指。

屠南并不说话，只是冷笑。

“他只是荒野的一个贱民而已，他的命可不值钱！”叶轻狂眉头挑了挑道。

“可是我出手值钱！”屠南淡淡道。

叶轻狂的眉头一皱，开口道，“那你需要什么？”

“一把星器！”屠南伸出了一根手指，淡淡道。

“不可能！”叶轻狂几乎从沙发上跳了起来。

星器，是能够灌注星力，极大增强威力的武器。哪怕是最普通的元级星器，价格也在百万金币以上，就算他身为叶家的嫡系，到现在也没有一把星器，而这家伙竟然开口就要一把星器，这怎么可能。

“那就没得谈了！”屠南却根本没有和叶轻狂讨价还价的意思，转身就走。

看着屠南就这么嚣张地离去，叶轻狂的脸色也是一阵阴晴变幻，他怎么都没有想到，一个破落贵族家庭的庶子也敢这么嚣张。只是想到屠南深不可测的实力，他却不敢下令将其强行留下来。这可绝对是一个疯子。

“屠绝，你倒是有一个好弟弟！”等到屠南的身影彻底消失后，叶轻狂冷哼了一声。

屠绝的脸色再变，赶紧爬起来解释道，“叶少，我也不知道他竟然这么不知进退，更没有想到他的实力变得如此恐怖。”

“哼，恐怖？是你们太废物而已，轻舞，你和那小子相处了一个月，他现在的实力怎样？”叶轻狂讥讽了一声，转头朝着叶轻舞道。

“我没有和他交过手，不过不管教官安排什么任务，他都很轻松地完成，如果单打独斗，我依然不是他的对手！”叶轻舞老老实实道。

“那他可有凝聚出星环？”叶轻狂继续道。

“这个倒是没有，不过他的肉身力量比看上去要强很多！”叶轻舞想了想，认真答道。

“哼，他不过是一个荒野贱民，肉身就算再强，能够强到哪儿去？只要没有踏入元境就好，袁野，现在你的境界应该稳固了吧？”叶轻狂又朝一旁的袁野道。

“回禀叶少，已经完全稳固！”袁野老老实实道。

“既然已经稳固，那杀一个还没踏入元境的家伙可有问题？”叶轻狂轻声道。

“绝没问题，只是叶少，我们和他们试炼的地点并不在一个地方啊！”袁野疑惑道。

上次被落星辰所伤，是他这辈子最大的耻辱。这一个月的时间里，他拼命地修炼，再加上叶轻狂提供的资源，终于在丹田内凝出了第一道星环，成为了一名元境星武斗士。一直想着和落星辰再斗一次，洗刷耻辱，只是一直没机会而已。

“是有些麻烦，不过这次试炼有十天的时间，你有三天的时间赶往他们试炼的地方，到时候有轻舞帮忙，找出那小子的踪迹并不困难，等杀了他之后你再回来便是，而你的试炼任务，我会找人帮你完成的！”叶轻狂淡淡道。

“多谢叶少！”袁野恭敬道，对于他来说，杀落星辰固然重要，但试炼的任务若是没完成，日后也会有很大的麻烦，如今有了叶轻狂的这一句话，他完全可以放心地去击杀落星辰。

“屠绝，这一次你配合袁野，我会再给你们安排点人手，切忌，若是再失败，你们也不用回来了！”叶轻狂又扫了一眼屠绝，冷哼道。

“是！”屠绝尽管心中不服气，可是因为自己弟弟的事，此刻也不敢多说什么，只好和袁野一起领命。

这一个月的时间，他虽然还没有凝出星环，但也相差不多，若是真的和袁野联手，就不信干不掉落星辰。再说了，还有一个叶轻舞呢。身为叶家的千金，她的进展不可能比他们这些人慢，也不知道她现在的实力怎样了。

就在叶轻狂等人商讨怎么斩杀落星辰的时候，一年级七班的教室里，联欢会还在继续。

一个月的艰苦训练，对于落星辰林万山来说或许只是小儿科，可是对于绝大多数的同学来说却极为艰辛，如今好不容易结束，自然要放松放松。

不过叶轻舞不在，吴少辰、秦云等权贵子弟自然也不在，因此在留下的七十多名同学中，绝大多数都是平民子弟。让落星辰没有想到的是，王虎竟然留了下来。而他更是没有在意别人的目光，径直走了过来，来到了落星辰的身前。

“明天的试炼，小心叶轻舞！”朝着落星辰说了这一句，王虎直接转身离去。

留下一脸诧异的落星辰，小心叶轻舞？叶轻舞难不成打算在试炼的时候与自己为难吗？然而，最让他吃惊的还是王虎，他为何要对自己说这些？看着王虎离去的背影，落星辰若有所思。

“这家伙看起来似乎还不错！”林万山不知何时凑到了落星辰的身边，轻声道。

“这么说你觉得他说的是真的？”落星辰轻笑道。

“这不废话么，以那娘们儿的性格，当初你让她吃了那么大的亏，她会轻易罢休？”林万山冷笑。

“这倒也是，不过兵来将挡水来土掩，我们难不成还会怕一个娘们儿不成！”落星辰轻笑了一声，他不是不知道叶轻舞对他的仇恨，而是根本不在乎，那是对自身实力的一种自信。

“不错，我们怎么会怕一个娘们儿。”林万山也大笑。

明日就要试炼，尽管是一次放松的联欢会，众人也没有玩乐太久，在晚上十点左右的时候，落星辰就和落婷婷一起回到了别院。

来到学院已经一个月了，不用像在荒野那样每天为食物发愁，一个月的时间，婷婷竟然长高了不少，身上的肌肤更加白嫩，脸色也好看了很多，如果说刚到学院的她还是一个小女孩的话，那么此刻的她已经是一个亭亭玉立的少女，那张白嫩的脸上已经有了美人的坯子。

这一点，从林万山等人时不时看向她的眼神就能够知道。而她的肉身力量，也稳定在了五百斤，这样的力量在班上已经能够排进前十了，有这样的实力，这一次野外试炼她至少有了自保的能力。

“晚上早点休息，养好精神！”看了落婷婷一眼，落星辰轻声道。

“嗯！”落婷婷点了点头，又看了落星辰一眼才走回自己的房间。

王虎的话她也听到了，想到了叶轻舞这一个月来的隐忍，她也明白对方不会善罢甘休，或许会在这次试炼的时候对付星辰哥哥，不过想到了自己这一个月的进步，她的嘴角露出了一抹淡淡的微笑，星辰哥哥，婷婷不会再是你的累赘。

落星辰并没有回到自己的房间，而是直接盘腿坐在了小院的一块岩石上开始修炼，明天就要参加试炼了，他想要抓紧每一刻钟提升自己的实力。

不过今晚落星辰并没有继续调动星力淬炼肉身，而是不断地将其凝聚到丹田内，提升自己的修为，实际上自从前几日肉身力量突破一千斤之后，他就全力凝聚星力。肉身越强，修炼速度越快，可是一味地增强肉身强度也不是办法，毕竟实力才是根本。作为一名星武斗士，最强大的并非肉身，而是星力。

王虎等人能够想到的问题，他自然都能够想到。以他对叶轻舞的了解，既然要在试炼的时候下手，那么绝不可能简单，这个时候自然要尽快提升实力。

他的身上再一次泛起了一道道银色的光芒，而一抹常人难以察觉的紫色星芒也自天空直泻而下，没入他的体内，在他的丹田处，那团紫色的光芒越来越亮，不过依然被浓郁的银色星芒所包裹。

肉身达到千斤之后，他的修炼速度是之前的一倍有余，短短几天的时间，体内的星力已经浓郁到一个极点，只需要再加把劲，或许就能够凝聚出星环。星环对于星武斗士来说是一个分水岭，除了体内的星力比一般的星武斗士更为凝练之外，还能够真正发挥战技的威力。

当日叶轻舞使出了寒风落叶，只是徒有其表而已，以她体内的星力，根本无法发挥这套战技的威力，可若是她当日凝聚出星环的话，那么落星辰必死无疑。

哪怕是最低等级的战技，一旦爆发出最强的威力，也绝对不是常人能够抵挡住的。落星辰也拥有自己的战技，这是一套和他所修炼的功法所匹配的战技，只不过在没有达到元境之前，他根本无法使用，连模仿都很难办到。

今日他就想要凝聚星环，突破到元境。越来越多的星力凝聚到丹田，丹田内星力也越来越多，竟然以一种极为缓慢的速度旋转着。落星辰心无旁骛，只是疯狂地吸纳游离在四周的元星之力，随着他的修炼，越来越多的元星之力涌了过来。

当清晨第一缕阳光出现在天际的时候，落星辰的丹田内一道银色的光环终于凝聚，光环的中央还有一团极小的紫色光芒被银色的光环所包裹，外人根本无法查探，随着这一道光环的凝聚，一道银色的光圈扩散开来，迅速弥漫全身，落星辰感觉自己体内的每一个细胞都在欢呼，这是一道极为精纯的星力，就这么野蛮地洗涤了他的身躯。

他的身上流出了许多乌黑的杂质，一股恶臭传来，而他的肉身力量竟然在这一刻凭空增加了两百斤。这是他平日修炼十多日才可能拥有的结果。这一刻，他也瞬间明白了为何元星士（踏入元境的星武斗士）对普通的星武斗士有着碾压的实力，别的不说，就说凝聚星环所增强的肉身修为就超过了太多的星武斗士。毕竟其他星武斗士若是不借助基因药剂的帮助，从修炼出第一缕星力到凝聚出第一道星环，肉身力量的增长不会超过一百斤，一下子增长两百斤，这是何等巨大的差距?

这一刻，落星辰睁开了双眼，两道夺目的光芒射出，他终于踏入了元境。哪怕只是凝聚出第一道星环，但那也是元境，和普通的星武斗士相比有着本质区别的元星士。这一刻，哪怕再一次遇上那头差一点杀死他的血猿，他也有信心在不使用武器的情况下将其斩杀。

看了一眼身体表面浮现的黑色污渍，落星辰起身走进了自己的房间，当他再一次走出的时候，已经换上了一套黑色的武士装，一头乌黑的秀发披在脑后，整个人看上去容光焕发。

正好这时落婷婷也从房间走了出来，当看到精神焕发的落星辰的时候，她的眼中闪过一抹喜色，“星辰哥哥，你突破了？”

“嗯！”落星辰微笑着点了点头，随着顺利踏入元境，他更有信心保护落婷婷了。

“太好了，这一次试炼，我们一定要拿个第一！”落婷婷欢呼道。

“那是必须的，走吧，去看看这次试炼的任务是什么。”落星辰大笑，拉着落婷婷一起走向了教室。

“一个月的时间，没有借助任何星药，竟然直接踏入了元境，嘿嘿，这等天赋，当真世间少有啊！”落星辰所在小院对面的那棵树上，那名拿着旱烟的老头看着落星辰离去的背影，轻笑道。

“的确少有，不过比起三班的屠南来，还是慢了一些！”老头的旁边，似乎永远跟着学院的院长叶无痕。

“是么？”老头轻笑了一声，似乎不屑一顾。

“嗯，就在昨晚，屠南已经凝聚出了第二道星环，踏入了二元境界！”叶无痕老老实实道。

星武斗士，凝聚星力入体，只是第一步，只有踏入了元境，才算是真正的开始。元境共分九个境界，凝聚一道星环，称为一元星士，凝聚两道星环，称为二元星士，一直到九元。在白鹿这样的地方，九元星士已经算是强者行列，比如白鹿市的驻军最高指挥官罗晓上校，也不过达到九元巅峰而已。

到了九元巅峰，又是一个分水岭，只有能够将星环凝聚为星璇的人，才有资格进入玄境。玄境，那是一个更为奇妙的境界，对于绝大多数的星武斗士来说，可能一生都难以进入玄境，毕竟凝聚星璇的难度可比星环大多了。据说罗晓上校在九元巅峰已经卡了十年了，以他的功绩早就可以晋升将军，就是因为自身修为的原因，在帝国有一条明文规定，只有达到玄境的人才有资格成为将军，哪怕你立下再多的功劳，若是自身修为没有踏入玄境，也无法晋升。

听到屠南竟然在入学一个月就踏入了二元境界，老人的脸上也闪过了一抹诧异。

“也许，这一届新生给我们的惊喜比想象的还要大，我说的事，你都安排下去了吧？”老人轻声道。

“都安排下去了，只是这样真的好吗？他们毕竟才十多岁！”一提起那事，叶无痕的眼中闪过了一抹不忍。

“我们已经没有时间了，与其让他们最后死在那些畜生的手中成为口粮，还不如大浪淘沙，决出最有潜力的人！”老人轻声叹道。

“可是……”

“好了，我们已经别无选择了，而且我相信，这群孩子不会让我们失望的！”老人轻声说道，身影一晃，已经消失得无影无踪。只剩下那期待又有些无奈的声音飘荡在无痕的耳边。

足足过了好一会儿，叶无痕才轻轻叹息了一声，消失在原地，就仿佛从来没有出现过一般。

落星辰和落婷婷来到教室的时候，班上的大多数人都已经到了，不仅如此，一个许久不见的身影也出现在他眼中。

第十七章　死亡试炼

一套大红色的旗袍长裙，长裙的叉口一直开到了臀部，露出了白嫩的大腿。不仅如此，挺拔的酥胸也高高耸起，从侧面望去，完美的“S”形，一头火红色的秀发扎成了马尾束在脑后，露出了绝美无瑕的脸庞，不是南宫寻月又是何人。

不知道为何，时隔一个月再次看到南宫寻月，落星辰竟然有一种上前拥抱的感觉，不过想到了南宫寻月的恐怖战力，他还是明智地止住了脚步，朝着南宫寻月行礼道，“老师好！”

“嗯！”南宫寻月点了点头，就再也没有其他的表示，落星辰心里微微有些失落，不过还是走进了教室，站在了前面，才发现杜启喜教官也站在南宫寻月旁边。

这时同学们陆陆续续到来，当看到班导师也在的时候，一个个兴奋不已。纷纷向南宫寻月问好，当叶轻舞等人也出现的时候，班上的一百人已经全部到齐。

扫了一眼众人，南宫寻月满意地点了点头，朝着杜启喜道，“开始吧！”

杜启喜点了点头，直接打开了旁边的一个黑色箱子，朝着众人说道，“现在，每人上前领取一块！”

落星辰第一个上前，发现竟然是一箱子黑色的手表，赶紧拿起了一只回到了自己的位置，其他人也纷纷上前。

“这是随身记录手环，会记录你们斩杀的魔物数量，从而获得你们应有的学分，试炼结束之后，会根据大家获得的学分来评定最终的成绩，除此之外，你们日后在学院所获得的任何东西都需要学分来兑换，换句话说，从今天起，除了每个月的定额资源外，你们将不再获得任何免费的资源，包括食物！至于如何换算，记录手环里面会有介绍！”杜启喜沉声道。

众人的脸色微变，特别是一些家境贫困的学子，原本以为到了学院，最起码有免费的住宿和食物，可是谁能够想到，才一个月的时间就失去了这样的机会。不过想想也正常，这才是一个学院该有的态度。这世间本没有免费的午餐，学院能够为学员提供一个月的免费住宿，还有每个月都配发的定额资源，已经很厚道了，其他的学院可没有这么好的福利。

落星辰扫了一眼随身记录手环，发现在学院居住一个月只需要三个学分，他现在的居住环境，普通的食材，一个月的食物也不过两个学分，真正昂贵的是那些基因药剂，哪怕是一瓶一级的基因药剂，也需要十个学分，从这点上看，一个学分几乎和一枚金币的价值差不多。不过除了基因药剂之外，还有修炼功法、药品、武器等等。而一门普通的修炼星力的功法，就需要足足一万学分，换句话说，他们班的其他同学想要获得修炼星力的修炼之法，在这十天的时间里，最少也要获得一万学分。至于普通的疗伤药，倒是不怎么贵。一些普通的武器也不怎么贵，而兑换清单上也没有星器这样的东西。

落星辰在第一个月里表现出色，他的原始学分有一百多分，倒是可以换取一些基础的装备，而其他的绝大多数人，原始学分不过二三十分而已，能够换取几瓶疗伤药就很不错了。

“你们这一次的试炼地点是在白鹿市三百公里外的血色平原，任务是在十天的时间内徒步穿过整个血色平原。十天之后，我们会在血色平原的东部集合，到时候没有到达的人，很抱歉，白鹿学院不需要废物！”看了一眼众人的神色，杜启喜继续开口道。

众人的脸色微变，他们都明白这句话的含义，若是没有在指定时间到达，那么将被白鹿学院开除。

“不过你们也不用担心，只要在十日之内顺利抵达汇合点，哪怕你们一只魔物都没有击杀，也有一千的基本学分，足以支撑到你们下一次试炼了！”看到众人大变的脸色，杜启喜继续道。

众人的脸色这才好看一点。血色平原大概有一百多公里，只要在路上不遇上太大的麻烦，十天的时间还是足够赶到的，至于迷路的问题，随身记录手环上是有地图的，根本不用担心。

“另外，这一次新生试炼还多了一个班级排位赛，为了鼓励大家，院方拿出了丰厚的奖励，排名前三的班级，下个月的资源翻倍，分别是两倍、四倍、八倍，排名最后的三个班级，取消下个月的资源配额！”

众人的眼睛再次亮起，第一名将获得八倍的资源，按照第一次分得的资源换算，那可是足足四十支五级基因药剂啊，可是他们还来不及高兴，杜启喜的话已经如同一盆冷水，给众人当头泼下。

“排名的方式也很简单，以最终到达集合地点的人数为标准，人数越多，积分越高，若是抢夺了其他班学生的记录手环带到集合地点，也会增加积分，一个记录手环，就是一点积分；若是你们自身的记录手环被抢，那么即便顺利抵达集合地点，也没有积分，并且，个人任务也算失败。所以，你们除了面对血色平原魔物的攻击外，还可能遭遇其他班的攻击！”杜启喜继续不冷不热道。

偌大的教室已经静悄悄一片，所有人都目瞪口呆地看着杜启喜，这样的规则，岂不是让他们班级与班级之间相互残杀吗？学院怎么会出这样的题目？

叶轻舞的眉头却微微皱了皱，实际上她早已经知晓，这样的考核并不是第一次。白鹿学院几乎每一次期末大考，班级间的排位赛都是以这样的方式决出胜负，只不过那都是在期末大考的时候，他们这一次不过是新生第一次试炼，院方怎么会出这样的规则？难道说出现了什么变故让院方不得不这么早做出选择？

落星辰的眉头也微微皱了皱，生活在荒野的他见惯了各种杀戮，也见惯了各种手足相残、父子相残的事情，在荒野为了一块面包都可能分出个生死。只是让他不解的是，这里是白鹿学院，大家千辛万苦地考入学院，不就是为了学一身本事，再有一个相对安定的环境吗？怎么还会有这样的事情发生？难道这才是混乱时代的主旋律？

“所以，不管你们之前有什么样的矛盾，我都希望这一次你们能够团结一致，共渡难关，千万不要让我和南宫老师失望！”看到众人惨白的脸色，杜启喜继续道。

这一次，依旧没有人搭话，很多人都还沉浸在残酷的比赛规则之中。落星辰却在这个时候看向了叶轻舞，只不过此刻的她依旧是一脸的冷漠，让落星辰不明白她心里在想些什么。

“怎么，你们这是怕了？”眼见众人沉默，一直没有开口的南宫寻月忽然开口道。

“不怕！”林万山第一个叫嚣了出来，不就是杀人吗？难道他还怕过谁？

“你们呢？”南宫寻月又看了一眼众人，最后目光却停留在落星辰的身上。

“不怕！”感受到南宫寻月的目光，落星辰尽管觉得这样的规则太过残忍，但还是大声咆哮了出来。他已经决定全力保护班上的同学，若是其他班的人要来攻击他们，那么对不起，他不想杀人，但也绝不允许其他人为了获得更高的名次击杀自己班的人。

“这才对了嘛，这一次，我对你们的要求也不高，只需要进入前三就行，只要进入前三，我会私人拿出十支七级基因药剂，奖励给表现最好的十名同学，至于为班级做出贡献最多的同学，我更会送他一份特别的礼物！”南宫寻月说这话的时候，却看向了落星辰，显然对他充满了期望。

众人的眼睛又是一亮，包括叶轻舞在内，先不说那七级基因药剂，就说以南宫寻月随手就是十支七级基因药剂的手笔，她送出的特别礼物会差吗？

“老师，我们明白怎么做了！”看到南宫寻月期待的目光，落星辰用力地点了点头。

“明白就好，现在你们有半天的时间去换取装备，午饭之后在校门口集合，前往血色平原！”南宫寻月满意地点了点头。

“是！”众人齐声大呼，士气高昂，纷纷朝着外面奔去。

不管怎样，都有一点原始学分，能够换取多少东西就换多少，每多一点准备，就多一分保命的机会，他们可不想连第一次试炼都完不成。而且这一次若是真的能够杀进前三，那么第二个月的修炼资源将翻倍，就算是以最终的成绩来分配，也比之前多一倍。更何况还有老师单独奖励的十支七级基因药剂，很多人也想要去争一争的，至于特殊的奖品，却没有多少人有想法，大家都明白，那是落星辰、叶轻舞、林万山的……

也是在这时他们才明白，为何老师会在刚开学就将第一个月的资源发放下来，按照以往的规定，那是要在一个月后根据第一个月的表现才发放的，这么做也是为了他们在这一次试炼中有更多的胜算。

天空不知何时下起了细雨，灰蒙蒙的一片，让人分不清方向。

白鹿市西南边的一条公路上，一辆辆军用卡车行驶在蜿蜒的公路上，卡车上一名名白鹿学院的学生神情忐忑地望着前方的道路。在此之前，谁也没有想到他们的第一次试炼会如此残酷，不仅要徒步横穿整个血色平原，还有很大的可能面对其他班级的攻击，谁也不敢保证自己能够活着回来。

不过虽然忐忑，却没有多少人退却。这是一个混乱的时代，哪怕龙庭帝国建国八百余年，依旧时刻遭受到黑暗种族的压迫，战争无处不在，不仅是与黑暗种族之间的战争，人类之间也时时刻刻爆发着战斗，想要在这个残酷的时代生存下去，只能够不断地变强，就算他们现在不经历这些，日后也会遭遇。温室长出的花朵，是绝对不可能成为真正的强者的。

其中的一辆卡车上，落星辰静静地坐在自己的座位上，他的手中握着一把黑铁匕首，这是他以自己的学分换来的一把军用匕首，只需要一点学分。除此之外，他还换取了一把产于旧时代的沙漠之鹰，因为星武斗士的兴起，一般的热武器已经很难对其造成威胁，再加上与黑暗种族大战的阴影，这一千多年里，人类对热武器的研究并不多，进展也很缓慢，除了某些特别的能量武器外，这类枪械进展并不大，就如同他兑换的这把沙漠之鹰，威力也只比旧时代的强一些而已。对于星武斗士来说，沙漠之鹰的威力几乎可以忽略不计，可是一把加强版的沙漠之鹰依然能够给大多数的人带去威胁，只不过一把枪的兑换价格是十点学分，再加上每十颗子弹就需要一点学分，在荒野上很多魔物的速度都极快，除非是枪法极好的人，否则一般人就算兑换了也没用，还不如一把黑铁大刀。

所以整个七班除了落星辰外，没有人兑换这个玩意儿。除了这两件武器，落星辰还花费了三十点学分为周文换取了一把同样产自旧时代的巴雷特重型狙击枪，它在旧时代号称狙击之王，最大射程是六千八百米，有效射程也达到了一千五百米。

对于落星辰的做法，很多人都不解，他们这一次的任务是穿越整个血色平原，又不是伏击某个据点，虽说周文的枪法不错，可是花费那么大的代价去兑换一把狙击枪，也实在浪费了一点儿，与其兑换狙击枪，还不如兑换三支一级基因药剂呢，这起码还能够增强三十斤的肉体力量。在很多人看来，自身的强大才是根本，太过依赖枪械，并不是一件好事。

不过周文对此却极为兴奋，在几兄弟当中，他的肉身力量一般，速度一般，敏捷度一般，唯独在枪法上远远超过了众人。只是这个时代的很多人对热武器极为排斥，一般只有弱者才会使用热武器，所以他的天赋并没有引起谁的注意，哪怕是他们的教官杜启喜。

一个人的枪法再厉害又能怎样，最初靠着卓越的枪法或许能够占据不少便利，可是到了后期根本没什么用。不要说星武斗士，即便是一般的战士，当肉体力量达到一千斤以上后，普通的子弹就很难对其造成致命的伤害了。这时枪法再高明也没有任何意义。

可是周文不在乎，他抱着那把重型狙击枪爱不释手。

看着周文欢喜的模样，林万山轻叹了一声，即便是他也不明白落星辰的用意何在，那可是三十学分啊，就换了一把很可能永远用不上的东西。

“星辰，你现在的肉身力量应该有八百了吧？”扫了一眼周文，林万山看向了落星辰。

“嗯！”落星辰轻轻地点了点头。

“回答得这么爽快，你这小子不会不止八百斤吧？”看到落星辰爽快地点头，林万山继续问道。

这一次，落星辰只是淡淡笑笑，并不回答。他总不能告诉林万山，自己肉身力量已经达到一千斤了吧。

“好吧，等这次试炼结束后，我一定要和你好好地打一架，老子就不信了，你的肉身力量还能超过我！”看到落星辰神秘莫测的笑容，林万山哼了一声。

“可以！”面对林万山激情洋溢的宣战，落星辰只是轻轻地点了点头。

这让林万山一口气憋在喉咙处，这混蛋也太淡定了吧。

这时车子的速度忽然降了下来，最后直接停了下来，接着传来了杜启喜教官沉稳的吼声，“下车！”

众人一愣，难道已经到了血色平原吗？当下一个个背好自己的装备，从车上跳了下来。好在这个时候细雨已经停止，也不担心被雨水淋湿了衣服。

杜启喜早已经站在前方，众人迅速跑了上去，开始列队。

“落星辰出列！”等到众人集合完毕之后，杜启喜沉声道。

落星辰应了一声，大步出列。

“这里，就是血色平原，从现在起，你就要负责带领同学们走出这片平原，我和南宫老师会在平原的另一头等着你们，记住，你们只有十天的时间，你可不要让我和南宫老师失望！”看着落星辰那双漆黑的眸子，杜启喜严肃道。

“绝不让老师失望！”落星辰同样沉声道，这既是在对杜启喜保证，也是在对其他的同学做出承诺。作为七班的班长，他会努力带领大家走出平原，完成此次试炼。

感受到落星辰的决心，班上的其他同学都一阵振奋，在之前的一个月时间里，落星辰赢得了很多人的好感。而他的实力也在那里，有他在，他们也不用担心遇上其他班的强者。

不过队伍之中的叶轻舞却轻哼了一声，显然很不屑。只是她的声音极小，除了站在她身后的王虎外，并没有人听到。王虎的眉头微微皱了皱。

“很好，现在，你们可以出发了！”杜启喜满意地点了点头。

落星辰用力点了点头，回头看了落婷婷一眼，又扫向了众人，单手一挥道，“同学们，我们出发吧！”说完，已经率先朝着前方走去。

现在天色还没有昏暗，完全可以趁着天黑之前多走一些，那样也能更早地穿越平原。其他人包括叶轻舞在内，都没有多说什么，一个个跟上了落星辰的脚步，朝着灰茫茫的平原走去。前方的道路充满了迷雾，可是他们自信，一定能够活着走出平原。

看着众人离去的背影，杜启喜轻轻叹息了一声，和其他好些班级比起来，七班的人已经算是很团结的了，至少大多数人对落星辰担任班长还是很信服的，除了他自身的实力外，那一次公平分配资源也是最重要的原因。这个时代，太过正直未必是好事，可是一个正直的人总能够得到其他人无法得到的东西，比如说——信任！

“你说他们最终活着走出平原的，能有多少人？”不知何时，南宫寻月的身影出现在了杜启喜的身边，看着远去的落星辰等人，悠扬的声音自她的口中传出。

“如果叶轻舞那丫头不捣乱的话，应该能有八十人顺利穿过血色平原！”杜启喜想了想，认真道。

这是他根据七班的学生一个月的表现得出的结论。他相信，经过自己一手教导的学生，在野外生存的能力绝对超过了其他的班级。

“如果我说淘汰人数不会超过五人，你会不会觉得这是奇迹？”南宫寻月却轻笑了一声。

“五人？这怎么可能？”杜启喜却一惊，十天的时间，徒步穿越整个血色平原，哪怕血色平原的高等魔兽早被他们击杀得差不多了，可是谁能保证会遇上什么？到底有着怎样的危险，连他们都无法预料，七班的学员素质虽然很高，可是毕竟绝大多数肉身强度也只是一百多斤，想要将死亡率控制在百分之五以内谈何容易。要知道，这一次学院给他们的死亡指标是百分之五十，足以看出这一次试炼的艰难。

“他会创造奇迹的！”南宫寻月却轻轻地笑了笑，转身踏上了一辆卡车。

杜启喜明显愣了愣，他？这是在说落星辰吗？就算这小子天赋再高，实力再强，可是他也是一个人，也不可能照顾到所有人，这奇迹又如何创造？

不过南宫寻月已走，杜启喜也没有再多说什么，同样上了卡车，返回学院。

这一次野外试炼，一年级的十个班级全部参加，他们被分别投放在了血色平原另一头的十个地方，每一个相邻班级之间距离在五公里左右，这样也是避免一些实力强劲的班级为了好的名次对一些较弱的班级提前下手。

然而此刻一年级三班的投放地点，一身黑衣的屠南带着众人刚刚脱离老师们的视线，就停下了脚步。

“赵龙，你带领这群废物继续前进，我去取点排名积分！”屠南看了一眼方向，朝着身后的一名白衣男子道。

“好。”赵龙，一年级三班，除了屠南外最强的一人，闻言点了点头。他自然明白，所谓的取积分，就是击杀其他班的学生，抢夺他们手上的随身记录手环。

屠南又扫了一眼其他的学生，在这些人畏惧的目光中朝着右边的方向掠去，那恰好是七班所在的方向。

第十八章　一元星士

十个班级几乎是同时抵达各自的投放点，绝大多数班级选择了直线赶路，虽说班级排名战有丰厚的奖励，可不是每一个班都认为自己能够进入前三的，他们所想的就是以最快的速度穿过血色平原，尽量减少自身的损失，避免成为最后三名。

也有部分实力强大的班级想要从其他班级的身上捞点儿积分，比如三班的班长屠南，六班的班长张耀，不过比起屠南的独行来，张耀显然稳重了许多，除了留下同样达到元境的妹妹带领其他人前进外，他亲自率领班上除了他和他妹妹之外最强的四人朝着七班所在的方向奔去。在得知这一次的试炼还有班级排位赛之后，他就调查过各个班级的情况，在这一届新生之中，名气最大的自然是一班的苏瞳，入学考核擂台上他就靠着绝美的容颜名声大振，哪怕根本没人看过他出手，但以他苏家继承人的身份，实力怎么会差。不到迫不得已，没有人愿意招惹苏家的继承人。

苏瞳之下，就是屠南了，和苏瞳靠着身份与外表出名不同，屠南完全是靠着血腥的杀戮手段名震学院。这也是张耀绝对不愿意招惹的一个人。幸运的是，那家伙是三班的班长，就算他和自己一样，想要猎杀其他班的学生，也不会杀到自己的班级头上，毕竟，在三班和六班之间，还相隔着两个班级。就算屠南想要夺取第一名，也完全没有必要一路杀过来，一个四班的人数就足以让他获得大量的积分了，更何况还有一个五班呢。除了这两人外，其他人张耀都不怎么放在眼中。

凭借自己一元星士的实力，他自信完全可以进入全年级前三，只不过五班的班长似乎也达到了元境，自己若是袭击五班多少会有些麻烦，可七班就不同了。他听说七班的班长是一名来自荒野的流民，虽说也修出了星力，但并没有突破元境，连班长都不是元境，其他人实力又怎么可能高。以自己这支小队的实力，要全灭七班不可能，但杀十几个人，总是能够办到的，况且有时候面对绝对的实力，也并不需要杀人啊。多十几个积分，足以让自己班级的排名提升一大截了。所以在叮嘱自己的妹妹小心之后，张耀就毫不犹豫地选择了出击。

落星辰并不知晓六班的张耀刚开始就打起了他们班的主意，此刻的他正率领着七班的同学大步朝前走去。天色逐步昏暗了下来，他们已经徒步行走了好几公里，也不知道他们是运气好，还是不好，一路上竟然没有遇到魔物，这让很多同学很失望，他们还指望猎杀魔物换取积分呢。可这时走在最前面的落星辰忽然停了下来。

“怎么了？”林万山走到了落星辰的身边，低声问道。

“有危险！”落星辰轻声道。

“危险？”林万山一愣，这里可是平原，虽说现在天色已经昏暗了下来，可是一眼望去也能看到数百米外的地方，都是平坦无奇，哪里有什么危险。

“我说落班长，你不要在这疑神疑鬼耽误大家赶路好不好？现在还没有进入血色平原深处，能有什么危险！”跟在后面的吴少辰却直接站了出来，阴阳怪气地说道。只要能够打击到落星辰的事情，他都乐于去做。

落星辰却压根没有理他的意思，而是看向了前方，直接开口道，“出来吧！”

现场依旧静悄悄一片，没有半点动静。

“我说落班长，你老眼昏花了不成？前面什么都没有，你叫谁出来？”眼见前方没有动静，吴少辰又讥嘲了一句。

“你若再不出来，我可要开枪了！”落星辰依旧没有理会吴少辰，反而手腕一翻，那把沙漠之鹰已经出现在手中，对准了前方。

“哈哈哈哈，你认为这把破枪能够伤到我？”吴少辰又要继续讥讽，前方却传来一阵哈哈大笑声，一名身穿蓝色武士服的少年自一棵枯树的后面走了出来。明明是一株很细小的枯树，根本无法藏住少年的身体，可是刚才硬是没有一个人看到他。

“你是谁？”落星辰并没有移开枪口，而是沉声道，从对方的身上，他感受到了强烈的星力波动。

“我叫张耀，是六班的班长，现在给你们一次活命的机会，乖乖地交出二十个随身记录手环，我就不找你们的麻烦了！”张耀大大咧咧地站在落星辰的前方，对于那把加强版的沙漠之鹰，没有半点畏惧之色。

以他一元星士的实力，不要说这把旧时代的手枪，就算最新的能量枪，也很难对他造成威胁，毕竟星武斗士的感知极为灵敏，完全可以在开枪之前避开，这么近的距离对方也最多只有一次开枪的机会。而且落星辰作为这个班的班长，竟然还使用手枪，明显是实力不够强啊，看来自己的判断是对的。这家伙实力果然一般。

“哈哈，就凭你？”落星辰没有说话，一旁的林万山却狞笑了一声。

这家伙好大的胆子，一个人就敢来抢夺他们的随身记录手环，这可是他们班级成绩的评判标准，先不说交出去会影响班级的积分，就说谁愿意无缘无故地交出去？

“当然就凭我……”张耀同样冷笑了一声，直接运起体内的星力，一道银色的光芒自他的身上亮起，隐隐看到一团银白色的光晕。

当看到那一道光晕的时候，在场很多人同时倒吸一口凉气。能够凝聚星环，那可是元星士的标准，这小子和他们同是新生，就已经成为了元星士，这也太恐怖了吧。班上实力最强的落星辰，也还没有凝聚出星环吧？能够在这么小就凝聚出星环，成为一名元星士，这天赋绝对不差，为何在此之前他们并没有多少人知晓张耀的存在？

即便是林万山的脸色也有些难看，经过一个月的训练，他自身的实力也提升了一大截，他唯一的短处就是还没有修炼星力，不过他自信，凭借自身的肉体力量，即便是遇上星武斗士，也有一战之力。可若是对上了凝聚出星环的元星士，他的胜算还是太低。

人群之中的叶轻舞眉头也微微一跳。张耀？同为一年级的他竟然达到了一元星士的境界？如此天资出众的少年，自己之前竟然完全不认识。

落星辰同样皱紧了眉头，倒不是因为害怕，而是没有想到这一届新生中会有这么多天资卓越的少年，原本以为叶轻舞的天赋已经算高的了，现在又蹦出一个张耀。虽说他看上去比他们大，但最多大个一两岁，能够在十六七岁凝聚星环，也可以用天才来形容了。

实际上张耀天赋的确不错，不过能够在这么短的时间内成为一元星士，还是家族资源的倾斜。白鹿张家，虽然不如三大世家，但也是一个极其有底蕴的家族，实力在白鹿市最少也能够排进前二十，如今忽然出了一个天赋极佳的子弟，自然要全力栽培。靠着家族的大量资源，张耀和他的妹妹在入学的时候就已经快要凝出星环了，这一个月的时间里，自然顺利踏入元境。

“谁愿意交出自己的随身记录手环？”落星辰转过头，朝着众人道。

这话让张耀很受用，这家伙虽然实力差了一点，但眼力还不错嘛，知道不是自己的对手，直接交出记录手环，这也免去了一些麻烦。

众人面面相觑，交出随身记录手环？这不等同于直接宣布任务失败吗，他们谁肯愿意交出来？

“你看，没有人愿意交出来。”看到众人的反应，落星辰又转过头，朝着张耀耸了耸肩道。一副我已经尽力可是大家不配合的表情。

张耀的脸色瞬间就绿了，这王八蛋，竟然在戏弄自己。

“既然你们不愿意，那就不要怪我了！”张耀怒哼了一声，体内的星力全面爆发开来，夺目的光芒自他的身上亮起。

“动手！”也就是在这时落星辰轻哼了一声，毫不犹豫地扣动了扳机。

“砰”的一声轰鸣，沙漠之鹰爆出了一团火花，一颗子弹飞射而出，射向张耀的心口。

“雕虫小技！”张耀讥笑，身子不避不闪，连动都没动一下，只是爆射出了一道道银白色的光芒，在他的身前形成了一道银白色的光罩。

这是只有元星士才能使出的战技“星之守护”，也是常见的一种战技，只要达到元境就可以使出。

“砰”的一声，子弹射在了银白色的光罩上，荡起了阵阵涟漪，却根本无法击穿这层星力凝聚的光罩。

很多人同时倒吸了一口凉气，也彻底明白为何热武器对星武斗士，特别是凝聚出星环的元星士无效了，这么近的距离都难以破防，更不要说稍微远一点的距离了。这么近的距离，星武斗士只需要一步就能抵达，一般的人即便是拿着一把重型武器，也只有被屠的份儿。

不过这时一个小山一般的身影却已经大步跨出出现在张耀的身前，直接握紧拳头就朝张耀轰去，那是林万山的拳头。

林万山还没有修出星力，他的身上并没有半点星力波动，在张耀看来，这样的一拳连自己的“星之守护”都不可能破开，所以他同样没有动，他就是要立威，让这些不知道天高地厚的家伙知道自己的厉害。

“砰”的一声巨响，一股让张耀感到心惊的力量骤然爆发开来，那层足以抵挡普通的星武斗士全力攻击的“星之守护”竟然“啪”的一声碎裂开来，那只硕大的拳头继续朝着他的脑袋砸了下来。

张耀的脸色当场就绿了，他从来没有想过，一个和自己同样是一年级的新生竟然能够靠着肉身的力量就破开他的防御。这得多强的力量？最少也有上千斤吧？千斤巨力，这已经是三年级的标准了。他不过刚刚入学一个月而已，怎么可能拥有这么恐怖的力量？

不过他已经没有时间惊讶了，林万山如山岳般的拳头已经来到了他的头顶。在这紧要时刻，张耀身为一元星士的实力全面爆发，体内的星力迅速凝聚到手臂上，全速抬起，挡住了林万山的一拳。

“砰！”又是一声闷响，张耀只觉得自己的手臂好似被铁锤砸中了一样，传来一阵剧痛，若非他全力运行星力，这一拳怕是已经砸断了他的手臂，他的身体也被这一拳的劲道震得朝后一退。这一刻，张耀心中的惊骇只能用滔天巨浪来形容。林万山不仅一拳砸碎了他的“星之守护”，余劲还差一点儿粉碎了他的手骨，这力量也太可怕了吧？

就在他惊骇的同时，林万山又是一个大步迈出，左拳闪电般轰出，轰向了张耀的心口。这是最简单的直拳，没有任何花哨可言，可是张耀却不敢有丝毫大意，他表面的“星之守护”已经破碎，他可不想用自己的身体去承受这重达千斤的一拳。有些麻木的双臂再一次交叉于胸前，护住自己的要害。

又一声巨响，一股磅礴的劲道爆发开来，双臂竟然一阵麻木，身子也被震得连连后退，若非他的修为已经达到了一元星士的境界，只凭借他不过三百斤的肉身力量，绝对难以抵挡住这样的一拳。这一刻，张耀的脸上不仅有惊骇，甚至多了一丝恐惧，一个没有修炼出任何星力的家伙，怎么能够有如此恐怖的巨力？

可是他的身子还没有站稳，耳边就传来了一声枪响，那是狙击枪的声音。斜眼一看，隐隐看到一名身材单薄的少年正双手握住狙击枪，朝着他开了一枪。那是一支来自旧时代的巴特雷，哪怕拥有“星之守护”，他也没有自信在这么近的距离内挡住巴特雷的一枪。不过若是在平时，他自信可以避开，可这一刻正是他身体失去平衡的刹那，根本没办法避开。

在这生死关头，张耀的脚尖轻微一踮，让自己的身体微微朝后一仰，那本来射向他胸口的子弹直接射在了他的肩膀上，他的身体被巨大的力道带飞起来，肩头爆出了一团血花。体内的星力开始混乱。

这一刻，张耀几乎要哭出来。他可是一元星士啊，能够使出战技的元星士，如今竟然被人用狙击枪击中了身体，这绝对是最耻辱的事情，更为可恨的是自己还来不及使出战技就已经受伤。身体还在倒飞，张耀却隐隐感觉到耳边传来破空的声响，一道人影急速奔了过来，那是最早开枪的家伙，也是七班的班长，落星辰。

落星辰的速度快到了极致，几乎眨眼的时间就来到了他的身前，趁着他的身体还没有落地，一记重拳已经当空落下，砸向了他的心口。这一刻，张耀躲不能躲，挡不能挡，甚至连凝聚星力到心口都办不到，只能够眼睁睁地看着那一拳落下。

不过让他感到欣慰的是对方并没有使出星力，而看他单薄的身体，这一拳的劲道，怕是最多也只有一两百斤吧，一两百斤的力量，自己的身体还能承受，只要自己挨过了这一击，就能发起反击。然而，就在张耀以为自己能够承受这一击的时候，落星辰的重拳已经砸在了他的胸口，张耀立马感觉一股可怕的劲道传来，那是丝毫不弱于林万山的一拳。

“砰”的一声，张耀整个人被砸得摔在地上，发出了巨大的闷响，他只觉得胸口一阵剧痛，就好似被重锤狂砸了一下一样，胸骨似乎都要断裂。“哇”的一声，一大口鲜血自嘴里喷了出来，脸色已经变得苍白一片。张耀顿时只觉得脑袋嗡嗡作响，他怎么都不明白，自己怎么会这般轻易地被打翻在地。

一只沉重的大脚踏在了他的胸口，那把在他看来完全无用的沙漠之鹰对准了他的脑袋。体内的伤势太重，星力又是一阵紊乱，张耀可不认为这么近的距离能够挡住这样的一枪。刹那之间，他的脸色由苍白变得透明。自己是来抢夺随身记录手环的，怎么眨眼的时间就变成了任人宰割的羔羊了呢？自己可是一元星士啊！

不要说张耀不明白，就算七班的其他人，包括叶轻舞在内也是目瞪口呆地看着这一切。一个凝聚了星环的元星士，竟然这么快就被干翻在地，甚至还吐血受伤，他甚至来不及使出自己的战技。这也太不可思议了吧？

不管是落星辰还是林万山，又或者是周文开的那一枪，都不可能真正威胁到一名一元星士，可当这三人联合到一起的时候，却爆发出了如此恐怖的杀伤力。堂堂一元星士，连反抗的余地都没有，这默契度也太恐怖了吧？

特别是叶轻舞，她知晓二哥为了洗刷耻辱，派出了袁野和屠绝，他们能够击杀落星辰吗？她也明白，张耀之所以输得这么惨，还是因为他自己的大意，但面对默契度如此高的落星辰等人，即便是一元星士又能讨到多少便宜？

不远处，四名准备接应张耀的六班学生也是目瞪口呆地看着这一切，在他们心目中如同战神一般的张耀，实力强大无比的张耀，竟然如此轻易地被打倒在地，他们就算冲过去又有什么用？

“你应该不是一个人来的吧？”一脚踩住张耀的胸口，落星辰就这么居高临下地说道。

“哼！”面对落星辰的问题，张耀只是冷哼了一声，甚至直接别过了脑袋，身为一名一元星士，竟然被一名实力远不如自己的家伙踩在脚下，这可是巨大的耻辱。

“砰！”面对张耀的倔强，落星辰也不多说什么，直接扣动了扳机，沙漠之鹰巨大的轰鸣声吓得张耀的心脏骤然一顿，眼睛也本能地闭上。

他竟然开枪了，他竟然直接开枪了！自己这就是要死了吗？张耀心中充满了恐惧，只觉得整个世界都昏暗了。而不远处，几名潜伏的少年也是一脸的惊骇，老大就这样死了吗？

“你再不说，我要继续开枪了哦！”这时耳边传来了一道慵懒的声音，张耀这才回过神来，只觉得耳朵有些发疼，刚才的那一枪竟然没有对准自己，而是擦着自己的耳朵而过。自己还没死。

睁眼一看，落星辰正戏谑地看着自己。心中又是一怒，可是想到了刚才的恐惧，再看看落星辰戏谑的眼神，张耀却不敢再赌下去。他还年轻，他不想死。

“天涯，天照，你们几个给我滚出来！”生死关头，张耀也顾不得尊严和义气了，直接大吼道。

不远处，潜伏在草丛中的四名少年面面相觑，他们清楚地听到了落星辰的威胁，如今又听到自己的老大在叫他们，若是不出去，万一他真的杀了老大怎么办？他们可都是依附张家的家族，张耀兄妹是张家这一代最看重的两人，如果死在了这里，那么不仅是他们，就算他们的家族也会有巨大的麻烦。可若是出去，对方会不会把他们也杀了？

“看来你的威信不够大啊。”看到周围毫无动静，落星辰轻笑了一声，实际上他刚才也是随口一问，谁知道张耀竟然真的不是一个人来的。

“宇飞，宇凌，你们这两个混蛋也想看着我死吗？”受到落星辰的话刺激，张耀再一次怒吼道。

这一刻，潜伏着的四人再也不敢隐藏了，一个个从藏身的草丛走了出来。每一个人的脸色都很难看，毕竟他们是来伏击的，想要抢夺随身记录手环，谁知道还没正式动手，就被人擒住了老大。

“就这点儿人也来伏击我们？”看到走出的四人，落星辰轻笑了一声。

“哼，对付你们这群渣，还需要多少人？”张耀冷哼了一声。

“呵呵，可是某个废物却被我们这群渣给生擒了呢。”落星辰不冷不热道。

张耀顿时闭上了嘴巴，一张脸变得酱紫一片，那是气的。

第十九章　荒野危机

张耀从来没有觉得这么憋屈过，自己的实力明明在他们之上，就算是那名肉身力量极强的家伙单打独斗也不可能是自己的对手，可就是这样的一群渣，却在极短的时间内击伤了自己。就算自己再强又如何，现在还不是被他们踩在脚下？面对这样的一句话，他能说什么？所以他干脆闭嘴，看对方如何处置。

“看在你之前没有杀心的份儿上，我也不杀你！”扫了一眼脸色酱紫的张耀，落星辰淡淡道。

“你不杀我？”张耀一愣，虽说他并没有在对方的身上感受到杀意，但真正得知对方不会杀掉自己的时候还是有些诧异。

这毕竟是一个混乱的时代，在野外杀人根本不算什么。特别是这次试炼还关系着班级排位赛，自己又是六班的班长，一旦放掉自己，会给他们带来竞争压力。如果换成自己，可不会让对方活着。

“当然，我和你无冤无仇，为什么要杀你？”落星辰理所当然道。

“那你要放了我？”确定落星辰不是跟自己开玩笑后，张耀心里升起了一团希望，这小子不会真的要放了自己吧？

“放你？你想多了，从现在起，你就是我的俘虏了！”落星辰的一句话却粉碎了他所有的幻想。

“俘虏？你就不担心我伤势恢复后逃走？甚至反击？”张耀冷笑。

“担心，当然担心哦，所以在放开你之前，我打算给你吃点东西。”落星辰英俊的脸上，浮现出了一抹邪邪的笑容。

“什么东西？”张耀的脸色一变。

“嘿嘿，马上你就知道了，唐潇！”落星辰一笑，朝着后方的唐潇道。

“在！”唐潇迅速跑了过来，手里已经多了一个黑色的药瓶，显然已经领悟了落星辰的用意，直接掏出了一颗黑色的丹药递给了落星辰，还做出了解释，“这是十日散，我精心研制的一种毒药，一旦服下，十日之内若是没有服下解药，会承受万箭穿心的痛苦，最终断肠而亡！”

张耀的脸色瞬间就变了。

“一颗药丸，一颗子弹，你选择哪一个？”落星辰看了一眼手中的丹药，朝着张耀咧嘴一笑道。

他的笑容很亲切，可是在张耀看来，这却是比恶魔还可怕的笑容。十日散，一听名字就不是什么好东西，一旦他服下这颗丹药，那么等同于生死掌握在了对方的手中，可若是自己不服下，看着黑漆漆的枪口，张耀毫不怀疑，对方会真的送自己一颗子弹，这么近的距离，他可承受不住沙漠之鹰的攻击。

“药丸！”反正尊严都已经被践踏，再被践踏得彻底一点儿又如何？生死关头，张耀只犹豫了一下就做出了决定，从落星辰的手中接过了丹药，一口扔进了嘴里。

“你是个聪明人，我喜欢和聪明人打交道！”落星辰满意地点了点头，身子朝后一退，移开了步伐。

张耀赶紧从地上爬了起来，却依然觉得心口一阵发疼，有些畏惧地看了落星辰一眼，不明白他一拳的劲道怎么这么大。

“你们老大是一个聪明人，你们呢？”落星辰又将目光投向了不远处的孟天照、孟天涯、赵宇飞、赵宇凌四人，还有他手中的沙漠之鹰同样移了过去。

而周文也抬起了手中的狙击枪，对准了其中一人，林万山、梁七等人也不知不觉包围了四人，正一个个咧嘴狞笑。

就连张耀也狠狠地瞪向了四人，身为老大的他都服下了毒药，你们几个难道还想幸免不成?

“我们都选药丸！”在这等情况下，四人哪里敢多说什么，哪怕明知道那是穿肠毒药也得吃下去。

落星辰满意点了点头，而唐潇早已经跑上去，一人递上一颗。他的父母都是医生，耳濡目染之下，他的医术也极为高明，无聊的时候研制一些毒药也是很正常的事情。这种十日散就是他自己研究出来的毒药，除了他之外，没有任何人能够解。

“果然都是聪明人，现在，可以把你们的手环取下了！”落星辰微微一笑，继续说道。

张耀等人的脸色变得极为难看，这简直就是偷鸡不成蚀把米，他们是来抢夺记录手环的，现在不仅没有抢到一个，还要交出自己的手环，一旦交出了手环，不就等同于放弃这次试炼任务了吗？按照规定，一旦他们的手环不在，就算抢夺再多的手环也没用，任务失败的人可是要被直接开除出学院的。

“放心，你们五个人的手环对我们的整体分数并没有多大影响，我只是代替你们暂时保管而已，等到了目的地，我自然会还给你们！”似乎是看出了张耀等人的为难，落星辰轻笑道。

张耀等人这才不情愿地取下了各自的手环，递给了落星辰。现在他们受人挟制，根本没有讨价还价的权力。

“希望你能够信守承诺！”在递交手环的时候，张耀狠狠道。

“我绝对是个诚实的人，不过在到达之前，还希望你们几个表现好一点儿，千万不要做出让我不开心的事，否则我心情一不好，弄丢了手环，那可不要怪我了。”落星辰飒然笑道。

“哼！”张耀一时之间，竟然无言以对，只能轻哼了一声。

到了这一刻，他们五个人算是彻底成为了落星辰的俘虏，哪怕有别的心思，也得压制在心里，至少在解了体内的毒和夺回手环之前不敢多做什么。

“现在，你可以先治疗下伤口，这点小伤应该不影响你战斗吧？”落星辰扫了一眼张耀肩头的枪伤，轻笑道。

小伤？张耀差一点就要破口大骂出来，被巴雷特的子弹射中，这叫小伤？换成一般的人，怕是整个肩头都给废掉了。只是看着落星辰戏谑的眼神，他可不能认怂，顿时冷哼道，“当然，这点小伤对我来说算什么！”

说着，已经掏出了一瓶蓝色的药瓶，看样子应该是一瓶金疮药。只不过那颗子弹还掐在他的肩头，没办法直接服药。

“唐潇，帮帮他！”落星辰朝着唐潇道了一声。

唐潇点了点头，不知道从哪儿掏出了一把手术刀走了上去。看着走过来的唐潇，张耀有心想要劫持住他，可是看了一眼虎视眈眈的落星辰等人，还是打消了这个念头。就算劫持了唐潇又怎样，最多从他身上拿到解药，他们的手环还在落星辰的身上，他可不认为落星辰会为了一个唐潇将手环还给他们。

唐潇的医术的确很高明，不过几个呼吸的时间，就为张耀拔出了子弹，夺过了张耀手中的金疮药，倒在了张耀的伤口上。在这药剂的刺激下，伤口的血肉竟然以肉眼可见的速度蠕动着，看这样子，最多一个晚上的时间就能复原。

“好药，最少也是五级的疗伤药！”看着手中的药瓶，唐潇由衷地赞赏道。

“废话，这可是我老爹给我的保命圣药。”张耀翻了个白眼，想要拿回金疮药，却不料唐潇朝后退了一步。

“现在你的命都在我手中，这药拿着也没办法保你的命，就勉强作为我替你疗伤的报酬吧！”说着，也不管张耀的反应，直接塞进了自己的怀里。

张耀的嘴角狠狠地抽了抽，仅仅是这瓶药剂的价值就在三千金币以上，自己也不过只有这么一瓶，现在竟然是疗伤的报酬？你给人疗伤有这么高的报酬吗？很想大骂几句，可是想到自己的命的确在对方的手中，只得再次压下了心中的这股愤怒，不过他却暗暗发誓，一旦回到了学院，一定要让这几个家伙好看。

张耀等人的神色全部收入了叶轻舞的眼中，嘴角露出一抹讥讽的神色，落星辰虽说实力强大，可是却太过仁慈，就算他暂时控制住了张耀等人又怎样，带上这五个不确定的因素，一路上谁知道会发生什么？若是换成自己，定然会彻底击杀五人，只有死人才不会有威胁。不过可能会带给落星辰麻烦的事情她自然乐于见着，自然不会提醒。

其他的人也见识了落星辰的实力，这一刻也不会多说什么。

带着张耀等人又行走了几公里，天色彻底昏暗了下来，走在前面的落星辰停下了脚步。看了一眼周围的地势，落星辰顿时开口道，“今晚我们就在这里宿营吧！”

荒野的夜晚是危险的，无数的魔物出没，在夜晚的荒野赶路和自杀没多大区别，所以落星辰决定先露宿休息。林万山等人纷纷点头，走了一下午，很多人都已经精疲力竭，的确需要补充下体力，而且大晚上的赶路也不太好。

“哼，这才走多久一点就要停下了，按照这样的速度，我们怎么可能在规定时间内赶到聚集地点？依我说，还是趁着没有深入平原，危险不大，再多走一段路的好。”然而这时一道不和谐的声音响了起来。

说话的是吴少辰，这肯定是在叶轻舞授意下。

落星辰的眉头轻轻地皱了皱，不过他还没有开口，脾气火爆的林万山已经冷哼了一声，“嘿，又没人拦着你，你大可自己走啊！”

“哼，我当然会走，我只是提醒大家，血色平原越往深处危险越大，到了那时可没有那么多时间赶路，这个时候不多走一点，到时候时间来不及怎么办？”吴少辰毫不畏惧林万山凶狠的目光，同样冷哼道。他虽然不是林万山的对手，但是他的身边还有叶轻舞啊，而且在这样的情况下，他也不认为林万山会对他动手。

听到吴少辰的话，周围也响起了阵阵议论声，虽说走了这么久都有些疲累，可是能够进入白鹿学院的人，肉身力量最差也在一百斤以上，又经过了一个月的集训，每一个人的身体素质最差也和旧时代的特种兵差不多，徒步行走几个小时并不算什么，只要坚持，再走一个晚上也没事。现在大家还没有进入平原深处，也没什么危险，的确可以趁此机会再多走一点，这样即便以后遇到了什么麻烦，也有足够的时间应对。吴少辰的话也不是一点儿道理都没有。

看到议论纷纷的众人，身为俘虏的张耀嘴角露出了一抹淡笑，看来七班也不是铁板一块啊，而且这些人也不是完全信服落星辰啊。只要不是铁板一块，自己总有机会夺回手环和解药的。

“原地休整！”落星辰却不管众人的议论，在荒野长大的他比任何人都明白夜晚的可怕。在这件事上，绝对没有商量的余地。

“落星辰，不要觉得你是班长我们就要听你的，今日我还偏不在这里露营，兄弟们，我们走！”不料吴少辰却冷哼了一声。

带头就朝前方走去。在他的身边，王雷、赵蒙、秦云、李林华、刘云、小杨等几个叶轻舞的跟班也一一跟上，叶轻舞也讥笑了一声，跟了上去。看到一下子走出了这么多人，一些觉得吴少辰说话很有道理的人也纷纷跟上，不过眨眼的时间竟然有二十来人选择跟随吴少辰继续前进，这让落星辰眉头紧皱。

一旁的林万山脸上露出焦急之色，这是完全不给落星辰面子啊。就要发怒，却被落星辰一把抓住。

“他们会回来的！”落星辰淡淡说着。

“嗯？”林万山一愣，不明白落星辰为何如此自信。

落星辰也不解释，开始安排扎营事项，其他人虽然也有疑惑，但想到了落星辰的强大，还是觉得跟他在一起更安全一点儿，纷纷选择留下。

不一会儿的时间，叶轻舞等人的身影已经彻底没入了夜色之中，而留下的七十多个人也纷纷搭建好了自己的帐篷。

看着呈现圆形的帐篷圈，落星辰满意地点了点头。又告诫众人不要生火，不要大声喧哗后，落星辰来到了张耀的身边。

“怎么？打算也给我搭建一顶帐篷吗？”张耀轻笑了一声。

“今晚，你和我负责守夜！”落星辰不理会他的调侃，轻声道。

“凭什么？”张耀不满道，自己是俘虏，哪儿有让俘虏守夜的。他可没有为七班守夜的打算。

“凭这个！”落星辰扬了扬手中的手环，继续道，“我说过，只有你表现好才会把手环还给你！”

“可我是伤员……”张耀抱怨道。

“你不是说这点小伤对你不算什么吗？”

“……”张耀这一刻真想给自己一个耳光，当时为何要说这样的一番话。

“啊……”就在这时空旷的夜晚忽然响起了一道凄惨的叫声，正准备入帐休息的众人都是一惊。

落星辰的脸色也为之一变，当下就朝着林万山喊道，“万山，组织大家，准备战斗！张耀，你跟我来，还有你们四个，跟我来。”

话音刚落，落星辰抬脚就朝前方跑去，张耀和自己的四个属下对望了一眼，也跟了上去，或许这是夺回手环的最好机会。

林万山也想跟上去，可是想到了落星辰的叮嘱，还是赶紧招呼众人，准备战斗。而背着那把长刀的落婷婷却悄悄跟了上去。

一路狂奔，只不过奔跑了几百米，借助昏暗的月光，落星辰看到十几个人正朝着这边狂奔，一边奔逃，一边发出呼救声，在他们的身后，似乎有什么东西在追击一样。

“星辰，狼……好多好多的狼……”奔得最快的是班上一名叫严雪的女孩，她的实力也不算差，肉身力量已经达到了两百多斤，论实力在班上可以进入前二十，正因为如此，她才不想被一群实力远不如自己的人拖累，选择跟随吴少辰等人一起离开，希望早点完成任务，谁能够想到刚离开没多久，就遇上了大麻烦。

狼？包括张耀等人都是一愣。

这里是血色平原，出现狼很正常，可是他们都是白鹿学院的学生，实力最差的也相当于旧时代的特种兵，一般的狼哪里能够伤到他们，更何况让他们这般惊慌。然而，很快几人脸上就露出了惊骇的神色。在众人的身后出现了无数双绿油油的眼睛，一眼望去，竟然看不到尽头。

即便是张耀的脸色也瞬间变了。以他的实力，普通的狼来一只杀一只，可问题是来的不是一只狼，也不是一群狼，而是一片狼，那起码是好几百只的数量，就算站着让他杀，也要杀到手软啊。更何况这一片狼来势汹汹，隔着老远就传来了一股腐臭，明显是生活在荒野的腐狼，这可比一般的狼恐怖多了。哪怕是他，也有一种拔腿就逃的冲动。

“啊……”这时又是一声惨叫，跑在后面的秦云一个不慎，一头摔倒在地。

一名名同学自他的身边冲了过去，却没有一个停下脚步拉他一把。秦云赶紧爬了起来，可是就这么一耽误的时间，一头腐狼已经扑了过来，一口咬住了他的小腿。更多的狼接踵而来。

“救我！”心中惊慌的秦云大吼。

就在他身前不远处，吴少辰的身子刚刚冲过去。似乎是听到伙伴的呼救，吴少辰顿了下身子，回头看了一眼，却看到更多的腐狼扑了过来，哪里敢停留，当下毫不犹豫拔腿就逃，根本没有出手相救的意思。

其他人同样没有一个人停下，都疯狂地朝前逃窜。

又一头腐狼扑了过来，扑在了秦云的身上，秦云的眼中露出了一抹绝望，他怎么都没有想到，平日玩得极好的伙伴会这般无情。

先是叶轻舞一个人率先杀出重围逃离而去，紧接着实力强大的王雷也突破而出，如今自己摔倒在地，连关系和自己最好的吴少辰也是不理不睬，这一刻他的心里一片冰凉。

生死之间，秦云爆发出了极强的潜力，一个翻身竟然将一头腐狼甩飞了出去，可是更多的腐狼却扑了过来。其中一头长达三米的腐狼更是高高跃起，一下将他再次扑倒在地，一口咬向了他的脖子。这一刻，秦云甚至能够看到腐狼牙齿间残留的腐肉，那股恶臭几乎要将他熏晕过去，而他的眼中更是一片绝望。自己这是要死了吗?

“砰！”就在腐狼的獠牙即将咬破他喉咙的时候，一道黑影闪过，隐约间秦云听到了一声闷响，睁眼看去的时候，那头咬向自己脖子的腐狼倒飞了出去，而一道瘦弱的身影却出现在他的身前。

“还能站起来吗？”平淡的声音从对方的口中传来，可是对秦云来说，这却无疑比天籁之音还要好听。

“能！”虽然被腐狼咬了几口，但是并没有伤到骨头，只是撕破了一些皮肉，并不影响行动，当下迅速从地上爬了起来。

秦云这才发现，救下他的竟然是自己一直敌对的落星辰。

这时又有腐狼扑了上来，落星辰抬起手中的沙漠之鹰就是一枪，直接轰爆了那头腐狼的脑袋，连续开了好几枪，每一枪都准确无误地没入一头腐狼的脑袋。腐狼不过是普通的魔物，虽说比一般的狼群厉害一些，但只要打碎了它们的脑袋也会死去，哪怕是一般的战士，也能够将其击杀，自然承受不住沙漠之鹰的威力，一头头纷纷掉落在地上。

“走！”越来越多的腐狼围了过来，落星辰一边开枪，一边朝后退去，秦云哪里还敢多说什么，赶紧转身就跑。

看着冲入狼群救出秦云的落星辰，张耀的眼中闪过一抹异色，以他的眼力自然看出秦云之前和落星辰一直不对路，换成自己，绝对不会冒险救出一个曾和自己作对的人，可是这小子竟然做了。看着被狼群包围的两人，他微微有些犹豫，自己要不要出手相救，若是落星辰死在这里，自己就可以夺回手环了，再逼迫唐潇交出解药，之前的耻辱也洗刷了，这可是一个好机会呢。

“嗷呜……”也就在这时，空旷的夜色中响起了一声巨大的狼吼，张耀的脸色一变，这是狼王的声音。

第二十章 斩杀狼王

狼王，可比一般的腐狼强大太多，更何况是这一大片腐狼的王。

一般说来，狼群的数量越多，狼王的实力越强，一群上百头的狼群，要成为狼王最少也要有着四五百斤的力量，而这一大片腐狼怎么看也不止一百多头，想要成为这片腐狼的狼王，起码也要上千斤的力量。上千斤的狼王脱离了魔物的范畴，已经属于魔兽了。

哪怕是最低等级的一级魔兽，也是一个极大的威胁，至少张耀不认为自己有单挑一级魔兽的实力。以他一元星士的境界，对上一级魔兽，特别是狼王这种凶狠的一级魔兽，胜算也不会超过两成，毕竟魔兽的肉身强度要远远超过普通的一元星士。

然而，狼王最大的威胁还不在于此，有狼王的狼群和没有狼王的狼群是两种截然不同的概念，没有狼王的狼群只会凭借本能行动，一旦伤亡率超过了一个数额就会退去，可若是有狼王坐镇，除非狼王离去或者死去，否则那些腐狼绝不会离开。

一想到这里，张耀心里已经萌生了退意，悄悄地朝着自己的四个伙伴打了个眼色，准备先行离开。他可不想被一群有狼王带领的腐狼包围。

“张耀，你若是敢走，我保证你绝对活不过十日！”就在张耀即将后退的时候，不远处正一枪将一头腐狼轰爆脑袋的落星辰冷冷说道。

张耀的身子顿时一僵，本能地想到了服下的毒药。

这时又一声响亮的狼吼传来，那些腐狼犹如发疯一般，疯狂地冲向了这边。

落星辰手中的沙漠之鹰打完了子弹，腐狼的数量实在太多，多到他连换弹夹的时间都没有。他直接收起了沙漠之鹰，掏出了黑色的匕首，恰巧有一头腐狼扑了过来，身子微微一侧，让开了腐狼扑击的方向，手中的匕首麻利地插入了腐狼的脑袋。紧接着迅速拔出了匕首，反手插入了第二头腐狼的头颅。整套动作一气呵成，没有半点拖泥带水，看得张耀一阵眼皮急跳，得击杀了多少腐狼才能练出这么熟练的招式，刀刀致命，不浪费半分力气。

“上！”不知道为何，他的心里竟然露出了一股凉意，不敢反驳落星辰的话，率先朝着被狼群围困的落星辰两人冲去。

人还在十米开外，张耀的身上已经泛起了银白色的星芒，他的嘴里大吼一声，“鹏腾万里！”话音落下的瞬间，张耀整个人已经腾空而起，双手张开，犹如一只太古大鹏展翅，振翼一抖，一道银白色的大鹏虚影涌出，那是星力凝聚的大鹏虚影，带着无与伦比的气势冲向了落星辰。

沿途之上，所有包围落星辰的腐狼身体纷纷碎裂开来，淡黄色的血液喷洒得到处都是，可是却根本无法阻拦大鹏的身影。眼看大鹏虚影就要轰在落星辰身上的时候，落星辰却身子微微一移，还不忘将秦云的身子拉到一边，避开了这恐怖的一击。

直看得张耀目瞪口呆。虽说他已经打算出手相救，可是也想给落星辰一点难堪，让他见识见识自己战技的威力，谁能够想到他竟然这般轻松地躲了过去。战技“鹏腾万里”所化的虚影绕过落星辰，沿路之上所有腐狼纷纷碎裂，最后直接轰在一头三米多长的腐狼身上，将那头足以在普通的腐狼群当上狼王的腐狼轰得粉碎才悄然散去。

落星辰已经趁此机会拉着秦云自张耀破开的口子冲了出来，头也不回地朝着来时的方向奔去。

“靠！”直到落星辰的身影自身边掠过，张耀才回过神来，定眼一看，那些腐狼已经再一次冲了过来，赶紧调头就跑。他不过是一元星士的实力，使出了一招战技已经消耗了太多星力，他可不想将自己累死在这里。在他身边，孟天照、孟天涯、赵宇飞、赵宇凌四人也紧紧跟随。

“婷婷！”落星辰还没奔出多远，一个瘦小的身子出现在视野中，不是落婷婷又是何人。

“你怎么来了？”后面狼群追击，落星辰惊呼道。

“我担心你！”落婷婷一句话就将落星辰想要发火的话堵了回去。

拉起她的小手继续狂奔，他却没有发现，随着落婷婷的出现，那些本来追击他的腐狼似乎感应到什么一样，速度竟然慢了不少。

一路奔回了驻地，早已经得到消息的林万山已经迎了上来，看着后方密密麻麻的绿色眼睛，就算是狂妄不羁的林万山也为之色变。

“伤亡如何？”落星辰开口问道，他问的自然是之前跟随叶轻舞一起离开的众人。

“除了叶轻舞那妮子和王雷外，所有人都在！”林万山看了一眼跟在落星辰身后的秦云，开口道，心中却暗暗诧异落星辰之前的话，他们会回来的。看这架势，这些家伙可不回来了吗，只是落星辰怎么知道？

“那就好，准备战斗！”落星辰心头一松，叶轻舞实力出众，除非遇上狼王，否则这些腐狼很难对她造成威胁。况且以她对自己的态度，就算真有什么事，落星辰也不会有半点伤心，最多会有点儿小遗憾，还是因为班导师的原因，他可是很想带领班上的所有人完成任务的。

“嗯！”林万山点了点头，已经拿出了一把双刃巨斧，身上的肌肉块块隆起，看着远处扑来的腐狼群，没有半点儿惧意。

梁七、周文、阿米等人也都拿出了自己的武器，做好了战斗的准备。其他的同学包括吴少辰等人在惊骇之后也纷纷拿出武器，准备战斗，显然他们都明白，面对如此恐怖的狼群，就算逃走也很可能会被逐步击杀，还不如团结在一起，共渡难关。

受伤的秦云被搀扶到了后面处理伤口，腐狼的牙齿有毒，虽说对于注射过基因药剂的人来说不会引起感染，但若是不及时处理，也可能造成难以治愈的后果。为他处理伤势的是唐潇，这让秦云很感激，只不过在路过吴少辰的时候，他的眼中却露出了一抹怨恨。

张耀五人也已经逃了回来，和落星辰等人并肩站在一起。

“现在，是你们表现的机会了，谁若能杀死一百头腐狼，我就将他的手环还给他！”落星辰扫了一眼张耀，冷冷说道。

“说话算话？”张耀眼睛一亮，他一直担心事后落星辰不会把手环给他，若是能提前拿到，自然放心不少。

“当然！”落星辰用力地点了点头。

“那就好，天照，刀！”张耀冷哼了一声，右手伸向了孟天照。

孟天照赶紧解下了背上的包袱，迅速从里面掏出了三段刀身，以最快的速度将其组合成一把一米多的长刀，递给了张耀。一刀在手，张耀整个人的气势都发生了翻天覆地的变化，正好这时冲得最快的腐狼离他们已经不足三十米。

“看我本事！”张耀嘴里冷哼一声，已经率先冲了出去，迎向了腐狼。

离冲得最快的腐狼还有十米左右，张耀已经双手持刀，举过头顶，一记竖斩斩下。一道银色的刀芒亮起，瞬间划过了那头腐狼的身体，将其切成两半。刀芒余威不减，竟然直接在地面划出了一道长长的痕迹，看得众人一阵心跳加速。

这就是一元星士的实力吗？哪怕林万山也是眼皮一跳，幸好这小子之前骄傲大意，否则若是单独对上，自己要取胜还真没多少胜算，至少这一刀他根本挡不住。

“杀！”落星辰却根本不在意这些，已经单手接过了落婷婷递来的黑色长刀，解开了包裹长刀的布条，身子如同鬼魅一般蹿了出去。

眨眼时间，已经冲到了腐狼的跟前，不等那头腐狼跳跃而起，手中的长刀已经全速斩下，刀身之上隐约有符文闪烁，一刀斩在了那头腐狼的脑袋上，如同切豆腐一般切开了它的身体。而落星辰的身子已经冲入了狼群，手中的长刀连连抖动，任何靠近他的腐狼都被迅速斩杀。他出刀的速度太快，而且太过精湛，虽然没有爆发出半点星芒，可是长刀的威力却一点都不差，任何腐狼都是一刀一个，不过片刻的时间，他的身前已经堆起了厚厚的狼尸。

看到如此威武的落星辰，七班的众人士气大振，也是三个一组，五个一群地冲入了狼群，全力击杀着看似无边无尽的狼群。

林万山也咆哮一声，手持那把巨型斧头加入了战局。比起落星辰敏捷的身手来，他的战斗方式显然粗犷得多，单手拎斧头直接朝前胡乱砍出，不管什么体型的腐狼要么被一斧头斩成两半，要么就被斧头沉重的力量撞飞出去，骨头碎裂，再也爬不起来，至于偶尔有腐狼躲过了巨斧的攻击，一口咬在林万山的身上，却发现咬住的不是血肉之躯，而是钢铁一般，以腐狼的力量竟然难以破开林万山的肉身防御。

这一幕若是让人看见，不知道会惊骇成什么样。也亏得现在天色昏暗，再加上林万山的身上沾满了狼血，并没有人注意到。

张耀同样没有注意到，他所有的目光都被落星辰所吸引，当看着落星辰犹如切豆腐一般斩杀腐狼的时候，好胜的他被激起了心中的战意，自己可是一元星士，杀狼数量怎能不如一个普通的星武斗士。

顿时再也没有半点保留，体内的星力全面爆发开来，刹那之间光芒大盛，犹如一颗冉冉升起的太阳，就连数百米外的几道人影，也清晰地看到了这道璀璨的星芒。

“你不是说他还没有突破元境吗？”几人之中，一名脸色苍白、眼眶也有些凹陷，明显纵欲过度的男子看着远方的那道夺目的星芒冷哼道。

这人不是别人，正是本该在另一个试炼地点的叶轻狂。在他的身边站着一身白衣的叶轻舞，袁野和屠南也静静地站在后面。除此之外，他的左边还匍匐着一头银白色、长达五米的巨狼。

“那根本不是他，是六班的张耀。”叶轻舞看了一眼前方矗立着的身形，正在发出仰天狼嚎的白色巨狼，又敬畏地看了一眼旁边的银狼，简单地将事情的经过说了一遍。

她怎么都没有想到，二哥竟然会亲自前来，更没有想到他竟然收服了一头银色魔狼。这可是比一般的狼王还要恐怖的存在，没见那头雪白色的狼王只能在前面发号施令，而它却懒洋洋地趴在这里吗?

也直到这一刻，她才真正明白封魔师的恐怖。在这荒野之中，若是能够收服一头狼王，那等同于收服了一支腐狼大军，即便是同等等级的星武斗士遇上了这样的情况，也只有饮恨当场的结局，至少她不认为张耀一个人能够对付这么多头腐狼。

“哦？被张家誉为百年难得一见的天才就这样的智商？”听完了叶轻舞的讲述，叶轻狂冷笑了一声。

一个一元星士，竟然因为大意被几个废物给生擒，除了说他智商太低，还能说什么。叶轻舞没有接话，显然也认同了叶轻狂的话。

“这样的白痴，死了也就死了，等他死了，张家就只剩下一个张艳了，听说她还是一个小美人儿，你说等她得到了张家的资源后，我再将她娶回叶家，如何？”叶轻狂淡淡一笑道。

叶轻舞的心头微微一颤，为叶轻狂的心机惊骇。张家这一代只有两个天才，一个张耀，一个张艳，一旦张耀死了，为了家族的地位，张家自然会全力培养张艳，甚至她很可能会继承张家的家主之位。可一旦叶轻狂想要娶她，那么张家根本无法拒绝。到时候所有用在张艳身上的资源都等同于便宜了叶轻狂，而且有了张家的支持，叶轻狂的势力将会暴涨许多，毕竟张家怎么说也是白鹿市排行前二十的家族。得到了张家的支持，他的势力很可能会超过叶家的第一天才叶轻风，那么他将有很大的机会成为叶家的家主。

不过是因为一个意外遇到了张耀，叶轻狂就联想到了这么多，这也着实恐怖了一点。看来家族全力培养他，并非仅仅是他封魔师的天赋而已。

“能够嫁给二哥，那可是她的福分！”心中尽管惊讶，但叶轻舞表面上却不为所动，只是淡淡说道。

“哈哈哈，这是自然，不过这小子天赋也的确不错，真死在这里，也着实可惜了一些！”叶轻狂轻叹道。

叶轻舞眼皮急速地跳了跳，她可没有在叶轻狂的眼中看到半点可惜之色。

这一刻，张耀手持那把组合而成的长刀大杀四方，身上的星芒不断地闪烁，一头又一头腐狼被他斩杀，一个人竟然抵得上几十个人的战绩。一元星士的实力再一次震撼众人，就连林万山和落星辰也都被他比了下去。

林万山面色难看，显然不想落于下风，于是全力地扑向腐狼，可是他没有修出星力，完全靠着肉身力量杀狼，也最多是一斧一头而已，杀狼的速度根本赶不上张耀。

落星辰却不为所动，依旧以恒定的速度击杀着腐狼。其他的同学同样在彼此的配合下抵抗腐狼的进攻。

起码已经有超过两百头腐狼死在了他们的手中，可是狼群却丝毫没有减少的迹象，一些实力较差的同学已经开始气喘，还有一些同学已经受伤，被扶到了后面，刚开始还在杀敌的唐潇已经忙碌了起来，不断地为受伤的同学处理伤口。万幸的是，到现在还没有人丧命。可是按照这样的势头下去，腐狼迟早会突破他们的防御。

看着前方源源不断的狼群，落星辰知道，若是不击杀狼王，这攻击将不会停止。

“周文。”一刀将一头扑过来的腐狼斩飞，落星辰回头朝着手持狙击枪的周文叫了一声。

“天色太暗，找不到狼王的所在地！”周文明白落星辰的意思，顿时摇了摇头道。

以巴雷特的有效射程，千米之外都能杀敌，哪怕狼王实力强劲，但只要命中要害依然能够取其性命，可问题是现在天色昏暗，只有朦胧的月光，他根本锁定不到狼王的身影，只知道大概的方向。

“万山，王虎，你们守住阵型！”既然没办法狙击狼王，就只能从狼群中杀出一条血路，前去击杀狼王，否则他们大多数人都要死在这里。

“好！”林万山瞬间明白落星辰的想法，虽然很想和落星辰一同杀过去，可是他明白这里也需要强者坐镇，否则一旦让这些腐狼突破阵型，他们将伤亡惨重。

王虎没有吭声，他只是紧了紧手中的长刀，表达了自己的决心。在刚才的交战中，他是除了落星辰、林万山、张耀外杀狼最多的一人，甚至还超过了梁七。不管是为了自己，还是为了班级，又或者是为了感谢落星辰当初的公正，他都用自己的行动证明了自己。

一旁的落婷婷听到哥哥的想法，就要跟随，落星辰却忽然转过头道，“婷婷，你就待在这里，不许胡来！”

“我……”

“听话！”落婷婷就要解释，却直接被落星辰打断。

“好！”看到落星辰严肃的目光，落婷婷不敢反驳，只好点头答应。

落星辰这才稍微放下心来，朝着不远处依旧光芒大放的张耀吼道，“张耀，敢不敢跟我比一比，看谁先杀掉狼王？”

“有何不敢！”张耀冷哼了一声，身上的星力再一次绽放开来，随手一记横斩，几头想要扑上来的腐狼被一刀两断，而张耀已经趁此机会大步朝前冲去。

眼见自己的老大朝着狼王的方向冲去，孟天照等四人有心想要跟上，可是看着越来越多的腐狼，还是明智地选择待在阵型里面，他们可没有张耀那么强大的实力。

“等我回来！”朝着众人道了一声，落星辰也提着那把黑色的长刀冲了上去，只不过和张耀大杀四方的威势比起来，他的威势却小了很多，甚至看不到半点星力闪耀的迹象，只是以极快的速度朝前狂奔，手中的长刀不断地挥出，准确地切入一头又一头腐狼的头颅。杀狼的速度竟然丝毫不比张耀差。

看着冲入狼群的两人，林万山等人都一阵担忧，虽说落星辰的实力在众人之中最强，可是面对源源不断的腐狼，谁能保证不会出现差错？更不要说对面还潜伏着一头很可能达到一级魔兽标准的狼王。

七班的其他同学也一个个心中感慨良多，他们都明白落星辰冒险前去击杀狼王是为了谁，以落星辰表现出来的战力，若是想要离开，再多的腐狼也没用，他这么做完全是为了他们。那些之前没有听从落星辰话语的学生都有些内疚，他们能够有一个为他们着想的班长，还有什么可奢求的。

一时之间，众人信心大增，战斗更加疯狂，他们杀戮的腐狼越多，班长所面临的压力也越小，就连被落星辰救出的秦云，也强忍着伤势加入了战局。

至于落婷婷，看着哥哥的身影没入了狼群，那双灰色的眸子眨了眨，闪过了一抹担忧，看了一眼正在前方不停杀敌的林万山等人，瘦小的身子悄悄地退出了前沿。她的个子本来就小，实力也不算出众，并没有人注意到她的动作，一直退到了后方，趁着没有人注意，落婷婷的身影悄悄地没入了夜色，她竟然也是朝着狼王的方向。

“哟，竟然被他们看出来了，这是要来进行斩首啊！”看着远方急速冲来的耀眼光芒，叶轻狂轻笑了一声，完全没将冲来的落星辰和张耀放在眼里。

张耀身上的星芒实在太过耀眼，移动的轨迹又是那般的霸气，想要不引人注意都难。

“嘿嘿，他们这是自己找死！”叶轻狂的身后，屠绝狞笑了一声。

先不说他和袁野的实力，就说二公子身边的这头银狼，就足以击杀一名全盛时期的一元星士，更何况张耀那小子战斗了那么久，等他冲到这里，他体内的星力还能剩下多少？

“就是不知道落星辰那小子来了没有？”一旁的袁野则轻问了一声。

“当然来了，他可是和张家的那个白痴一起来的！”叶轻狂轻笑了一声，目光却看向了张耀的身后，隐隐有道人影在闪烁，不是落星辰又是何人。

叶轻舞也看到了那道急速狂奔的身影，一颗紧张的心也终于放了下去。她最担心的就是落星辰等人一直死守，到时候面对接近千头腐狼的进攻，就算存活下来也定然会损失惨重，那时候就算杀了落星辰，自己班上的人也死得差不多了，还怎么竞争班级排位赛，若是排在了后三名，下个月可没有任何修炼资源，这可不是她想要的结果。

只要落星辰一死，那么二哥自然会停手，到时候自己再强势出现，七班还不得控制在自己的手中，想到这里，她的眼中射出了一道冷芒——落星辰，这一次，你必须死！

第二十一章　一叶轻狂

落星辰紧紧跟随在张耀的身后，有张耀这个实力强劲的一元星士在前面冲锋陷阵，为他减去了大半的压力。远远看去，众人都只看到在前面大开大合斩杀腐狼的张耀，而落星辰却完全隐藏在他的身后，只是偶尔抽刀斩杀一些漏网的腐狼。一路冲杀过来，他甚至没有动用半点星力，而张耀体内的星力却在急速消耗着，可是他却浑然不知，为了能够赢过落星辰找回面子，他可是拼尽了全力。

一路奔腾了数百米，除了最初为了刺激张耀，落星辰全力斩杀了十多头腐狼外，后面的路程，他总共杀狼的数量还没超过十头，接近百头腐狼全部死在了张耀的刀下。正是在张耀全力出手下，两人只花了十多分钟的时间，已经奔出了数百米，一头全身雪白，身长超过三米的巨狼正矗立在一个土丘上，冷冷地盯着两人。

当看到那头雪白色巨狼的时候，张耀的眼睛一亮，可是这时他体内的星力也消耗得差不多了，就要稍微停息一下恢复一点星力，一旁的落星辰却猛地蹿出，手中的长刀一抖，直接将一头腐狼斩杀，全速扑向了狼王。

“哼，卑鄙！”眼见落星辰这个时候忽然发力，张耀嘴里轻哼一声，直接掏出了一枚蓝色的药丸，塞进嘴里，那是一枚恢复星力的丹药，是比之前服用的疗伤药还要珍贵的东西，只这一枚的价值就超过了一万金币，即便是他，全身上下也不过只有三粒而已。

原本是打算最关键的时候服用，可是这一刻为了能够先斩杀狼王，压过落星辰一头，根本没有考虑这药丸的珍贵。一颗丹药下去，他体内的星力起码恢复了一半，原本有些暗淡的星芒再一次绽放开来，手中的长刀又是一抖，划出了一道三丈有余的刀芒，斩出了一条十多米的真空地带，身子一晃，已经再一次超过了落星辰，杀向了狼王。

看到急速冲出的张耀，落星辰的嘴角浮现出了一抹奸计得逞的笑意，这个家伙好胜心不是一般的强，只不过想到他持续了这么久的星力，心中也暗暗有些侥幸，以他的实力，除非自己使出全力，否则还真难击败他。如果不是他之前大意，想要这么轻松地击败他，根本不可能。

这家伙不仅实力高强，身上的灵丹妙药也挺多的，他可是清楚地看到张耀服下的那枚蓝色药丸，虽说不知道那是什么东西，但一看也明白是恢复星力的东西，能够在这么短的时间内恢复星力，价值怎可能低。早知道他身上还有这么多好东西，刚才就该洗劫一番。不过不管怎么说，张耀的全力冲刺也算是帮了他的大忙，如果不是张耀出手，他绝不可能冲得这么快，也不可能完好地保存了自己的实力。整个七班受到的压力都会增大许多。

并没有继续和张耀争夺斩杀狼王的机会，他只是不紧不慢地跟在张耀的身后，不过为了不给张耀造成自己继续偷懒的意思，他还是做出了一副全力拼杀的模样。两人的速度都很快，有张耀这个一元星士在前面，那些腐狼根本无法造成任何威胁，不过片刻的时间，离狼王的距离已经只剩下不到一百米。

一百米，对于一名星武斗士来说，也不过是两个呼吸的时间，而狼王似乎也感受到了威胁，开始发出震天的狼嚎，周围的腐狼都发疯一般地扑向了两人，然而面对爆发出全部战力的张耀，这些腐狼也不过是纸糊的一般，根本无法阻拦两人的脚步。不过一个呼吸的时间，张耀已经奔出了数十米，离狼王还有不到二十米的距离，借助他的威势，落星辰紧随其后。

“嗷……”看着越来越近的两人，雪白色的狼王仰天长啸了一声，那双强有力的后腿用力一蹬，巨大的身躯呼啸而出，全速扑向了张耀。

面对扑过来的狼王，张耀的神色肃穆，长刀高举头上，体内的星力全面爆发，就要一刀斩下，狼王忽然张开了大嘴，喷出了一道冰箭，直射张耀眼睛，张耀脸色大变。

这果然是一头魔兽级别的狼王，而且还是一头冰属性的魔狼。和普通魔物相比，魔兽除了力量远比一般的魔物大外，最重要的就是在体内凝聚了不同属性的魔核，像之前的血猿，凝聚的就是一颗狂暴属性的魔核，一旦狂暴之后，能够让它短时间内实力暴涨。只可惜遇上了实力强大的南宫寻月，被一脚踹死。

眼前的这头狼王则是一头冰属性的魔狼，力量可能不如血猿，可是却能够口吐冰箭伤人。面对忽然射出的冰箭，张耀本来要全力斩向魔狼脑袋的一刀不得不横移，挡住了射来的冰箭。

可就这么一耽误的时间，魔狼巨大的身躯已经撞在了他的身上，将他整个人给撞飞了出去，一头摔在地上。而魔狼庞大的身躯也压在了他的身上，强壮有力的前爪按住他的肩头，张开血盆大口就朝张耀的脑袋咬去。被这么重重一摔，张耀只觉得五脏六腑都要移位了一样，脑袋也是一阵眩晕，说不出的难受，哪里能够避开这致命的一击。

眼看魔狼的大嘴就要咬下他脑袋的时候，落星辰的身影出现在他的后方，反手握刀，直接一提，刀身自下而上，斩向魔狼的脑袋。似乎是感觉到了死亡的威胁，雪白魔狼直接放弃了对张耀的攻击，庞大的身躯顺势一滚，竟然避开了落星辰划出的一刀。这让落星辰眉毛一挑，好敏捷的速度。

就要继续踏步斩杀魔狼，左边忽然传来了一股寒意，落星辰不及多想，手中的长刀顺势一抖，就朝左边划去。

“当”的一声，一道金属交集的声音，落星辰只感觉手腕一阵发麻，身子也被震得朝后一退，而突袭他的人影也被大力震得连连后退，脸上露出震惊之色，似乎没有想到落星辰不仅反应极快，随手一击的力量也如此巨大。

这时张耀也回过神来，一把抓起自己的大刀，身子弹跳而起，和落星辰一起望向了偷袭落星辰的人影，微微一愣。

这是一名身材高大的少年，看上去应该比他们大一点，身穿一套黑色的武士装，手里握着一把长刀，正轻微地颤抖着，看他的穿着打扮，应该也是白鹿学院的学生。只是张耀并不认识，不过显然落星辰认识。

落星辰自然认识，正是当初败在他手中的屠绝。只是他怎么会在这儿？报复自己？

落星辰还在诧异，那头雪白色的魔狼也已经站起，正半弓着身子，对着落星辰和张耀的方向低吼，看它的样子似乎很想继续扑过去，可是眼中却又明显露出了畏惧，那是对落星辰手中长刀的畏惧。

这时叶轻狂、袁野也从黑暗处走出，更让落星辰没有想到的是，叶轻舞竟然也在其中。

当看到叶轻狂的时候，他瞬间明白了一切，叶轻狂是一名封魔师，这头雪白色的狼王明显是他驾驭的魔兽，而他则是通过这头狼王掌控了一群腐狼，袭击了他们。一想到叶轻狂为了报复自己，竟然聚集这么多腐狼袭击了班上的同学，而叶轻舞竟然和他同流合污，落星辰的心中就一阵愤怒。他们要联合起来报复自己，他不在乎，冤有头债有主，可是却因此对整个七班下手，这就超出了他的底线。其他的同学可都是无辜的啊，若是因此殒命，这让他如何向南宫寻月交代。

“叶轻舞，你知不知道你在做什么？很多同学差一点因此丧命！”极力压抑着内心的怒火，落星辰朝着叶轻舞嘶吼道。

“呵呵，因此丧命？这和我有什么关系？如果不是你，他们又怎么会遭受这样的攻击？落星辰，你不是自诩公正无私吗？现在自尽吧，只要你死了，那些腐狼会立马停止攻击。”面对落星辰的咆哮，叶轻舞却轻轻笑道，绝美的脸上露出了不相符的阴狠。

饶是落星辰心志坚定，性格沉稳，也差一点被叶轻舞的这一句话气得口吐鲜血，控制腐狼进攻七班的是他们，现在反而怪在了自己头上，还让自己自杀，这也太恬不知耻了。

一旁的张耀也是眉头紧锁，他早就看出了落星辰和叶轻舞的不和，可是却没有想到两人之间的矛盾已经深化到了这种地步，为了对付落星辰，这女人竟然找来了这么强劲的帮手，还控制腐狼直接对七班的人下手，这心肠也实在太狠了，那些可都是她的同学呢。

“张耀，现在是你摆脱他控制的时候，只要你和我们联手杀了他，不仅可以夺回你的手环，我还能保证从唐潇的手中拿出解药交给你，你看如何？”就在张耀内心感叹的时候，叶轻舞却忽然朝他嫣然一笑道。

落星辰的脸色微变。这样的提议对张耀来说诱惑力实在是太大了，毕竟不管怎么说，他的性命和前程都掌控在自己手中。一旦他答应叶轻舞的提议，那么自己所要面对的就是五名星武斗士了，哪怕落星辰再自信，也不认为自己能够对抗五名星武斗士，特别是旁边还有一头一级魔兽。

“嘿，最毒妇人心，你觉得我会和你这种连自己的同学都要坑的阴毒女人合作吗？”就在落星辰担心的时候，张耀却冷笑了一声。

实际上叶轻舞的提议真的很诱人，只是他却不敢相信叶轻舞的话，至少比起她来，他更愿意相信落星辰的承诺，更何况，就在刚才落星辰还救了他一命，若非落星辰及时出手，他怕是已经死在了那头狼王的嘴下。

他的话让落星辰心头一松，而叶轻舞的脸色却变得极为难看。

“张耀，你这是自己找死！”叶轻舞冷哼道。

“呵呵，就凭你？”张耀却朝着叶轻舞投去不屑的笑容，这更让叶轻舞恼怒不已，论实力，她还真不是张耀的对手。或许她的天赋比张耀高，可是她在叶家获得的资源绝对远远不如张耀在张家获得的资源，实力暂时比不上张耀也正常，可被张耀这样挑衅也是一阵恼怒，就要出手教训张耀，却被叶轻狂给拉住。

“张家张耀？”看着张耀阳光帅气的面容，叶轻狂轻笑了一声。

“你是？”张耀一愣，不明白这家伙为何会说出这样的一番话。

“叶家叶轻狂。”叶轻狂嚣张地报出了自己的名字。

张耀的脸色一变，叶家叶轻狂，这可是叶家的二公子。虽说在很多人眼里他有些放荡不羁，可是毕竟是叶家的嫡系，地位可比叶轻舞高多了，而且看他的样子，显然他才是这群人的首领。再看看不远处那头差一点杀死自己的魔狼，他隐隐明白了叶轻狂另一个身份——封魔师。他竟然是一个封魔师，被外界传闻废物的叶家二公子竟然是一名封魔师？

“呵呵，现在给你一次机会，杀了他，我可以原谅你对我的冒犯！”张耀的反应让叶轻狂很满意，在他看来得知了自己的身份和实力，他绝不敢再和自己作对。

“哈哈哈，叶家的二公子，果然好大的威风，如果我告诉你，不呢？”听到叶轻狂如此狂妄的话语，张耀却冷冷一笑，一脸的讥讽。

“嗯？难不成你觉得你张家能够对抗我叶家？”听到张耀嘲讽的话语，叶轻狂眉头一挑道。

“你能代表叶家？”张耀脸上的嘲讽之色更浓。

叶轻狂的脸色顿时变得极为难看。作为叶家四公子之一，他在家族中的地位虽然很高，但毕竟不是家族长子，甚至连第一继承人都算不上，他自然没办法代表叶家。张耀的这句话本来没错，可是在这里却嘲讽他不自量力地想要争夺家主之位，叶轻狂顿时就怒了。

“你这是自己在找死！”叶轻狂的话音刚刚落下，一旁的袁野已经瞬间蹿出，他已经明白了叶家二少爷的心思，那就是杀了他。

他的速度极快，刹那之间已经来到了张耀的身前，体内的星力更是全面爆发开来，吸取了上一次还没有爆发星力就被落星辰一拳击败的教训，袁野时时刻刻都在运转着星力。没有任何犹豫，一拳就朝张耀的胸膛轰去。他的拳头之上亮起了刺眼的银色光芒，恐怖的拳劲震得空气都一阵颤抖。

张耀已经来不及拔刀了，不过他脸上却没有半点惧意，同样是一拳迎向了袁野的拳头。

“砰”的一声巨响，两人的拳头重重地撞击在一起，张耀浑身一颤，身体竟然被震得朝后一退，整只手臂也是一阵麻木，脸上露出了惊骇之色，似乎没有想到这个家伙实力这般强大。

就这么一瞬的时间，袁野的身子一个急速旋转，一脚踹在了张耀的小腹，张耀的身体好似断线的风筝一般倒飞了出去，重重地摔在地上，“哇”的一声，一大口鲜血喷了出来，脸色变得苍白一片。他的肉身力量不过三百多斤，体内的元星之力虽然已经达到了一元境界，可是在此之前早已经消耗了太多，哪怕刚才服用了急速恢复星力的丹药，和全盛时期比起来也相距甚远。而袁野肉身力量远远强于他，本身的修为也达到了一元之境，并不比张耀差多少，又是蓄势待发，张耀自然不敌。

一脚踹飞了张耀，袁野又一个大步跨出，继续冲向张耀，他要趁此机会将其斩杀。

看着忽然落败的张耀，落星辰眉头一挑，不管怎样，张耀现在都是站在他这一边，若是真的被袁野这般杀了，那么自己一个人未必是这几人的对手，也不多想，身子一晃就要阻拦袁野。

可是屠绝哪里肯让他如愿。直接双手持刀，高举头顶，全速的一刀朝着落星辰斩去。

感受到背后传来的寒意，落星辰脚下步伐移动，身子凭空横移了半步，很小的半步，可是就这极小的距离，让他避开了竖斩而来的一刀，银白色的刀芒自他的右边斩下。若是那位神秘老头或者叶无痕在这里，一定会再次发出惊叹，因为落星辰使出的正是太极步伐。

这是一套近乎失传的绝学。可是在场几人没有人知道这样的步伐，只是一个个暗暗诧异落星辰如同鬼魅般的身影，特别是屠绝，他可是算好了落星辰落脚的地点才全力斩出了这一刀。

即便不能斩杀落星辰，至少也要逼得他和自己硬碰一招，让其无法救援张耀，谁能够想到他竟然这么轻易地避开了这一刀。更让屠绝心惊的是，这时落星辰握着长刀的右手却忽然朝后顺势一斩，一道刀芒亮起，划向了他的脖子。而落星辰的身子却急速朝前奔去，根本没有停留的意思，似乎根本不在意这一刀的结果。

但即便如此，屠绝也惊出了一身冷汗，本来前扑的身影骤然停住，全速朝后退去，手中的长刀迅速抬起，迎向了这一刀。

又是“当”的一声，屠绝挡住了这一刀，可是身子却被震得连连后退，体内的血气一阵翻滚，倒不是被落星辰这随意的一刀震伤，完全是刚才忽然急停，后拉造成的内伤。嘴角隐隐有血迹溢出，眼中已经露出惊骇之色。当日被落星辰击败，他一直觉得自己和落星辰的差距并不大，经过一个多月的修炼，自己就算不敌他，但至少有缠住他的能耐，谁能够想到他随意的一击就差点要掉自己的性命，这家伙怎么有这么强?

这时袁野已经来到了张耀的身前，他的手中不知何时已经抓起了张耀刚才掉落的大刀，直接一刀斩向了张耀。刀身上光芒四射，犀利的刀芒划破夜空，斩向了张耀的脑袋。

面对可怕的刀芒，张耀根本连闪避的空隙都没有，只能够眼睁睁地看着刀芒落下。自己竟然要死在自己的刀下？张耀的嘴角露出了一抹自嘲。

可就在他近乎绝望的时候，落星辰的身影已经全速扑了过来，手中的黑色长刀一抖，同样一刀斩向了袁野，在这紧急关头，他能做到的也只能是围魏救赵了。而他的刀身上，也第一次亮起了刺目的刀芒，刀芒的距离长达一丈有余，以不可阻挡之势斩向了袁野的身躯。

袁野的刀离张耀的脑袋还有不到一尺的距离，只需要不到一秒的时间，他就可以斩杀这个惹怒二少爷的人，可是他却明白，一旦如此，自己绝对没有办法避开落星辰斩来的一刀。他来自荒野，他不仅想要活下去，还想活得更好一点，又怎肯甘心这样送命。在这紧要的关头，他的身子一个旋转，斩向张耀的大刀一个斜向上的回拉，斩向了落星辰。

“当啷！”又是一声脆响，两人手中的武器碰撞在一起，落星辰的身子微微朝后一退，卸去了这一刀的劲道，袁野也被震得身子一偏，趁此机会，张耀已经翻身而起。

可是刚刚站稳就脸色大变，直接朝着落星辰吼道：“小心！”

落星辰眉头一竖，一股难以想象的寒意自背后传来，根本来不及转身，甚至来不及挥舞手中的长刀回斩，落星辰反而双腿用力一蹬，全速朝前蹿去。可是他依然感觉到背后一阵剧痛，一股冰寒的气息涌入体内，冻结着他的生机。

那是寒风落叶！攻击他的是叶轻舞！

“啪”的一声单脚刚刚落在地上，身子就是一个踉跄，险些摔倒在地。

不等他稳住身子，刚才被他一刀震退的屠绝已经扑了上来，直接双手举刀，全速斩向落星辰，刺眼的刀芒瞬间亮起，将落星辰整个人笼罩。

一旁的张耀，脸色变得极为难看。

第二十二章　纵天七步

屠绝对战机的把握简直到了恐怖的地步，这时正是落星辰最空虚的时候，不要说闪避，他甚至连抵挡都做不到。这一刀，更是直袭落星辰要害。他如何抵挡?

想到了落星辰相救两次，张耀眼中闪过一抹决然，体内的星力全面爆发开来，银色的光芒亮起，强大的气息不断地弥漫开来，双臂一展，犹如一头太古大鹏展翅，他的嘴里发出一声长啸，全速冲向了屠绝。

远远望去就如同一只大鹏一般。正是他的战技——鹏腾万里!

只不过这一次，他是以身为鹏。大鹏乃是上古速度最快的几种神禽之一，“鹏腾万里”同样将速度发挥到了极致。几乎是眨眼的时间，张耀的身子已经来到了屠绝的跟前，一头撞在了屠绝的身上。

众人就听到“砰”的一声巨响，两人的身体一起飞了出去，屠绝人还在半空之中，已经连续喷出了几口鲜血，身体更好似碎裂一般，那种感觉就好像被一辆急速奔腾的火车撞到了一样，足足飞出了数十米才一头栽倒在地。

“哇哇哇……”又是几大口鲜血喷出，里面还夹杂着无数内脏的碎片。

他不过是一个快要达到元境的星武斗士，修为还不如张耀，哪里能够承受张耀全力的一记战技。若非张耀之前消耗了太多的星力，怕是这一击已经直接要掉了他的性命。但即便如此，他也彻底失去了战斗力，这一刻的他甚至连动弹一下都办不到。只能够躺在那里，不断地吐着鲜血。

张耀同样不好受，为了将“鹏腾万里”的速度发挥到极致，他几乎爆发了体内所有的星力，一击之下，体内丹田空空荡荡，同样连动一下手指都办不到，只是不停地喘息着。

“张耀！”落星辰也没有想到张耀竟然会为了救自己爆发出这么凶猛的一

击，有心想要上前搀扶张耀，却被袁野给拦住。

不仅是袁野，叶轻舞也守在另一边，就连那头雪白色的魔狼也站在他的左边，对着他发出低沉的嘶吼，只是在看向他手中长刀的时候明显露出一丝畏惧。

“小子，想要过去？打倒我再说！”张耀的“鹏腾万里”虽然惊人，可是这一刻星力耗尽的他已经毫无威胁，袁野等人自然没有将其再放在心上。

他们这一次来的目标可是落星辰。

说话的同时，袁野身上的星力再一次亮了起来，体内的气息也不断地飙升，一道银白色的光环出现在他的身后。那是星环，他竟然也凝聚出了星环，成为了一名元星士。

“小子，我现在已经是一名元星士了，你呢？你能接我一招吗？”看着落星辰微变的脸色，袁野的脸上浮现出了一抹张狂。

当日自己还没有凝聚出星力，就被这小子一拳轰飞出去，那成为了他人生最大的耻辱，今日他要彻底洗刷自己的耻辱。

这一刻叶轻舞也没有动，面对一名一元星士，她可不认为落星辰能够抵挡。

叶轻狂同样没有动，甚至没有去在意受伤的屠绝，对他来说，一个被一年级新生给击败的废物可不值得同情。他只是看了一眼落星辰，就大步朝着张耀倒下的地方走去，这小子之前那般羞辱他，他要亲手杀了他。

似乎是察觉到叶轻狂的意图，再看看眼前拦住去路的袁野，想到了张耀不顾生死的相救。落星辰嘴角露出了一抹讥讽，“不过是一元星士而已，又有什么好得意的？”

“找死！”袁野大怒，不过是一元星士？在龙庭帝国，自己这个年纪能够成为一名星武斗士，已经是难得的天才，更不要说是一名一元星士了，整个二年级好几百人，修为达到一元星士的也不过几十人而已，这还是白鹿学院的比例。这家伙竟然如此嘲讽，让他如何不怒。

然而，袁野就要出手教训落星辰时，瞳孔却骤然收缩在一起。

只因为落星辰的身上也泛起了一道银色的光芒，隐约之间一道银色的光环出现在他的身后。那是一道星环，只有元星士才可能凝聚的星环，他竟然也成为了一名一元星士！这怎么可能？

不要说袁野惊诧了，就连叶轻舞也是目瞪口呆地看着落星辰，那日在擂台上，他虽然爆发出了星力，但绝对不算浓郁，和自己体内的星力相差并不多，可是一个月过去了，自己有家族的部分资源，又有学院配发的资源支持，也还没有凝聚出星环，他竟然就办到了？这怎么可能？一个月的时间，就直接凝出了星环，这修炼速度也太快了吧？

本来走向张耀的叶轻狂也诧异地回过头，看着落星辰背后闪耀的星环，眼中露出了浓郁的杀机。这小子的进步太快了，短短一个月的时间就成为了一名一元星士，要是让其发展下去，绝对会给自己带来巨大的威胁，绝对不能让他继续活着。

“杀了他！”叶轻狂停下了走向张耀的步伐，朝着落星辰冷冷道。这一刻，之前羞辱他的张耀反而不那么重要了。

随着叶轻狂的命令，那头雪白色的魔狼强行压制住了对长刀的恐惧，直接扑向了落星辰。

可是落星辰的身影却早在之前已经一步跨出，直接来到了袁野的身前，他的左拳之上亮起了一道夺目的光芒，犹如一颗燃烧的小太阳，直接一拳轰向了还处于震惊之中的袁野身上。

袁野这个时候才回过神来，身子已经来不及闪避和抵挡了，他只是本能地运起了星力，在体内形成了一道浓郁的“星之守护”！

落星辰犹如太阳的一拳已经狠狠地砸在了他的“星之守护”上，“咔嚓”一声脆响，那层光罩被这一拳轰得粉碎，落星辰的拳头直接砸在了袁野的胸口，同样传来了几声脆响，那是胸骨断裂的声音，袁野矫健的身躯被这一拳轰得飞了出去，重重地摔在地上，脸色已经变得苍白一片。他怎么都没有想到，落星辰体内的星力竟然比他还要浓郁。他的眼中全是惊骇之色，哪怕到了这一刻，他也不相信自己又一次这般轻易地失败。

这时那头雪白色的魔狼已经扑了过来，落星辰身子一晃，避开了魔狼的一击，可是魔狼的巨尾却在这个时候扫来，落星辰迅速抬刀抵挡。虽然挡住了魔狼的一击，却也被这一击震得连连后退，手臂一阵发麻，显然魔狼的力量压过了他。可是他却并没有任何畏惧，眼中反而露出了灼热的光芒。体内的星力迅速凝聚到手中的长刀之上，原本黑色的长刀光芒大盛，隐约之间刀身上有符文闪烁。

“嗷……”雪白色魔狼嘴里发出一声咆哮，眼中再一次露出了惊惧的神情，可是迫于叶轻狂的命令，它还是全速朝着落星辰扑去。

身子还在空中，嘴里已经射出了一道冰箭。

这一次，落星辰并没有闪避，平静地举起长刀，双腿用力一蹬，身体竟然好似流星一般蹿了出去，直接扑向了魔狼。他的身上光芒四射，速度快到了极致，犹如夜空掉落的一颗流星划破天际，直接一刀斩在了冰箭上，那冰箭被这一击击得粉碎，漆黑色的刀身继续落下，斩向了魔狼的脑袋。

魔狼的眼中露出了惊恐的神色，有心想要躲避，可是已经扑出的它根本无法闪避，只是拼命地在体表凝聚出了一道蓝色的光罩，那是它体内的寒冰之力凝聚的光罩，如同星武斗士的“星之守护”！

“嗤”的一声，面对急速奔出的落星辰，还有他那把漆黑色的长刀，魔狼体表的光罩好似纸糊一般被斩得粉碎，无数的蓝色光芒碎裂开来，漆黑色的刀身斩入了魔狼的脑袋，同样犹如切豆腐一般切过了它的身体。魔狼庞大的身躯直接被这一刀斩成了两半，落在了地上，鲜血、内脏喷洒得到处都是。

落星辰的身影，却已经从他的两半残躯之间穿梭而过，如同一颗流星，一闪而逝——流星斩！

偌大的现场静悄悄一片。不管是叶轻舞，还是叶轻狂，又或者倒在地上的袁野和张耀，都目瞪口呆地看着这惊艳的一刀。

这可是一头一级魔兽啊。任何一头一级魔兽，肉身强度都绝对超过了一千斤。即便是以张耀和袁野的实力，对上这样的一头魔兽，也是输多胜少，甚至稍有不慎就有殒命的危险，可是现在，如此凶悍的一头一级魔兽却被他一刀斩成了两半。这怎么可能？

特别是袁野，他的脸色更是变得无比难看，若是当时落星辰也使出这一招，那么他能抵挡住吗？想到这里，他竟然一阵后怕。落星辰对他竟然手下留情了。

“星辰，小心！”耳边传来了一阵惊呼，那是张耀的声音。

落星辰一愣，转头一看，一个巨大的阴影出现在自己的身边，一只银色的巨爪朝着他当头拍下。落星辰根本来不及看清楚阴影到底是什么东西，面对这当头拍下的银色巨爪，他只是本能地抬起了手中的长刀，横在了头顶。

“当”的一声，银色的举爪拍在了刀身上，却仿佛触电一般瞬间弹起，巨大的身躯竟然朝后退了一步，眼中更是露出了一抹惊恐。

可即便是这看似轻微的一击，却依然震得落星辰的手臂一阵发麻，握住刀柄的右手虎口更是被直接撕裂，身子也被震得朝后一退，若非他这一个月肉身力量急速突破，达到了一千斤，怕是这一击已经震断了他的手臂。

直到这时满脸惊骇的落星辰才抬头看去，看清楚了那道巨大的身影。那是一头身长超过五米的银色巨狼，只是站在那里就如同小山一般，带给人恐怖的威压。

这……这是一头实力绝对超过雪白色狼王的魔狼。感受到银狼散发的气息，落星辰的脸色变得极为难看，这竟然是一头二级魔狼，比那头雪白色的魔狼整整高出了一个等级。叶轻狂竟然召唤了两头魔兽，难道他本身已经是一名二级封魔师了吗？

“小子，不要挣扎了，乖乖受死吧！”看到落星辰竟然没有被一击毙命，叶轻狂微微有些诧异，不过却并没有太在意。银狼王可是二级魔兽，而且还是实力强悍的二级魔兽，一般的二元星士都很难对其造成伤害，又何况落星辰这个刚刚踏入一元的家伙。

若非自己刚刚驯服这头银狼王，和它之间建立的精神交流还不够稳固，没办法完美地控制它，落星辰和张耀早死了。这一刻，他看向落星辰的目光就如同在看一个死人，却没有注意到，银狼王看向落星辰，或者说看向他手中的黑色长刀充满了恐惧，那是一种发自灵魂的恐惧。

落星辰没有说话，他只是握紧了手中的长刀，看向了叶轻狂。以他现在的实力，除非是使出那一招，才可能击杀一头二级魔兽，可一旦那样做，自己在接下来的几天里，很可能会没有半点战力，若非迫不得已，他绝对不会使出那一招。如此一来，想要活命，只能够干掉叶轻狂了。一旦他死了，那么这头他召唤而来的魔兽必然失控，未必会继续追杀他们。想到这一点，落星辰的眼中杀机绽放。右腿用力一蹬，身体划出一道残影，直接扑向了叶轻狂。

看到全速冲来的落星辰，叶轻狂的嘴角露出了一抹讥讽，也不见他有任何动作，就这么直接朝着扑来的落星辰拍出了一掌。那是看似无奇的一掌，可是随着他的一掌拍出，一股阴寒的气息骤然爆发开来，一片片银色的叶子凭空生成，就这么全速地射向落星辰。

那是由星力凝聚的叶子。这一招，正是寒风落叶！

落星辰脸色大变，谁能够想到叶轻狂身为一名封魔师，竟然还有如此浑厚的星力？

不仅是他，就连不远处的叶轻舞也是一阵惊诧，怎么都没有想到二哥星力修为也如此强悍。凝力为叶，这最少也是元境才能拥有的修为，他不仅是一名二级封魔师，难道还是一名元境星武斗士？

在她震惊的目光中，落星辰手中的长刀连连抖动，将射向自己的叶子纷纷斩碎，无数的银色光芒四溅开来，没有一叶能够沾身。

可就在他斩碎最后一片叶子的时候，叶轻狂的身影已经出现在他的身前，一掌拍在了他的胸口上。

“扑哧！”一口血箭喷出，落星辰的身子更是被直接拍飞了出去，只觉得一股阴寒的劲道涌入自己的体内。身子重重地摔在地上，全身的骨头都仿佛碎裂了一样，说不出的难受，五脏六腑更是一阵翻腾，也不知道伤到了哪里。

好在自以为胜券在握的叶轻狂并没有继续进攻，反而朝着他露出了一抹讥讽的笑容，“想要斩首，你也太不自量力了一点！”

落星辰脸色极为难看，却一手撑着长刀挣扎着站了起来。他的嘴角挂着血迹，胸口的位置明显有一个清晰的掌印，显然承受了这一掌，受伤不轻。

看着他此刻的样子，张耀心中焦急不已，可是他的力气还没有恢复，一时之间也没办法给落星辰任何帮助。

叶轻舞却时不时地看向二哥，这个在外人面前一副纵欲过度的二哥，竟然拥有如此浑厚的星力，他隐藏得也太深了吧。再畏惧地看一眼那头巨大的魔狼，她的眼中闪烁着异样的光芒。

“他现在是你的了！”看着摇摇晃晃站起来的落星辰，叶轻狂连再次出手的心思都没有，直接朝着那头银狼王道。

银狼王畏惧地看了一眼落星辰手中的长刀，嘴里发出了一声低沉的嘶吼，庞大的身躯再一次冲向了落星辰。因为恐惧，所以疯狂！从那把刀的身上它感受到了莫大的威胁，那么消灭威胁的最好方式就是干掉这把刀的主人。银狼王的身躯极为庞大，速度却一点儿都不慢，最多两个呼吸的时间，就能冲到落星辰的身前，此刻的落星辰受伤不轻，正常情况下根本不可能是银狼王的对手。

看着急速扑来的银狼王，落星辰的眼中闪过了一抹决然。丹田内的星力疯狂地运转起来，那一道银白色的星环更是急速地收缩，似乎这一招要抽空体内所有的星力一样。

他的身子朝前踏出了一步。就这么简单的一步却让他体内的星力一阵沸腾，好似海啸一般疯狂地涌出，他的脚下亮起了一道光芒，整个人都似乎被托了起来，仿佛要借助这一步登天一样。

正是“纵天七步”！这是一套极为高明的战技，高到连落星辰都不知道它的等级，他只知道，这是最少达到三元境界才能使出的招式，以他现在的情况，哪怕只是踏出一步，就足以抽干他体内所有的星力，一步之后，短时间内他将再无战力。这本是他拼命的绝技，这一刻却已经到了不得不拼命的时刻。

随着这一步踏出，他的气息发生了强烈的变化，甚至连他手中的长刀都仿佛感应到了什么一样，黑色的刀身上竟然亮起了道道符文，一股恐怖的气息弥漫开来。

漆黑的天空中忽然雷声大作，一道道莫名的寒风吹来，落星辰身上的武士服呼呼作响，一头黑色的碎发也随风舞动，整个人看上去如同一尊战神！

本来全速冲向落星辰的银色巨狼瞬间停住了脚步，眼中更是露出了极度惊恐的神色，不是因为落星辰表现出来的气势，而是因为他手中的那把刀，隐约间这头实力达到二级的魔兽似乎看到了一个漆黑色的虚影矗立在落星辰的身后，那是一个让它绝对不敢也不该招惹的存在。庞大的身躯竟然开始朝后退去，那是害怕。

“杀了他！”感受到银狼王的状态，叶轻狂隐隐觉得不妙，又直接传送了一道精神波过去，银狼王的眼中闪过一抹疯狂，可是又迅速消失，巨大的身躯继续朝后退去。

叶轻狂脸色变得极为难看，怎么都没有想到这头银狼王竟然完全不听从自己的命令。难不成一头二级的魔兽竟然被落星辰的气势吓住了？

“轰隆隆……”天空之中又是一阵雷鸣，一道道闪电不断划破夜空。

“呼呼呼……”风也是越来越大，吹得整片荒野的杂草一阵摇摆，众人都为之色变，谁也不明白落星辰的这一刀怎么会引起天地异象。

无论叶轻狂如何下令，那头银狼王打死也不肯上前，反而发出“呜咽”一声后转身就逃。

“轰隆……”一道巨大的闪电划破夜空，劈在了落星辰身前的长刀上，在电光的照耀下，落星辰原本苍白的脸色看上去竟然如此恐怖。

叶轻狂一愣，难不成银狼王的奔逃并非因为落星辰身上的气势，而是这把刀？想到这里，叶轻狂的眼中露出了一抹灼热的神情，这恐怕不是一般的刀，很可能是一把星器，而且能够引动天地异象的星器，也绝非一般的星器，这个来自荒野的小子，他的身上竟然还有这样的宝贝。

不仅是他，叶轻舞的眼中同样闪过了一抹贪婪，可是她却知道，有叶轻狂在，自己根本没有半点机会，更何况这一刻的落星辰明显极为危险。

也就是这时叶轻狂身上星芒大放，一道夺目的星环自他的身上亮起，那是比落星辰和张耀、袁野等人浓郁不知道多少倍的星力，尽管没有达到二元境界，但也绝对相差不远。

他的身体骤然踏出，手中不知何时多出了一把银蓝色的长剑，叶轻狂握剑的右手轻轻一挑，一抹璀璨到极点的银色剑芒瞬间亮起，那是一道长达数米的巨大剑芒，犹如一把巨大的银蓝色长剑，狠狠地斩向落星辰。

第二十三章　好人好报

在这样的剑威之下，即便是二元星士也要退避三舍，又何况是落星辰。不管他手中的刀有什么古怪，叶轻狂都自信他绝对挡不住自己的这一击。只要斩杀了他，那把古怪的长刀将属于自己。

“纵天七步，第一踏，斩！”就在那把剑芒即将斩在落星辰头顶的时候，落星辰忽然长啸一声，双手紧握刀柄，反手一刀斩向前方，那一步所积蓄的所有星力尽数斩出。

漆黑的夜空忽然亮起了一道光芒，那是一道极光，在漆黑的夜里如此耀眼，冲天而起，一头撞在了那道蓝色的剑芒之上，隐约之间似乎传来了“啪”的一声，威力巨大，足以灭杀任何一元星士的银蓝色剑芒好似玻璃一样碎裂开来，化为了无数的蓝色星芒消散于天地之间。

就连那把长剑也是直接粉碎开来！叶轻狂的身体也是一震，只觉得一股恐怖到极点的气息传来，那是一抹足以将他彻底抹杀的力量。

在这生死关头，叶轻狂爆发出了全部的力量，体内的星之力不停地涌现出来，在身体表面凝聚出了一道犹如实质的“星之守护”，整个身子更是拼命地朝着一旁闪去。“咔嚓”一声，那层“星之守护”依然犹如纸糊的一样破碎开来，根本无法阻挡这恐怖的一刀，可是却也为他换取了零点一秒的时间，就是这零点一秒的时间挽救了他的性命，让他避开了要害。

“嗤”的一声，白色的刀芒斩在了他右肩的肩膀上，同样如同切豆腐一般将他的右臂斩下，不等鲜血飞溅而出，甚至不等那只断臂掉落下来，叶轻狂已经转身，拔腿就逃。一边朝前狂奔，一边单手从怀里掏出了一瓶价值连城的丹药，不要钱一般地塞进嘴里，那是快速修补伤势的药丸。

他怕了，他真的怕了。在刚才的那一刻，他感受到了前所未有的恐怖，那是能够将他灵魂冻结的气息，若是自己再慢一点，现在怕是已经身首异处。好可怕的一刀，好强大的一刀，让人绝望的一刀。不过眨眼之间，叶轻狂已经奔出了上百米，他甚至没有去细想落星辰挥出了这一刀是否已经精疲力竭，就算知道落星辰已经没有半点战力，他也不敢回头。那惊艳的一刀已经吓破了他的胆，给他十倍的勇气也不敢再面对那一刀。

看着叶轻狂逃也似的背影，叶轻舞傻眼了，屠绝傻眼了，袁野同样傻在了原地，他们怎么都没有想到，平日里轻狂嚣张的叶轻狂也会有如此恐惧的一面。那逃跑的身影简直比兔子还要快，这还是那个张狂的叶轻狂吗？

惊愣之后，包括叶轻舞在内的几人却一个个回过神来，连叶轻狂都被落星辰一刀斩伤，带伤逃遁，他们留在这里又怎会是落星辰的对手？特别是叶轻舞，想到了自己和落星辰的过节，他怎可能放过自己？回头一看，正好看到落星辰单手持刀杵地，站在那里，一头乌黑的碎发随着夜风微微荡起，身上的黑色劲装也随风摆动，发出“沙沙沙”的声响。挺拔的身形犹如一座顶天立地的山峰，带给人一股肃杀的气息。

没有任何犹豫，叶轻舞转身就逃。她同样是怕了，叶轻狂的实力如何，她已经亲眼目睹过，以叶轻狂的实力竟然都差一点殒命当场，她留下来又有什么用？只是让她不解的是，落星辰不过是来自荒野的贱民，怎么会有如此强大的实力？还有那一刀，那是何等惊艳的一刀，一个来自荒野的流民，怎会有如此恐怖的战技？

一路奔逃了数百米，叶轻舞这才停下来，混乱的脑袋也有着片刻的清醒。落星辰竟然没有追过来，这怎么回事？以自己和他的仇怨，他不可能放过自己啊？难不成那一刀已经耗尽了他的力气？

那一刀何止抽空了落星辰体内的星力，这一刻的他甚至连动下手指都有些困难。

“纵天七步”，正常情况下是最少三元星武斗士才可以使出的战技，若非他肉身已经达到一千斤，远远超过一般的一元星武斗士，这一招即便是使出了，他也可能被星力震断体内的所有经脉。

这一次，如果不是面对那头二级魔狼，他怎会如此拼命？只是让他没有想到的是，那头魔狼竟然不敢上前，反而是叶轻狂冲了过来。一刀斩掉了叶轻狂一只手臂，吓破了他的胆子，却也让落星辰精疲力竭，再无半点战力。若非现场还有几名敌人，怕是他已经直接倒下。

看着同样逃蹿出去的叶轻舞，落星辰轻轻松了一口气。以自己现在的情况，根本不可能是她的对手，幸好她也被自己的那一刀给吓走了。至于倒在地上的袁野和屠绝，落星辰却并不担心什么。屠绝被张耀一击“鹏腾万里”撞得筋骨断裂，不要说站起来，能不能活命都是一回事。袁野也被自己的一拳重创，就算能够站起来，也没有什么威胁，最大的威胁就是叶轻舞了，她可没有受到任何损害。不过她终于还是被吓走了。

至于那头银狼王，落星辰抬眼望去的时候，哪里还有银狼王的影子，这头实力可能已经达到二级的魔兽在落星辰挥出那一刀的时候已经如同惊弓之鸟一般逃得无影无踪。

深深地吸了一口气，压下了喉咙处的一股热血，又咬了下自己的舌尖，努力让自己清醒一点才看向了张耀，“你没事吧？”

“没事，只是有些累。”张耀摇了摇头，却依旧躺在地上，没有爬起来的意思，显然也是累得够呛。

落星辰正要说我也挺累的，却忽然僵持在原地，只因为他看到一道白色的身影再一次出现在身前不远处，那是本该离去的叶轻舞。

“你也挺累的吧？”看着需要长刀支撑才能够站在地上的落星辰，叶轻舞轻笑了一声。

经过一番思索，她最终确定，落星辰没有追击她的原因只有一个，他已经没力气追了。既然他无力追击，那么肯定已经精疲力竭，这可是杀他的最好机会，野心勃勃的叶轻舞怎么可能放过这样的机会。特别是想到落星辰那把诡异的长刀，她心里也是一阵火热，一旦杀掉了落星辰，那把刀就是自己的，得到这样的一把最少也是星器级别的武器，自己的实力足以提升一大截了，这样的宝刀怎能落在一个贱民的手中。所以她果断地选择返回，果然如她所料，落星辰已经到了强弩之末，甚至连走一步都很艰难。

看到再一次返回的叶轻舞，袁野和屠绝心头一喜，只要叶轻舞杀死了落星辰，那么他们的命也算是保住了。

落星辰没有说话，他只是静静地看着叶轻舞，黑色的眼眸一闪一闪，有不屑，有疑惑，有嘲讽。似乎是在嘲讽叶轻舞的不自量力。

“呵呵，不用装了，你现在连动下手指都难，又怎能伤我？乖乖地交出你手中的刀，或许我可以看在同学的份儿上，饶你一条命！”看到落星辰的表情，叶轻舞轻笑了一声。

不过谨慎的她还是没有立马上前，那把刀给了她太大的震撼，她实在不愿意冒一点风险。

“你要这把刀？”落星辰一愣，轻声道。

“当然！”叶轻舞灼热地点了点头。

“那就过来拿吧！”落星辰微微一笑，握着长刀的手直接松开，身子还朝后退了一步。

这一动作反而让叶轻舞有些迷惑，实在把握不住落星辰现在的情况到底如何。按照道理来讲，他应该没有再战之力，否则这个时候不可能不对自己出手，可若是他真的没有再战之力，为何还如此自信？

“怎么？不敢？”看到犹豫不决的叶轻舞，落星辰冷笑了一声，实际上他现在的确连动下手指头都困难，根本不可能是叶轻舞的对手，他只期望能够唬住叶轻舞，最少也要拖延一点时间，两头狼王一死一逃，没有狼王的带领，那些攻击林万山等人的腐狼应该会很快散去，只要坚持到林万山等人到来，叶轻舞就伤害不了自己。

“呵呵，你也太小看本小姐了！”叶轻舞轻笑了一声，当下就朝落星辰大步走去，哪怕心里有些不安，可是到了这时若是自己再放弃走人，那也太没用了一点。

然而，就在她走出不过三步的时候，却忽然停了下来，只因为她看到落星辰的身后走出一道身影，那是一道纤细瘦弱的身影，一头灰色的短发随着夜风舞动，一双灰色的双眸死死地盯着叶轻舞，不是落婷婷又是何人。

一个小女孩自然无法阻拦叶轻舞前进的脚步，可是在这小女孩的身后，却有着一个巨大的身影。

那是一头身长超过五米的银色巨狼，哪怕只是坐在地上，也比小女孩高出一大截，它甚至只需要张个口，就足以将小女孩一口吞下去，可是此时的它却恭敬地跟在小女孩的身后，仿佛一条忠实的猎犬，只是在那恭敬的眼神之中，隐隐藏着一丝恐惧。却不是对小女孩，而是对不远处的落星辰。

叶轻舞有些迷糊，她怎么都没有想到，自己二哥花费了大力气封印的二级魔兽银狼王怎么变成了这小女孩的战宠？难不成她也是一名封魔师？可是她才多大？一个十二岁的封魔师？这谁能信？只是看着银狼王对小女孩的恭敬程度，叶轻舞却不得不相信。所以她没有任何犹豫，转身就走。一头二级魔兽，绝对不是现在的她能够对付的。这一次，她逃跑的速度比刚才还要快。

“大银，不要让她跑了！”看到急速逃离的叶轻舞，落婷婷还有些稚嫩的声音响起。

本来还很安静的银狼王仰天长啸一声，就要朝着叶轻舞追去，却听到落星辰的声音响起，“算了，婷婷，让她走吧！”

“可是哥哥，她想杀你！”落婷婷狡辩道。

从第一次看到那个女人的时候，她就想干掉她。任何和自己的哥哥作对的人，都是她的敌人。

“我这不是没事吗？不管怎样，我们毕竟是同学，我不想让老师知道后失望！”落星辰却摇了摇头。

他不算是一个好人，在这个混乱的时代，好人是活不下去的，可是他也不想多造杀孽，哪怕叶轻舞做出了很过分的事情，可是毕竟是同一个班的，若是真的杀了她，那老师知道后会怎么看待自己？还有一点，叶轻舞怎么说都是叶家的人，如果让叶家的人知道是婷婷杀了她，肯定不会就此罢休，以他现在的实力，根本无法阻挡叶家的报复。至于叶轻舞日后会带来什么麻烦，落星辰不在乎，他相信自己的实力。就如同他敢公然地退后一步，让叶轻舞前来取刀一样，若是叶轻舞真的前来，哪怕已经精疲力竭，他也会让叶轻舞付出惨重的代价。

“那好吧！”落婷婷不满地噘了下小嘴，却没有继续命令银狼王追击叶轻舞，迅速跑到张耀身边，也不管张耀是否愿意，直接从他怀中搜出了两瓶丹药递给了落星辰。

张耀的嘴角抽了抽，这种恢复星力的丹药他总共只有三粒，之前服用了一粒，现在还剩下两粒，现在全被落婷婷给搜了过去。这可是他保命的东西啊，而且这种丹药也不能连续服用，不然他早服下一颗了，可是现在却被落婷婷全部搜走了。还有那支五级恢复药剂，自己总共也只有两瓶，之前被唐潇弄走一瓶，现在仅剩的一瓶也被没收。

张耀很想辩驳几句，可是看到落婷婷背后那头巨狼嘴角的涎液，还是明智地闭上了嘴巴。他可不想惹得这个现在实力最强的小女孩不开心，到时候让这头大家伙随便给自己一巴掌，也会要掉自己的命。

“这是怎么回事？”落星辰看了一眼手中的丹药，也不客气，直接吞了一颗，拿过那瓶五级金疮药，倒在了自己的伤口上。他体内的伤势立马开始恢复，体内的星力也随着那颗丹药入体，开始逐步恢复。他的目光却落在了那头银狼王身上，有些不明白这个明明是叶轻狂封印的魔兽，怎么成了落婷婷的战宠。

“它现在是我的伙伴！”一说到银狼王，落婷婷自豪地说道。

“你怎么收服它的！”落星辰一阵无语，他自然知道它是你的战宠。

“很简单啊，它一副被你吓坏的样子，我就告诉它，只要它乖乖地听我的话，保证你不会伤害到它，它就跟我过来了！”落婷婷两手一摊，很自然道。

可是听到这一句话的张耀、袁野、屠绝等人却一阵无语。这可是一头二级魔兽呢，哪怕是叶轻狂这样的二级封魔师，想要将其封印，让其成为自己的战宠，都要费好大的一番工夫，你一句话就将其搞定了？骗谁呢？

反倒是落星辰一脸的诧异，“你能和它沟通？”

“嗯！”落婷婷用力地点了点头，补充了一句，“我已经是一名封魔师了！”

说到封魔师的时候，落婷婷的小脸上浮现出了一抹得意，因为她终于不再是落星辰的累赘，可以成为落星辰的助力了。

可是听到这一句话的其他几人却面面相觑，封魔师？十二岁的封魔师？这他妈的也太妖孽了吧？一个个看向落婷婷的眼神如同见鬼一样。

只有落星辰的嘴角露出了一抹微笑，“真没有想到，我们小婷婷竟然有如此高的天赋，才十二岁就成为了一名封魔师！”

对于落星辰的夸奖，落婷婷一向平淡的脸上挂满了笑容。

“那你现在能将它封印到异空间吗？”不过落星辰的下一句话又让落婷婷整张脸都垮塌了下来。

“不能……”落婷婷很沮丧。

实际上自从修出星力之后，她就感觉到自己的精神力增强了不少，这次更是能够直接和银狼王这样的二级魔兽沟通。这只是成为封魔师的一个条件而已。

一般的封魔师，精神力都格外强大，不仅能够和魔物魔兽沟通，还能够以特定的秘法将一些魔兽封印到只有自己知晓的异空间中，更是以此来囚禁魔兽，让其屈服，成为自己的战宠，就如叶轻狂一样。等级越高的封魔师，能够封印的魔兽等级越高，像落婷婷这种连一级封魔师都算不上的人，却收复了一头二级魔兽作为自己战宠，这绝对是第一次。

实际上连落星辰也不知道的是，落婷婷长期背负长刀，身上不自觉地也沾染了一些长刀的气息，这股气息对于魔兽来说却是一种极为可怕的气息，越是高级的魔兽越明显。

况且在此之前，落星辰体内的星力尽数涌入刀身，刀身似乎活过来一般，哪怕只是一刻，可是那一刻爆发出来的气息已经彻底震撼了银狼王，面对绝对压制的长刀，它根本不敢有丝毫反抗，奔逃的时候又遇上了能够和它沟通的落婷婷，一番交涉下来，自然成为了她的战宠。如果说别的封魔师是以力降服魔兽的话，那么落婷婷则是以势降服，这里的势自然是这把漆黑色的长刀！

“呵呵，没关系，只要它听话就没事。”看到落婷婷沮丧的脸，落星辰却轻轻地揉了揉她的脑袋，安慰道。

落婷婷这才好受一些。

“他们怎么处置？”这时张耀已经压下了心中的震惊，从地上爬了起来，和落星辰经历了一次战斗，两人之间的关系不自觉地亲切了许多。

“让他们走吧！”落星辰却轻声道。

袁野也好，屠绝也罢，都不过是受叶轻狂指使而已，对自己也没造成什么伤害，实在没必要对其赶尽杀绝。特别是袁野，落星辰从他的眼中看到了同为荒野少年的坚韧。大家都是人类，又何必自相残杀？

“放他们走？他们可是想要杀你呢。”可是一旁的张耀却张大了嘴巴，难以置信地看着落星辰。

他放走叶轻舞也就算了，毕竟叶轻舞实力犹在，而这银狼王虽说身为二级魔兽，可是也未必完全听这小女孩的话，一旦真的动手，谁知道会发生什么意外，但这两个家伙都成这个样子了，不杀了他们如何泄愤？

“他们杀不了我！”落星辰依旧是一脸的自信，随手将那瓶从张耀身上搜出的金疮药扔给了袁野。

“走吧，不要再有下一次！”看着袁野同样震惊的样子，落星辰淡淡道。

一旁的张耀一阵无语，放他们走也就算了，还要给他们疗伤药，这心地也太好了一点吧？

袁野同样目瞪口呆地看着手中的金疮药，他可是亲眼看到落星辰用过这药，也知道这瓶药的价值不菲，正因为如此，他才没有想到落星辰竟然还会给他。他们是来杀他的，他不仅不计较放他们离开，还送上了疗伤，是该说他太傻还是太好？

“我欠你一条命！”又看了一眼落星辰，袁野留下了这一句话才转身离开，至于屠绝，却什么都没有说，只是和袁野一道离开，他的眼中却闪过了一抹讥讽，也不知道是讥讽落星辰的仁慈，还是讥讽袁野的做法。

“哎，你竟然真的放他们走了！”一直到两人彻底消失，张耀才确定，落星辰是真的没有杀机。

“一个长辈曾对我说，得饶人处且饶人，黑暗种族还在一旁虎视眈眈，我们人类真不该互相残杀！”落星辰却轻声道。

“哎，话是这么说没错，却不是每一个人都领你的情！”张耀轻叹了一声。

“你不就领了么？”落星辰朝着张耀微微一笑，露出了两排贝齿，在夜色下是那么迷人。

张耀一时语塞，如非落星辰的善良，自己还真不可能拼死相救。难不成，这世间真的是好人有好报?

第二十四章　屠南之强

“好了，别愣着了，我也并非烂好人一个，只是他们也不过是受人指使，罪不至死而已，这是你的东西。”看着发愣的张耀，落星辰哈哈一笑，上前将剩下的一枚恢复星力的丹药以及他的记录手环递给了他。

“你把这东西给我就不怕我逃走？”看着手中的手环，张耀愣了愣。

“哈哈，我们已经是朋友，朋友要走，我只会相送，又怎会害怕？”落星辰轻笑一声。

“靠，谁要跟你做朋友！”张耀却白眼一翻，补充了一句，“不过我们可以做兄弟！”

“对，我们是兄弟，生死兄弟！”落星辰哈哈一笑，和张耀重重地拥抱了一下。

想到了之前的战斗，两人几次拼死相救，这份情谊，不是兄弟是什么？

看到惺惺相惜的两人，落婷婷一向平淡的脸上也露出了一抹淡淡的笑意。

这时不远处传来了脚步声，林万山等人终于赶到，当看到现场的时候，包括林万山在内的众人都倒吸了一口凉气。

那头三米多长的雪白色巨狼的尸体还躺在那里，哪怕已经死去，可是巨狼身上所散发的气息依然让众人心惊，那绝对是一头一级魔兽啊，竟然被人一刀斩成两半，这一刀的威力得有多大?

还有，当看着落婷婷身边矗立的那头银色巨狼的时候，林万山张了张嘴，更是不知道该说些什么，怎么才一会儿的功夫，她的身边就多了一头巨狼？而且怎么看，那头巨狼都不像是要攻击她一样，反而如同猎犬一样守护着她呢？难不成这是她的战宠？只是这才一会儿的功夫，她怎么就多了一头战宠呢?

这时落星辰已经走到了那头魔狼尸体旁边，开始拿出匕首挖掘着什么，林万山甚至来不及看张耀一眼，赶紧跟了上去。

“你这是在做什么？”他不明白，一头尸体还有什么好挖的。

“白痴，他是在挖魔核。”张耀也在这个时候凑了上来，冷哼了一声。

魔兽和普通的魔物最大的区别就在于能够在心脏部位凝聚一颗魔核，这也是魔兽身上最珍贵的部位。

“你骂谁白痴？”林万山顿时就怒了，一个俘虏而已，竟然敢骂自己白痴。

“我只是阐述一个事实！”张耀双手抱拳，很不以为然。

“你……”林万山大怒，就要动手教训下张耀，落星辰却已经站了起来。

“好了，万山，这次多亏了张耀，若非他我早死了，他也是我兄弟！”

林万山顿时闭上了嘴巴，有些诧异地看了落星辰一眼，又看了看张耀，张耀却做出一副得意的样子，似乎和落星辰成为兄弟是一件多么骄傲的事情一样。

“这虽然只是一级魔核，但是应该能值不少钱，张耀，给你吧，算是补偿一点你之前的损失！”落星辰直接将手中的那枚天蓝色的魔核递给了张耀道。

张耀整个人都是一愣，应该能值不少钱？

魔兽体内的魔核可是炼制变异基因药剂的主要材料，对于整个龙庭帝国来说绝对供不应求。毕竟变异基因药剂是比九级基因药剂还要珍贵的基因药。任何一支变异基因药剂，都可能对人体进行改造，激发人体异能，比如说这枚冰属性的魔核，制成的变异基因药剂就可能激发人体寒冰属性的异能。对于很多一辈子也无法修出星之力的人来说，当肉身的力量提升到极致的时候，想要继续提升自己的实力，只能够通过这样的办法。任何一个异能的出现，都可能造就一个异能战士，一些强大的异能战士甚至能够挑战玄级的星武斗士。

即便是制成了变异基因药剂，成功激活异能的几率也不大，不过越是高级的魔核，制造出来的变异基因药剂成功率越高。但即便是最低级的一级魔核，一颗的售价也是在一万金币起，而且往往有价无市，落星辰却直接丢给了自己，这让他如何不震惊。一万金币，对他来说也是一个不小的数目了，更何况落星辰这种来自荒野的流民。

“靠，既然都是兄弟了，还要什么补偿，这魔核你拿着，我不要！”感动中的张耀大手一挥，根本不接落星辰手中的魔核。

“这不好吧？你毕竟损失了好几瓶丹药。”落星辰一脸的愧疚。

“没什么不好的，我们可是兄弟！”张耀一脸的豪迈。

“我就知道你不会要这魔核的，多谢兄弟！”落星辰咧嘴一笑，麻利地将魔核收入了怀中，这可价值上万啊，对他来说可是一笔巨款了。

张耀的表情一僵，我就知道你不会要这魔核的，敢情他只是做做样子？

“哈哈哈哈……”一旁的林万山顿时哈哈大笑起来。

张耀的脸色瞬间绿了。

“好了，先收拾下吧，今晚就在这露营了，有大银在，晚上应该不会有什么事儿了！”落星辰拍了拍张耀的肩膀，轻笑道。

“哎，交友不慎！”张耀轻叹了一声，却也没有真的和落星辰计较，一万金币虽然是个大数目，但对他来说并不算什么，可对于来自荒野的落星辰来说却意义重大，他比他更需要这颗魔核。而且不管怎么说，这头魔狼都是落星辰斩杀，按照规矩，这颗魔核本来就归他。对他来说也不是一无所获，至少拿回了属于自己的记录手环。甚至落星辰还将孟天照、孟天涯、赵宇凌、赵宇飞四人的也给了他，从这一刻起，他们自由了。

只是现在天色已晚，他又精疲力竭，也不可能选择离开。还不如留在这里休息一晚再做打算。

自从落星辰单枪匹马杀出重围，全力击杀狼王的时候，他就已经得到了七班绝大多数人的认可，毕竟一个能够为了班上的同学不顾自身危险前去击杀狼王的班长，还是很值得大家信任的。因此对落星辰的话，再也没有人有意见，包括吴少辰等人，即便心中对落星辰还有其他的想法，此刻也闭上了嘴巴。

刚才的一番大战，他们竟然没有任何人死亡，这本身就是一个奇迹，因此除了叶轻舞和王雷失踪外，班上一百人还剩下九十八人。这也让落星辰微微松了一口气，若是伤亡太过惨重，他还不知道该怎么向班导师南宫寻月交代。

一夜的时间很快就过去，有一头二级魔兽在旁边守护，再也没有受到其他魔物的袭击。

经过一夜的休整，落星辰体内的星力已经恢复了大半，毕竟有张耀的丹药，就连失血过度的疲乏，也因为食用那头雪白狼王的血肉而恢复了不少，毕竟，魔兽的肉远比一般的野兽血肉更有能量。

清晨，本该一望无际的平原上却被一层厚厚的浓雾所笼罩，能见度不足一百米，就连金色的阳光也很难挥洒下来。看着前方浓密的大雾，落星辰的眉头微微地皱了皱。这么大的浓雾，可不适合前进，可是他们只有十日的时间，也不可能停在原地等待浓雾散去。

回头看了看众人，落星辰开口道，“婷婷，你让大银走前面，万山、王虎、梁七，你们几个殿后，其他同学请结成圆阵前进，受伤的同学走中间！”

“好！”对于落星辰的命令，谁也没有反对，一个个开始按照他的吩咐结成圆形阵。

“张耀，这么大的雾，你们还是先随我们一起走吧！”落星辰又朝张耀道。

“好！”张耀点了点头，如此浓密的大雾，他们五人一旦脱离了大部队，那也和找死无异。

至于班上的情况，有他妹妹张艳在，也不担心什么。好歹她也是一名一元境界的星武斗士，实力比起自己来只强不弱，根本不需要担心什么。

商量已毕，众人在落星辰的带领下开始上路，落婷婷依旧背负着那把长刀，跟在落星辰的身后，由二级银狼王带队，一群人大步地朝前走去。

如此行走了大半天，浓雾依然没有散去，这让落星辰等人很疑惑，这里又不是山林，血色平原就算有雾也早该散去，怎么会快到中午了还没散去？不过好在有一头二级魔兽坐镇，一路上也没有遇到什么麻烦。

一眨眼又是一天的时间过去，一直到晚上那层浓雾都没有散去。好在有记录手环还不至于迷路，七班也安全地走过了二十多公里，若是一切顺利，照着这样的速度最多五六天就能到达目的地。

不过本来还一脸不在意的张耀却觉得越来越不安。离开班级已经有一天了，哪怕对自己的妹妹充满了信心，但这么大的浓雾下还是有些担心。他暗暗决定，最多再休息一晚，等到了明日，不管多大的浓雾，也要返回自己班级的路线。

一夜无话，当第三日的阳光挥洒下来的时候，笼罩了血色平原一天一夜的浓雾总算散去了不少，至少能够看到百米开外的事物。张耀找到了落星辰，正准备跟他告别，荒野之上却响起了凄惨的叫声，众人循声望去，十多个人影急速朝着这边冲来，每一个人都是神色慌张的样子，当看到带头那人的时候，张耀的脸色瞬间就变了。

带头的是一个少女，穿着一套黑色的武士服，虽然隔得老远，可是却能看到少女身上的衣服破破烂烂，大片的肌肤露出，一头乌黑的长发也是极为凌乱，看上去很狼狈。

“艳儿！”张耀一惊，身子已经蹿了出去。

孟天照等四人也是迅速跟了上去，显然来人他们都认识。

“大家小心，万山，随我来！”落星辰招呼了一声，拿过长刀大步朝着前方迈去。

看到落星辰朝前奔去，落婷婷也是一下跃上大银的后背，招呼大银追了过去。王虎、梁七、唐潇、周文等人也做好了战斗准备。

“哥！”还隔着老远，跑在最前面的少女已经看到了张耀，大呼了一声。

身子迅速朝着张耀奔来，却因为耗力过度，一个不慎朝下摔去，张耀一个箭步上前，一把扶住了她。

“怎么回事？”张耀扶住张艳，很心惊道。

“哥，快走，他追来了！”张艳缓了口气，从张耀的怀里站直身子，看了一眼落星辰等人道。

她现在已经来不及细想自己的哥哥为何会和这群人和平地待在一起，拉着张耀就要继续奔逃。

落星辰也在这个时候看清楚了少女。和张耀有几分相似，容貌看上去也极为漂亮，只比叶轻舞差一些，身材却高挑很多，特别是那双美腿，很修长。

“谁？”张耀却拉住了张艳，心中很疑惑，谁能够让心高气傲的妹妹如此失态，看到了自己还要继续逃窜？

“我！”这时浓雾之中传来了一道冰冷的声音，一道人影出现在百米开外的地方，明明还相隔那么远，可是他的声音却好似就在几人身前响起一样。

他从容地走了过来，走得如此随意，可是眨眼之间却已经出现在二十米开外，仿佛几十米的距离对他来说不存在一样，众人也终于看清楚了他的容貌。一套黑色的武士服紧紧地裹住身子，一头黑色的长发随意地披在两肩，露出了一张略显苍白却极为俊美的脸庞。他背着一把长剑，身形挺拔如松，又好似一把矗立在天地之间的巨剑，只是站在那里，一股强烈到极致的剑气就这么袭面而来，让人双眼生疼。

落星辰的脸色微变，这人他认识，正是当日擂台上连杀数人的屠南。只是比起上一次见他时，身上的煞气似乎更重了。看着明显不怀好意的屠南，落星辰的脸色一片肃穆。

“怎么回事？”张耀同样一脸严肃，从妹妹慌张的眼神中，他隐隐感觉到了一股不安。

“他袭击了我们，班上有超过二十个同学死在了他的手中，若非有大雾掩护，我们几个也……”张艳没有说下去，但所有人都明白她的意思，若是没有大雾掩护，怕是他们这十多个人也全部死在了屠南的手中。

“屠南，你这个畜生，竟然如此滥杀无辜，我要杀了你！”听完了张艳的述说，张耀勃然大怒。

那可是二十多条人命，就算你要抢夺记录手环，也不需要杀这么多人啊。愤怒的张耀直接就朝屠南冲去，他的身上亮起道道银色的光芒，犹如一头展翅高飞的大鹏。他已经直接使出了战技——鹏腾万里！

“嗖！”张耀的速度快到了极致，眨眼的时间已经来到了屠南的身前，一拳朝屠南轰去，磅礴的星力汹涌而出。

“砰”的一声闷响，众人根本没有看清楚屠南是怎么出手的，张耀化身的大鹏虚影瞬间碎裂开来，而他整个人更是倒飞了出去，一头摔在了张艳的身边，张嘴就是一口鲜血喷出。

落星辰的眼皮一跳，好恐怖的身手，张耀的战技竟然一招被破，这可比叶轻狂还要强大啊。

“哥！”张艳大惊，赶紧将自己的大哥搀扶了起来。

“不自量力！”屠南却好似什么都没有做一样，只是冷哼了一声，转头看向了落星辰，“你叫落星辰？”

“是我！”落星辰沉声道。

“那就好，给你一分钟的时间，交出五十个记录手环，我就放过你们！”屠南冷冷道。

这一句话让落星辰几个想到了当日张耀出场的一幕，只不过此刻屠南的气势比当日的张耀强多了，而且他能够轻易地击败张耀，实力也绝对远在张耀之上，哪怕是此刻的落星辰，也没有信心能够胜过屠南。不过即便没有信心，他又怎可能轻易交出记录手环。

“你想多了！”紧了紧手中的长刀，落星辰上前一步道。

林万山也上前一步，手中不知何时多了一根漆黑色的铁棍，一副战斗的准备。从屠南的身上他感受到了一股如山岳般的压力。这绝对不是一个简单的对手，甚至比叶轻狂带给他的压力还要大。

就连张耀也压制住了伤势，站了起来，不过不再像刚才那般鲁莽，而是取出了自己的大刀，握在了手中。

张艳神色依旧有些焦急，她可亲眼目睹了屠南的恐怖，就算自己和大哥联手，也根本不可能是屠南的对手，可是事到如今，根本没办法逃离，只能一战。顿时也转过身子，面向这个对她来说如同恶魔一般的男人。

至于其他的十多个人，却远远和屠南拉开了距离，他们可不认为自己是屠南的对手，甚至连向屠南出手的勇气都没有。

“呵呵……”看到做出战斗姿态的落星辰等人，屠南却轻笑了几声，笑容中充满了讥讽，也不拔剑，只是静静地站在那里。

这等傲慢的态度彻底激怒了林万山，哪怕明知道眼前的家伙很强大，但从不服输的他依然选择了第一个出手。魁梧高大的身躯猛地朝前踏出一步，双举铁棍，狠狠地朝着屠南的脑袋砸去。那根铁棍重达百斤以上，再配合林万山堪称变态的巨力，全速朝着屠南砸下，甚至还带起了阵阵风声，仿佛即便是一座山也要被砸得粉碎一般。

然而，面对这呼啸而来的一棍，屠南依然没有拔剑的意思，他就这么朝着当头砸下的铁棍挥出了一拳。毫无花哨的一记直拳，狠狠地砸在铁棍上，隐约看到一道星芒闪烁。“咔嚓”一声，那根沉重的铁棍竟然被轰得粉碎，一股磅礴的巨力更是涌入林万山的手臂，震得他的手腕一阵发麻。而后屠南闪电般的一脚踹在了林万山的小腹，竟然将他庞大的身躯震得飞了出去。

“一个连星力都没修出的家伙也敢向我出手，简直就是找死！”轻蔑的话语自屠南的口中传来。

“那你就去死吧！”就在林万山的身体被踹飞的同时，落星辰的身体已经来到了屠南的身前，手持黑色长刀，一刀斩向了屠南的脑袋。刀身之上光芒闪烁！如同一颗滑落的流星，正是他的战技——流星斩！这一刀追求的是流星的速度和刹那之间所爆发的威力。

可是屠南只是轻笑了一声，身子骤然朝后一退，一下就退出了十来米，完全避开了落星辰全力的一斩，一道刀芒斩在了地面，划出了一条长长的痕迹，却没有伤到屠南半根毫毛。

“你就这点本事？”看到落星辰划出的一刀，屠南又是一声讥笑。原本以为能够让叶轻狂花费一千金币请自己出手的家伙是个人物，谁能够想到也就这点本事。

落星辰却丝毫没有动怒的意思，从小在荒野长大的他深深地明白有的时候实力并不等同于战力，或许自己此时的修为不如屠南，但并不代表自己就一定会输，越是这时越需要冷静。

手中的长刀一抖，落星辰脚下步子一动，再一次掠向了屠南，而张耀兄妹也在这个时候同时出手，三人形成一个“品”字全速扑向屠南。

“既然你们如此不知死活，那我就送你们一程吧——千军破！”看着急速扑来的三人，屠南狞笑了一声，他朝前踏出一步，体内的星芒骤然亮起，直接一拳轰出。

一股恐怖到极致的星芒整个地爆发开来，全速轰向了落星辰等人。这已经不是落星辰第一次面对“千军破”，只不过比起屠绝的“千军破”来，这一招“千军破”才算是真正发挥了千军万马的气势，一股让落星辰也感到窒息的力量澎湃涌出。

这一刻的他已经根本来不及躲避，只能够握紧手中的长刀，全力一刀斩出，又是一记“流星斩”！

可是这一次，面对那恐怖的星力，“流星斩”划出的刀芒竟然第一时间被击得粉碎，一股磅礴的星力轰在他的身上，不仅是他，张耀、张艳同时被这一股星力轰中，三人竟然被同时轰飞了出去!

“嘶……”偌大的现场，顿时一片寂静。

第二十五章　再见苏瞳

本打算上前的孟天涯四人一个个顿在了原地，满脸惊骇地看着这一切。张耀是他们的班长，也是他们的老大，他的实力他们都心知肚明，张艳的实力比起张耀来也只高不低。至于落星辰，他们更是亲眼看到了他当日斩杀一级魔兽，一刀逼退叶轻狂的一幕，这绝对是比张耀兄妹还要强大的存在。可是现在，实力最强大的三人，三个实力都达到了一元境界的存在，竟然被这个叫屠南的家伙一招轰飞了出去。那屠南的实力强大到哪一步？他也只是一年级的新生啊，难不成他已经达到了二元之境？他们四个都还没有凝出星力，也没有林万山那等强悍的肉身，一时之间哪里敢上前。

“扑通”几声，落星辰三人的身体落在地上，冲在最前面的落星辰承受了大半的攻击力，只觉得五脏六腑一阵翻滚，眼中全是惊骇之色，哪怕明知道屠南很强，可是却没有想到他竟然强大到这种地步。他甚至没有动用全力，就击倒了他们三人，若是他全力出手，那他们岂不是连还手的力气都没有？难道真的要交出五十个记录手环吗？不，绝不！一旦交出了手环，就算自己带着大家走出了平原又如何？没有了学校分配的资源，自己和他的实力差距只会越来越大。这样的事情怎能让它发生。

艰难地从地上爬了起来，落星辰的眼中闪过了一抹决然，面对强大的屠南，或许只能使出“纵天七步”了。

“大银，上！”就在落星辰要全力出手的时候，后面传来了落婷婷的声音，一头五米长的大家伙从身边奔了上去，全速冲向了屠南，那是婷婷刚收服的二级魔兽银狼王。

屠南一直冷漠的脸上也闪过了一抹诧异，似乎没有想到七班的队伍里竟然还有一名封魔师，而且看这魔兽的等级，明显不低啊。冷漠的双眼扫了一眼跟过来的落婷婷，当发现她竟然是一个十一二岁的小女孩的时候，眼中的诧异之色更浓了。就这么耽误的时间，银狼王的身躯已经来到了离屠南不足十米的地方，张开血盆大口，一道闪电就从嘴里喷出。这竟然是一头雷电属性的魔兽！

看那小腿粗细的闪电，落星辰头皮一阵发麻，幸好当日这头魔狼没有对自己全力出手，否则即便是使出“纵天七步”也未必能够击退叶轻狂兄妹。

屠南的脸色也为之一变，面对小腿粗细的闪电，他可不敢硬抗，身子一晃，直接避开了这一道闪电，可就这么刹那的时间，银狼王庞大的身躯已经来到了他的身前，一记狼爪拍向了屠南的脑袋。屠南大惊，身子根本来不及躲避，只能够迅速抬起右臂。

“砰！”众人就听到一声闷响，银狼王的一爪狠狠地拍在了屠南的手臂上，巨大的力量爆发开来，震得屠南连连后退，不断卸去这一爪的力道。

落星辰哪里会放过这样的机会，身上瞬间光芒大放，整个人好似一道流星，急速蹿出。又是“流星斩”！眨眼的时间，他已经来到了屠南的身前，直接一刀斩出。

“找死！”屠南的身体还在后退，没有站稳，根本没办法避开这一刀。

在这生死攸关的时候，屠南的右手瞬间握住了背上的剑柄，忽地拔剑！一道血色的剑芒瞬间亮起，同时斩在了落星辰的长刀之上。

空气中传来了一阵金属相撞的声音，落星辰的身体一震，屠南更是被震得继续后退，就这么刹那的时间，林万山已经再一次扑了上来，对着立足未稳的他就是一拳。

仓促之间，和落星辰硬碰了一记，屠南哪里还来得及闪避，甚至连抵挡都做不到，只能够第一时间在自己的身体表面凝聚了一道“星之守护”！

“咔嚓”一声，那一道“星之守护”硬是被林万山一拳轰得粉碎，屠南的眼皮一跳，怎么都没有想到这家伙的肉身力量竟然这么大，大意之下胸口被这一拳轰中，身子被轰得彻底失去平衡。

“鹏腾万里！”张耀也在这个时候再次出手，身体化为一只太古大鹏，一头撞在了屠南的身上，屠南的身体直接倒飞了出去。这一刻，哪怕是他体内的血气也是一阵翻滚。

这一幕只看得张艳目瞪口呆，谁能够想到在她心中犹如煞神的屠南会被哥哥和他的几个朋友联手打飞出去。不过看到半空之中的屠南，战斗天赋同样极佳的她怎会放过这样的机会，特别是想到那些死去的同学，想到了之前被屠南追得狼狈不堪的一幕，体内的星力不要钱似的爆发出来，手中的长剑一抖，一道剑光激射而出，直朝屠南的胸口射去。

半空之中的屠南根本无法避开这一道剑气，可是他毕竟是一个战斗经验无比丰富的高手，在这避无可避、挡无可挡的情况下，他的身体强行一扭，避开了心脏等要害的部位，任由那一道剑气擦着他的肩头而过，在他的肩头留下了一道长长的剑痕，鲜血流淌而出。连带他肩头的一个包袱，也掉落在地。他的身体也在这个时候落在了地上，看了一眼肩头的伤痕，脸色已经变得铁青一片，他竟然被一个丫头给伤到了，至于地上那个装着其他班级同学记录手环的包袱却看也没有看一眼。

就在此时，银狼王已经再一次扑了过来。

看着这头实力明显达到二级的魔兽，屠南的眼中闪过一抹疯狂，体内的星力全面爆发开来，在他的背后甚至看到了两道光环。

当看到那两道光晕的时候，落星辰等人同时倒吸了一口凉气。二元境界，他竟然凝聚了两道星环。这需要多高的天赋？怕是整个二年级中，能够凝聚出两道星环的人也不多吧？他不过刚刚入学一个月，怎么就凝聚了两道星环？

“全力出手！”震惊只是刹那，在得知屠南已经成为一名二元星武斗士的时候，落星辰就已经明白若不想被他杀死，这个时候就只能拼命了。

体内的星力再一次开始疯狂地运转，猛地朝前踏出一步，他的双脚之下再一次光芒闪烁，浓郁的星力冲得他全身的经脉都好像要撕裂一般，但他已经顾不得这么多了。面对一个二元境界的星武斗士，再不拼命，那真的只能送命了。

张耀同样如此，想到了那些死去的同学，他的双眼刹那之间变得血红一片，全身的星力不断涌入手里的大刀之中，精钢制成的刀身已经有些承受不住这样的星力，开始发出“咔嚓咔嚓”的声响，随时都有可能碎裂，毕竟只是一般的武器，哪里能够承担这样浓郁的星力。就在那把刀即将碎裂的刹那，张耀身子一晃，全速冲出，一刀斩向了屠南。

几乎在他出手的同一时间，落星辰也出手了，“纵天七步”第一踏——斩！刺眼的两道刀芒全速斩向了屠南。

此刻的屠南身上也泛起了刺眼的星芒，面对冲来的银狼王，直接一剑抖出，一道血色剑气破空而出。那是他的战技——血破苍穹！

本来朝前扑出的银狼王立马感觉到了一股死亡的威胁，前冲的身子骤然一偏，那一道血色的剑气自它的头部旁边擦过，在它的身体左边擦出了一道深可见骨的血痕。大量的鲜血喷出，银狼王的嘴里发出凄惨的叫声，显然这一击受伤不轻。

就这么刹那的时间，落星辰和张耀的刀芒已经同时到达。

刚刚竭力一击的屠南正是旧力刚去，新力未来的时候，在这紧要的关头，屠南猛地朝后一退，手中的长剑骤然横在了胸前。“砰”的一声闷响，屠南的身躯被整个地轰飞了出去，四散的刀气更是纷纷划过他的身体，在他的身体表面留下了无数的伤口。“扑通”一声，屠南的身体重重地摔在地上，刚刚落地就一个翻滚站了起来，压抑不住体内的一道热血，“扑哧”一声喷了出来，本就苍白的脸色更加苍白了，而他的眼中更是燃起了一抹怒意。他竟然被几个在他眼中犹如蝼蚁一般的家伙给伤到了。这简直就是一件不可饶恕的事情。

扫了一眼被重创的银狼王，再看看虽然还站在原地，但显然已经力竭的落星辰和张耀，屠南的嘴角浮现出一抹狞笑。自己虽然也受了伤，但这几个家伙显然比自己更不好受，这可是杀他们的最好时机。

落星辰等人脸色也极为难看，这可是他和张耀一起全力出手，原本以为足以击杀屠南，谁能够想到他竟然挡住了这两刀，甚至还这么快就站了起来，屠南之强，再次让他心惊，这绝对是他所遇到过的最强对手！

眼见屠南再一次握紧了手中的血色长剑，落星辰眉头紧皱，一招“纵天七步”已经耗尽了他体内所有的星力，他已经没有了什么战力。

“哟，这里竟然这么热闹？”就在落星辰琢磨是不是要跟屠南拼命的时候，一道暖洋洋的声音自不远处传来。

一身白色的长袍一尘不染，一头深蓝色的长发披在脑后，尾部用白色的丝带扎着，露出了一张比无数女人还要漂亮的脸蛋，不是苏瞳又是何人。他就这么笑盈盈地从浓雾中走了过来，仿佛饭后散步正好遇上了邻居一样。现场剑拔弩张的气氛对他没有半点影响，看上去是如此的亲切。

可是屠南的眼中却一片凝重。

反倒是落星辰等人同时松了一口气。

“你老相好来了！”林万山朝着落星辰挤眉弄眼了一句。

“滚！”落星辰直接翻了个白眼，虽说苏瞳连番两次帮了他大忙，可他却不认为苏瞳是因为喜欢他，哪怕他长得极为漂亮，但毕竟是一个男人，怎么看也不像是一个喜欢男人的人。

“你们这是怎么了？大家可都是一个学校的同学，何必打打杀杀呢！”看了一眼现场的情况，苏瞳微微一笑道。

“嘿，我们可不想打打杀杀，只是某些人仗着自己强大，想要抢夺记录手环而已！”林万山冷笑了一声，目光却看向了屠南。

虽说这家伙实力凶悍，但现在苏瞳来了，有这个苏家继承人在，他总不敢继续出手吧？而且这时王虎、梁七等人也都赶了过来，有这么多人在，就算他再强，也休想占到半点便宜。

“哦？这么说来，四班、五班、六班的那些同学都是你杀的喽？”苏瞳眉头一皱，扫了一眼落在地上的包袱，又看着屠南道。

“是我杀的又如何？”屠南冷笑道。

“一百多号人啊，屠南，你的杀气太重了！”苏瞳脸上的亲切笑容已经消失，反而轻叹了一声。

落星辰等人却倒吸了一口凉气，特别是张艳，一百多号人？敢情屠南这家伙是一路杀过来的？难不成四班、五班的人也全部被他一个人杀散？

“怎么？难不成苏家的大少爷要为他们出头不成？”即便是面对苏瞳，屠南依旧没有半点退缩之意，他的眼中反而燃起了强烈的战意。这个自第一天擂台考核就名声大振的少爷，还从来没有人看过他出手，他倒是很想掂量掂量这个苏家的继承人。

“人已死，出头又有何用，你走吧！”苏瞳轻轻地摇了摇头。

“走？呵呵，就怕你没这样的本事！”屠南冷笑一声，话音刚刚落下，身子已经一步迈出，掠向苏瞳。在离苏瞳还有不到十米的时候，手中的血色长剑一抖，又是一道血色剑芒直射而出。正是——血破苍穹。

那是一道浓郁到极点的剑芒，哪怕是落星辰也没有自信能够挡住这一道剑芒。可是苏瞳却好似没有看到一样，任由这一道剑芒射向自己的心口。

“小心！”看到不为所动的苏瞳，落星辰忍不住提醒道。

可苏瞳只是对着他轻轻地笑了笑，他的胸前亮起了一道蓝色的光盾，正好挡住了那一道血色剑芒，在众人诧异的目光中，那一道剑芒好似落水的石头，除了荡起一道涟漪外，再也没有半点反应。

落星辰等人心头狂跳，这足以洞穿二级魔兽身体的剑气竟然这般轻易地被苏瞳挡了下来，这家伙的实力又到了哪一步？

屠南的瞳孔也是一阵收缩，不等苏瞳说话，转身就走，甚至没有去捡掉落的包袱。虽说这一剑不是他全部的实力，但却被苏瞳这般轻易地挡下，足以说明这家伙的实力还在自己之上，怕是自己全力出手也未必能够讨到好处，既然如此，那实在没有和他拼命的道理。至于那包袱里面的记录手环，丢了也就丢了，以他的自尊，既然没办法击败苏瞳，那么自然没脸面再去捡起那些手环，大不了自己再去抢夺就是。

眨眼之间，屠南的身影已经消失得无影无踪，没有一个人追击，毕竟他们都明白，在场除了苏瞳，怕是没有一个人能够招架得住屠南，这是一个可怕的煞神。哪怕他杀了六班二十多个同学，张耀和张艳也无法报仇。

等到屠南的身影彻底消失，落星辰这才满脸惊诧地看向苏瞳。

正想问问他的修为到底到了哪一步，却听到他长叹了一声，“哎，这家伙的剑气还真强啊，一枚上好的‘星盾’玉佩，就这样没了！”一边说着，苏瞳还一边从怀里掏出了一枚已经完全碎裂开来的玉佩，随意扔在了地上。

林万山的眼角狠狠地抽了抽。

“星盾”玉佩，这是一种以星灵石雕刻而成的玉佩，先由能够打造星铠的星纹师在星灵石上雕刻出法阵，再由强者注入星力形成的星宝。不管是材料，还是能够制作星宝的星纹师都是极为稀少，这也注定了星宝的珍贵。

就林万山所知，质量最差的星宝价值也要上万的金币。像苏瞳那能够抵挡住一名二元星武斗士一记战技的星宝，怕是最少也要好几万金币吧。好几万金币，就这么一下没了，林万山心里一阵长叹，有钱人家就是好啊。

“你就靠这玩意儿吓走了他？”落星辰自然也知道星宝，顿时惊呼了一声。

星宝都是一次性消耗品，使用的时候只需要输入微不足道的一点星力激活就能够爆发出极强的威力，比如苏瞳的那枚“星盾”玉佩就是一枚防御性的星宝。在面对“血破苍穹”的时候，苏瞳及时激发了“星盾”玉佩，在胸口前爆发出了一团“星之守护”，化解了那一剑的劲道。

“对啊，那家伙可是我们年级的三大高手之一，难不成你认为我打得过他？”苏瞳一脸理所当然道。

“……”落星辰顿时一阵无语。

敢情屠南根本不知道苏瞳身上竟然还有星宝这样的东西，只以为是苏瞳自身的实力，这才急速退走。

“对了，你说我们年级有三大高手，除了屠南还有谁？”落星辰好奇道，他还不知道他们年级已经出了三大高手。

“你不知道？”苏瞳一脸震惊地看着落星辰。

“我怎么知道？”落星辰两手一摊，很无辜道。这一个月来他可一直都在拼命地提升自身的实力，哪里有时间去了解其他班的情况。

“好吧，一个是二班的雷童，一个是九班的慕容天，都已经达到了二元境界。”苏瞳轻叹道，为落星辰的孤陋寡闻很无语。

这一个月来，这三人可是名气大震。毕竟，在进入学院不到一个月的时间里就达到二元境界，这天赋可不是一般的高，上一届的学生里面，也只有一人而已，这一届却有三个。

“那你呢？”尽管三大高手里面没有苏瞳，但落星辰却总觉得这家伙的实力绝对不在那三人之下，若不是有强大的实力，他又怎么可能孤身一人来到这里。

“我？我能够排进前十就不错了！”苏瞳耸了耸肩，一副很无奈的样子。

落星辰没有再问下去，只是觉得苏瞳太过自谦。至于雷童和慕容天两个名字，也被他牢牢地记在了心里，那是他接下来要超越的对象。

“那头大家伙是你小妹的战宠？”看了一眼落星辰眼中的光芒，苏瞳也没有继续这个话题，而是看了一眼不远处正在安抚银狼王的落婷婷，轻声道。

“嗯！”落星辰点了点头。

“屠南的那一剑可不好受，正好我这儿有一些专供魔兽疗伤的药，我过去看看！”苏瞳说完，不再理会落星辰，朝着落婷婷和银狼王走去。

在落星辰诧异的目光中掏出了一瓶丹药，递给了落婷婷，也不知道他和落婷婷说了什么，落婷婷竟然接过了丹药，开始为银狼王治疗伤势。而苏瞳也没有离开，只是半蹲在那里，看着落婷婷的动作。这让落星辰很诧异，这家伙不会是喜欢上婷婷了吧？虽说婷婷长得并不差，而且是个美人坯子，可是毕竟还小，以苏瞳苏家少爷的眼光，怎么也不至于看上她才对，可是他表现得如此殷勤做什么？

“这家伙不怀好意啊！”林万山不知何时凑了过来，同样看着苏瞳冷笑道。

“不管怎样，我们总是欠他的！”落星辰轻轻地摇了摇头，算上这次，苏瞳已经帮了自己三次大忙了，其中有两次更是间接救了他一命。

“非奸即盗而已，星辰，你看这个，有了这些手环，我们班的排名怎么说也能排进前三吧？”林万山轻哼了一声，一脸笑容地打开了屠南落在地上的包袱。

里面竟然有一百多个记录手环，除此之外，还有一些丹药之类的东西，甚至还有一粒恢复星力的星药。

饶是落星辰心智坚定，这一刻也倒吸了一口凉气，这屠南还真杀了一百多人不成？不过现在这些记录手环可全部便宜了他们班，只要他们顺利到达汇合地点，多出的这一百多手环，怎么说也能进前三了，甚至排第一也说不定。

一想到第一名丰厚的奖励，落星辰的心里也是一阵火热，当下体内星力耗尽的他直接吞下了那颗星药，又吩咐众人稍微休息下继续上路。

却不知道在离他们数百米开外，一道人影正静静地站在一棵树上，静静地看着他们离去。

第二十六章　黑暗种族

男子穿着一套棕黄色的劲装，留着一头寸发，看上去很精干，特别是眼睛，明明前面浓雾弥漫，却能在数百米之外清晰地看到离去的落星辰等人。

“这个苏瞳，不在自己的班级待着，跑来这里做什么？难不成他知道我要来？”看着和落星辰汇合的苏瞳，男子喃喃自语道。

“不可能，那事都过去一个月了，他绝不可能想到自己会出现在这里，一定是其他的原因才让他前来这里，只是有他在，可不好下手啊！”看着逐步离去的众人，男子再一次喃喃道。

以他的实力，要击杀苏瞳甚至七班的所有人都不会有什么问题，只是苏瞳毕竟是苏家唯一的继承人，若是真的死在了血色平原，苏家肯定不会善罢甘休，到时候一定会仔细勘察，谁能保证自己不留下点儿什么线索。若是被苏家的人知道是自己杀了苏瞳，那么自己绝对难逃一死。而且以他对那些大家族的了解，像苏瞳这么重要的继承人，身边不可能没有守护者，一旦苏瞳生命受到威胁，那些守护者肯定会出现，到时候可就麻烦了。不行，得想办法引开苏瞳，或者寻找对那小子一击必杀的机会！

男子的眼珠子转了转，直接从三米多高的树上跳下，疾步跟了上去。以他的实力，根本不用担心被一群一年级的新生发现。

落星辰的确没有发现这名男子的存在，只是他的心头却总有一股不安，总觉得好似被人窥探一样，只是不管他如何查看，也没有发现任何异常，反而对一直不愿离开的苏瞳很无语。

这家伙完全不担心自己班级的情况，时不时地出没于落婷婷的身边，对她嘘寒问暖的，哪怕落婷婷一直都是冷淡如常，他也毫不气馁。至于那头二级魔兽银狼王，在他的疗伤药作用下，被“血破苍穹”击到的伤势也恢复了大半，再一次体现出魔兽顽强的生命力，对他出没在落婷婷身边，也没有表现出任何敌意。

如此走了三天，已经深入血色平原中部，有苏瞳、张耀、张艳、落星辰等高手在，一路也没有遇到什么太大的麻烦，反倒是收拢了不少六班的同学，只是比起七班只损失两人的阵容来，六班的情况只能用凄惨来形容。

如今聚集在张耀身边的人数不超过三十人，如果不是和七班一起行动，怕是没有几个能够最终走出血色平原。这一次班级排位赛，他们班算是彻底废掉了，只希望成绩能够比同样受到屠南袭击的四班、五班好一点。

天色再一次昏暗了下来，天空中竟然还下起了零星小雨，让整个平原笼罩上了一层灰蒙蒙的雾气，众人的能见度再一次降低。在这样的天气下行走是极其危险的事情，好在连续几天的跋涉已经走完了大半路程，最多还有几十公里就能够到达地点。

简单地商议片刻，落星辰决定就地休息。

随着他的命令，早已经疲惫不堪的众人开始迅速搭建帐篷，荒野中有着大量的辐射，这雨水也蕴含着有毒的物质，虽说所有人都注射过基因药剂，体质得到了一定的改善，可是淋久了依旧会生病。

落星辰却没有这样的顾忌，一直生活在荒野的他早就习惯了荒野中的各种恶劣环境，这样的小雨对他来说根本不算什么，此刻的他正站在一个土丘上，任由雨水落在身上，打湿了头发和衣裳，可是如同黑色宝石一般的眸子却一直盯着远方。

苏瞳不知何时来到了他的身边，比起全身湿透的落星辰来，他的身上竟然没有半点雨迹，他身上一直有一道淡淡的光晕，雨水落在上面直接被弹开。落星辰知道，这家伙又激活了一件星宝，只是为了不让雨水打湿就激活了一件星宝抵御，这也太奢侈了一点。看着他那张绝美的脸蛋，落星辰真有一种狠狠掐一把的冲动。

“这雨有些蹊跷！”看着灰蒙蒙的前方，落星辰轻声道。

“是有些蹊跷，血色平原一望无际，雾都很少，更何况是这样的细雨！”苏瞳轻声道。

“既然如此，你为何不返回你们班，你就一点儿都不担心？”落星辰转头看向了苏瞳。

“有不闻不语在，不会有问题的！”苏瞳轻轻地笑了笑。

看到苏瞳自信的眼神，落星辰没有继续这样的话题，既然他都不担心，自己担心又有什么用。

“啊……”就在这时远处忽然传来了一声惨叫，落星辰的眉头微皱，转头看向了苏瞳，苏瞳也在这个时候看向了他。

“你听到了？”

“听到了！”落星辰用力点了点头，两个人同时听到了惨叫，这就不应该是幻听。

“那是鲁雄的声音！”这时张耀兄妹更是已经走了过来，脸色很难看。

“你们班的？”落星辰问道。

“是，不会有错，星辰，我要去看看！”张耀沉声道。

身为六班的班长，如今班上的同学还有不到三十人，他已经深深地自责，如今听到了自己同学的叫声，不管有什么情况，他总要去看看。能够多收拢一个同学，算是一个。

“好，我陪你去！”落星辰点了点头。

“好！”张耀点了点头，已经率先蹿出，他的妹妹张艳紧紧地跟在身后。

落星辰跟林万山打了个招呼，并叮嘱落婷婷留在原地之后，也跟了上去。

“靠，又把老子留下，不行，我也要去看看，王虎、梁七，你们看着一点同学们，我也过去看看！”林万山朝着王虎和梁七道了一声，也拔腿就朝落星辰等人离去的方向追去。

王虎重重地点了点头，梁七眼中却有些挣扎，他也想要跟上去看看，可是又觉得自己的实力太弱，去了未必能够帮上什么忙，只强忍着这股冲动，留在了原地。

可是落婷婷却没有管这么多，落星辰的身影刚刚消失在夜色中，她就一头跳上了大银的后背，招呼着大银追了上去。落星辰在哪里，她就要跟到哪里。

梁七等人面面相觑，有心想要叫住落婷婷，可是看到她身下的那个大家伙，却没有人有勇气叫出来，而且就算叫了也没用，他们可以拦住落婷婷，却绝对拦不住这样的一个大家伙。

“哎！”反倒是苏瞳轻叹了一声，也不多说什么，大步跟了上去。

落星辰实力强大，就算遇到什么危险也有自保的能力，落婷婷身边除了一头二级魔兽，实力并不怎么高强，他可不想落婷婷出现什么意外。

而在众人身后百米开外，一道人影正静静地站在那里，看着前后离去的几人，他的嘴角浮现出了一抹淡淡的笑意，他一直等待的机会来了，只要避开苏瞳，足以击杀落星辰了。至于和落星辰在一起的张耀兄妹，他却根本没怎么放在心上，张家可不是苏家，死两个子弟算什么事儿。

细雨继续下着，浓雾的水汽弥漫开来，再加上天色昏暗，能见度不足三十米，众人一路疾行，连续奔跑了十多分钟，也没有发现任何异常。

这让张耀很着急，他能够确定那是鲁雄的叫声，声音的地点应该就在这一带，可是到了这里，却什么都没有发现，而且也没有任何异常。难道鲁雄已经惨遭不测了吗？

“有血迹！”就在张耀四处张望的时候，落星辰却蹲在了地上。

张耀、张艳上前一看，一摊血迹洒在草地上，那些血液还有热气冒出，显然是刚刚留下的。张耀的脸色微微一变，难道鲁雄真的已经遭遇不测了吗？

“在这边，走！”落星辰仔细看了一眼，发现草丛中有一条血痕，当下直接追了上去。

张耀和张艳也赶紧跟了上去，在他们走后，一个身穿棕黄色劲装的男子率先来到了现场，看了一眼洒在地上的血液，嘴角轻笑了一声，竟然直接掏出了一个血袋，又洒在了一起，迅速伪装了下现场，将线索指引到了另外一个方向后就追了上去。他也不求能够拖延多少时间，要击杀三个一元星士也不过几个呼吸的时间而已。

落星辰三人又奔跑了数百米，落星辰却忽然停了下来。

“怎么了？”张耀现在心中担忧鲁雄的安危，焦急问道。

落星辰没有说话，而是转过身子，朝着夜色之中喊了一句，“谁？”

张耀一愣，为何他一点感觉都没有？张艳同样诧异地看了落星辰一眼，她同样没有感受到什么，就要开口询问，夜色之中忽然传来了一阵轻微的脚步声，一名身穿棕黄色劲装的男子一步一步自夜色中走了出来，细雨落在他的身上，溅起了阵阵雾气，一时之间看不清楚他的容貌，可是他身上的那股气息却让三人的脸色都一阵急变，这可不是一般的强者。

然而，当看清楚他面容的时候，落星辰的瞳孔骤然收缩在一起。

“韩主管，你怎么在这儿？”韩风啸乃是负责分配资源的主管，张耀自然也认识，只是他没有想到的是他为何会出现在这里。

韩风啸没有说话，他只是淡淡地看着落星辰，眼中充满了戏谑。那是一种狮子看待兔子的目光，似乎此刻的落星辰已经是他的盘中餐一样。

“他是来杀我的！”感受到韩风啸戏谑冷冽的目光，落星辰的眼皮狠狠地跳了跳。

他怎么都没有想到就因为那日的一点冲突，韩风啸会特意赶来这里杀他。这也太睚眦必报了一点儿。他不会想到，韩风啸之所以一定要击杀他，并非仅仅是冲突的原因，而是他表现出来的天赋。他的天赋实在太出众了一点，出众到让韩风啸也妒忌的地步。

白鹿学院天才极多，对于整个人类来说，天才越多，日后的强者自然也越多，和黑暗种族的战斗也能占据更多的优势，可问题在于，他和落星辰已经交恶了。在他看来，那是根本无法化解的仇怨，既然如此，他怎能容忍一个随时可能超越自己的天才活下去。若非落星辰一直都待在学院，让他找不到机会下手，他早已经出手了。

这一次野外试炼，就是他击杀落星辰的最好机会。只要干掉了这小子，就除去了一个隐患，也不用担心日后的报复了。所以他来了！以他的实力，要击杀三个一元境界的星士，简直就是易如反掌。

“杀你，为何？”张耀却是一脸的茫然，落星辰什么时候得罪了韩主管？

“那就要问他了！”落星辰沉声道，却是一脸的凝重。

当日在学院，若非苏瞳的出现，自己怕是已经死在了他的手中，如今这是在荒野，没有任何制约的他要杀自己实在太过简单。哪怕落星辰对自己的实力一直充满了自信，可是面对一个在学院担任仓库主管的人物，他也不认为自己能够获胜。只是，他可不想死在这里。

张耀一愣，转头看向了韩风啸，可是韩风啸显然没有给他解释的意思，而是朝着落星辰道，“你是自行了断还是我动手？”

落星辰没有说话，他只是紧了紧手中的长刀。

这时张耀即便不明白韩风啸为何会要杀落星辰，也知道该怎么做了，同样没有再说废话，身子朝前踏出半步，做好了战斗的准备。哪怕对方是学院的主管，哪怕对方的实力远远超过他们，但为了落星辰也要拼死一战。

张艳同样没有说话，同样紧了紧手中的武器。不管韩风啸为何要杀落星辰，既然在这里动手，绝不会留活口的意思，毕竟这样的事情传出去对他没有半点好处。

“看来还是要我动手了，哎！”看到三人的表现，韩风啸轻叹了一声，他的身后亮起了四道银色的光晕。

四元！四元星士！他竟然是一名四元星士？当看到这四道光芒的时候，三人的眼中一片绝望。

星武斗士，达到元境之后每提升一个等级，实力都成倍地增长，落星辰三人都是一元星士，若是遇上一个普通的二元星士，还能够拼一拼。如果遇上的是三元星士，那么或许还有一线逃生的机会。可韩风啸却是一名四元境界的星武斗士，以三人的实力，面对一名四元星士，那可连逃跑的机会都没有。毕竟对于元境的星武斗士来说，每三个等级都是一个坎。

一般说来，只要凝聚出星环的星武斗士，都能够顺利地达到三元境界。无非是时间长短，资源多少而已。可是到了三元之后，会在丹田内形成一道星河，只有冲破了星河，才能够继续凝聚第四道星环。这时不管需要吸纳的星力还是对星力的感悟都是之前的数倍。很多星武斗士就卡在了这里，一辈子难以前进。所以四元星士和三元星士之间，有着本质的区别。

一到三元境界的星武斗士称之为初级元星士，四到六元则称之为中级元星士，七到九元则是高级元星士。在白鹿学院，任何一名四元境界的星武斗士都有资格成为老师。在军队，四元境界的星武斗士已经足以担任校级军官了，由此可以想象四元星士的恐怖。

三人的惊骇之色让韩风啸很满意，就要直接出手击杀落星辰，忽然感应到了什么，直接朝着左边看去，一个身影自夜色中走了出来，脸上全是惊骇之色。

落星辰、张耀、张艳等人同时望去，也一个个脸色大变，一脸的惊骇。

走在前面的一人身着一套黑色的燕尾服，有着一头金色的长发，露出一张苍白但却极为俊美的脸庞，浑身上下没有半点人气，一双血红色的眼睛朝着众人看了一眼，一脸的轻蔑。如果只是这一个人的话，落星辰等人或许还不会这般惊骇，毕竟对方虽然没有半点人气，但外表看上去和人类并没有什么区别。

可是在他的身后还跟随着一名两米多高的人形怪物，也是双腿双手，只是他的身上却长满了鳞片，在额头的位置还长出了一只独角，露出了一个狰狞的脑袋，右手还拖着一具残破的尸体。尸体的四肢只剩下一条腿，被人形怪物抓在手中，身上的衣服也破烂不堪，特别是胸前的位置，露出了一个巨大的血洞，心脏早已经不知去向，不过从服装上看，应该是白鹿学院的学生。

“鲁雄！”张耀一声惊呼。

这一刻，就连韩风啸的脸色也是一片凝重。黑暗种族！在这血色平原之中竟然出现了黑暗种族，还是黑暗种族中地位较高的血族，这怎么可能？白鹿市虽然是帝国边缘地带，可和黑暗种族生存的死亡裂谷还相隔了上千公里的荒野，荒野中还有着无数大大小小的聚居地，一旦黑暗种族入侵，不可能一点儿消息都没有，可是现在，这两个黑暗种族是怎么出现在这里的？为何一点儿消息都没有？难道说这两个黑暗种族出现在这里只是一个巧合？

不可能，如果只是一头恶鬼也就算了，恶鬼一族繁殖力极强，生性残暴，总有一些恶鬼为了口腹之欲深入人族腹地，荒野上也经常出现几头恶鬼，可这里却有一名血族。从金发男子阴冷的气息中，韩风啸已经能够确认他绝对是一名血族，还是最纯粹的血族。

血族，在整个黑暗种族中都是高高在上的存在，任何一名血族根本不需要修炼，只要顺利成年，就拥有了和一元星士同等的战力，黑暗种族一半以上的强者都是血族。然而，上天总是公平的，在赐予了血族强大天赋的同时，却剥夺了他们繁殖后代的能力，往往一对血族夫妇需要上百年才可能培育一个孩子。每一个血族都是黑暗种族的瑰宝，若非特别的事情，他们绝不会轻易地派出血族前来冒险。这里既然出现了一名血族，那么黑暗种族肯定在谋划着什么巨大的阴谋。

“真没有想到，在这个恶劣的地方，还能够看到一个姿色不错的少女，啧啧，看来我的运气还算不错啊！”那名俊美的血族男子并没有在意几人的惊骇，反而饶有兴趣地看向了张艳。虽说比起他不久前遇到的那个人类女子来，这个女人姿色差了一些，但有总比没有强吧。

听着男子阴冷的话语，张艳的身子一抖，她本能地感觉到了一股恐惧，身子不由自主地朝后退了退。

“逃，快逃！”刚才还和落星辰三人剑拔弩张的韩风啸这时却忽然大喊了一声，身影瞬间蹿出，手中不知何时多出了一把长剑，全速一剑斩出。

一道巨大的剑芒亮起，犹如一道旋风一般，斩向了那名血族。正是韩风啸的战技——旋风斩！

感受到那一道剑芒的恐怖，落星辰的脸色变得极为难看，若是这一剑斩向的是自己，他连闪避的空间都没有，以他现在的实力根本不可能挡下这一剑，四元星士果然不是浪得虚名。只是他有些不解的是，他不是来杀自己的吗，为何还要让自己逃？不过很快，落星辰就明白过来。

面对这犀利的剑芒，那名血族男子只是轻笑一声，抬手就是一拳轰去。很随意的一拳，就这么随意地轰在了剑芒之上，本该将拳头斩成两半的剑芒却好似玻璃一样碎裂开来，男子的拳头就这么轰在了韩风啸的长剑上。

“咔嚓”一声脆响，那把精钢打造的长剑竟然应声而碎，一股巨大的反震力震得韩风啸的手臂一阵发麻，身子也不由自主地朝后退了一步，嘴里更是发出一声惊呼，“五级血骑士？”

任何一名血骑士都有着元境的修为，五级血骑士，就相当于一名五元星武斗士。以韩风啸现在的实力，根本不可能对付一名五级血骑士。毕竟血族的速度一直快过人类，再加上强大的恢复力，即便是同等级的相遇，人类也是输多胜少。

“呵呵，看来你知道的挺多嘛，既然如此，我就再告诉你多一点吧，我叫隆·德古拉！”血族男子轻轻一笑，说不出的随意。

韩风啸的脸色再变，德古拉，这可是血族之中最古老强大的十三家族之一。一个德古拉家族的血族出现在这里，这意味着什么？

“快走，告诉院长，德古拉的人出现了。”心中震惊的韩风啸大呼了一声，体内的星力疯狂地运转起来，一道道银白色的光环不断地自他的身后亮起，一股恐怖的气息弥漫开来。

落星辰全身一颤，从韩风啸的话中，他听出了一种决然，那是准备跟那名血族拼命的决然。他是来杀自己的，可是却因为黑暗种族的出现调转枪头，甚至为了给他们换取逃命的机会，竟然直接爆发了最强的战力。一时之间，落星辰百味杂陈，却没有多做片刻的犹豫，转身就逃。

只是一个照面就让韩风啸爆发出最强战力的黑暗种族，根本不是他们能够应付的，他们就算留下来也是送死而已。还不如趁此机会全力逃离，至少也要将黑暗种族出没的消息传出去。

张耀、张艳也反应过来，拔腿就走。不管心中有多少疑惑和震惊，这一刻，他们都只有一个念头，逃出去。

“呵呵，阿依，拦下他们，小心别伤到那位美丽的小姐。”隆·德古拉轻笑了一声，丝毫不在意韩风啸不断提升的实力。

“嗯！”他背后的恶鬼战士阿依瓮声瓮气地应了一声，随手丢掉鲁雄的尸体，大步就朝落星辰等人追去。

“哪里走！”韩风啸却在这个时候怒吼一声，身子一晃，一拳就朝阿依轰去。

第二十七章　一群傻瓜

“你的对手可是我！”一直没有动作的隆·德古拉轻笑了一声，挺拔的身影一闪，就这么出现在了韩风啸的身前，一拳就朝韩风啸砸去。

韩风啸的拳头上星芒大放，眼中露出疯狂，一道恐怖的拳劲整个爆发开来。而隆的拳头却没有半点光芒闪烁，两个拳头就这么轰在了一起。

“砰”的一声闷响，韩风啸身上的星芒骤然碎裂开来，整个人被震得朝后飞去，一头摔在地上，一大口鲜血喷出，脸色已经变得极为难看。

“韩主管！”落星辰回头看到韩风啸被一拳轰飞的一幕，心中一阵悸动。

韩风啸不是一个好人，分配资源的时候他没有做到公正无私，对付自己的时候他更是睚眦必报，因为一点冲突就要彻底扼杀自己。可是在面对黑暗种族的时候，他却能够第一时间放下一切恩怨，让他们逃离。落星辰知道，韩风啸这么做绝对不是为了自己，而是为了整个人类。黑暗种族忽然出现在这里，绝对不是偶然，这样的消息必须第一时间告知学校的高层。以那血族表现出来的战力，他们就算一起留下，也根本阻挡不了一个呼吸的时间，只有他勉强能够拦住他。只是这一点，就足以让落星辰敬佩。

“快滚！”韩风啸大吼，身子已经挣扎着跳了起来，看着想要继续追击落星辰等人的恶鬼阿依，体内的星力再一次爆发开来，一道又一道星环亮起。

不过眨眼的时间，他整个人都如同一颗冉冉升起的太阳，恐怖的星力全面爆发开来。这一刻，即便是那名血族脸色也微微一变。

“黑暗杂种，给我去死吧！”韩风啸怒吼了一声，身体化为一道流光，全速冲向了隆·德古拉！

感受到韩风啸身上所传来的恐怖气息，隆脸上的淡然之色消失得无影无踪，一道红色的血气自他的身上弥漫开来，他冷峻的脸上浮现出了一条暗红色的魔纹。双手横于胸前，做出了抵挡的姿态。面对韩风啸全力的一击，哪怕是他也不得不小心一些。

然而，就在隆准备随时反击的时候，却发现韩风啸的身影一晃，竟然从他的身边蹿了过去，根本没有和他交手的意思，反而冲向了阿依。

隆脸色大变，转身就朝韩风啸追去，可是这一刻韩风啸的速度达到了极致，眨眼的时间已经来到了阿依的背后。

恶鬼阿依也感受到了背后传来的寒意，本来前冲的身子骤然一个转身，韩风啸一拳轰了过来。没有任何犹豫，双臂交叉，横于胸前。他只需要拦住这一击自己的主人就能够赶来，以主人的实力要击杀这个人类简直易如反掌，他相信凭借自己的肉身强度一定能够抵挡住这样的一击。

"砰"的一声，韩风啸的重拳砸在了阿依的双臂上，一股恐怖到极点的星力尽数没入阿依的手臂，整个爆发开来。一股磅礴力量直接震开了阿依的双臂，一拳砸在了他的胸口。

"轰隆"一声巨响，阿依魁梧的身躯被砸得整个飞了出去，整个胸腔都凹陷了下去，连续几口暗红色的血液自嘴里喷出，一时之间哪里还爬得起来。

"找死！"隆·德古拉怒哼了一声，他竟然当着自己的面击溃了自己最忠诚的奴仆，这简直不可饶恕。

身上的血气骤然爆发，德古拉的身影在空中划出了一道残影，全速扑向了韩风啸。韩风啸骤然一个转身，德古拉已经来到了他的身前，骤然伸出右手，瞬间弹出了五根锋利的指甲，全速插向韩风啸的心脏。韩风啸刚刚转过身子，哪里来得及闪避，没有任何阻碍，隆·德古拉已经一把插入了韩风啸的心脏。

"卑贱的人类，去死吧！"隆狞笑，就要一把掏出韩风啸的心脏吃掉，却看到韩风啸的嘴角流露出一抹笑容，那是一抹疯狂的笑容。

一股不安的感觉瞬间出现在隆的心间。

忽然韩风啸的小腹处亮起了一道刺眼的星芒，他体内的星力竟然疯狂泄出，全面燃烧了起来。

星力燃烧！他这是选择自爆！隆·德古拉大骇。

论实力，韩风啸根本不可能是他的对手。可是当他选择燃烧星力自爆的时候，哪怕是隆也感受到了一抹恐惧。没有任何犹豫，迅速抽出了右手，护住脑袋，身子急速朝后退去。可是这一切已经来不及了，"砰"的一声巨响，一道刺眼的光芒瞬间亮起，直接将隆·德古拉整个笼罩住。

数百米开外，落星辰等人回头一看，所看到的只是一团刺眼的光芒，不知道为何，落星辰的心里一阵抽痛，仿佛有什么东西触动了他的灵魂一样。脑海中不自觉地浮现出一个黑暗种族肆意屠杀人类的画面，那是在集训的时候杜教官放映给他们观看的画面。

黑暗种族，不知道从何处而来，自他们出现的那一刻起，就一直是人类的死敌。他们以人类为粮食，在龙庭帝国建立之前，很多人类甚至被他们如同畜生一样圈养起来，那是所有人类的公敌。

这一刻，面对黑暗种族，哪怕本意是为了击杀他的韩主管，竟然也奋不顾身地选择了自爆，这是一种怎样的悲哀。

“韩主管他……他自爆了！”张耀同样傻傻地看着这一切。

“走！”落星辰痛呼了一声，拔腿就朝班级所在的方向奔去。

他必须告诉大家，有黑暗种族出没，必须全速赶往聚集地点，韩主管用自己的生命争取而来的时间绝不能够浪费。他没有注意到，一滴热泪自他的眼角滑落，很快就消失在漆黑的夜色之中。

张耀、张艳同样沉默不语，默默地跟在落星辰身后。

每一个人的心头都好似有一座大山压着，黑暗种族，他们就真的如此恐怖吗？

这时苏瞳、落婷婷、林万山三人正好出现在这边，看着急速奔逃的几人，苏瞳等人都一愣。

“快逃，有黑暗种族出没！”还隔着老远，落星辰已经大声喊道。

黑暗种族？苏瞳、林万山同时一愣，这里是帝国境内，怎么会有黑暗种族？

不过苏瞳第一时间回过神来，转身就逃。他的脸上再也没有之前的从容。能够让落星辰也落荒而逃的黑暗种族同样不是他能够轻易对付的。只不过他本想提醒落婷婷的，却哪里想到落婷婷已经趴在大银的背上，逃出了数十米，在逃跑的天赋上，生活在荒野的落婷婷可比他强多了。

“黑暗种族？真的吗？”反而是林万山还傻在原地。

“废话，快走！”落星辰已经来到了林万山的身前，一把抓住了他。

林万山这才回过神来，紧紧跟在身后，一行人全速狂奔，一直来到了班级驻扎地，看到还在搭建帐篷的同学们，落星辰已经大声呼喊了起来。

“快走，全速撤退，有黑暗种族出没！”

众人全都一愣。

“都快逃，是一名五级血骑士！”看着发愣的众人，张耀又补充了一句。

五级血骑士，那最少也相当于五元星士的存在。听到这样的话语，众人一个个回过神来，那绝对不是他们能够对付的存在，哪怕他们有一百多个人，但一个五级血骑士若是想要杀死他们，也不过是几个呼吸的事情，这可不是靠着数量就能够弥补的差距。众人再也顾不得帐篷，一个个拔腿就跑。这时谁也顾不得队形，只恨不得多生一双腿。

“啧啧，竟然还有这么多人，阿依，坚持住，只要多吃几个人类的心脏，你的伤势就会复原，你是不会死的！”就在这时后方的荒野上，全身伤痕累累的隆·德古拉一步一步走了过来，他的右手还拖着胸口全面凹陷下去的阿依。

从阿依微微起伏的心口来看，他竟然还有一口气在。而隆本是在行走，可是他的速度竟然一点都不慢，最多只需要三个呼吸的时间就能够追上落星辰等人。

看到大步走来的隆，感受到他身上所散发的煞气，那些本就恐慌的同学更加慌张了，一个个拼命朝前奔去，他们已经不求跑得比血骑士快，只求能够快过自己的同伴就好。

吴少辰、秦云等人都一个个发疯一般地朝前逃窜，他们是真的怕了。关于黑暗种族的传说，他们可听过不少，那可是以人类为食的存在，谁也不想落入黑暗种族的手中。

就在所有人都全速奔逃的时候，本来最有希望逃脱的落星辰却骤然停下了脚步。

“星辰，你这是做什么？快逃啊！”看到落星辰骤然停下来，林万山大叫道。

“你们走吧，我来拦住他！”落星辰沉声道。

“那可是血骑士，你拦不住他的！”林万山大骂。

“拦不住也要拦！”落星辰却倔强地摇了摇头，转身看向了追来的血骑士，目光充满了坚定。

他曾答应过老师，要尽力带同学们活着回去，如今既然注定要有人留下送死，那就由他来吧！

“靠，你这傻逼！这是送死！”林万山大骂，而本来朝前逃窜的身子也停了下来，站在了落星辰的身边。

“你不也是？”苏瞳温和的声音响起，身子也停在了落星辰的身边，一头深蓝色的长发一阵飞扬，哪怕是送死也要一起，这就是兄弟！

不仅是他，唐潇、梁七、五志、周文、林小宝、阿米，甚至连王虎也一起停了下来，来到了落星辰的身边。

“妈的，一群傻逼！”本来已经奔出百米开外的张耀看到这样的情况，嘴里大骂了一声，可他本人却转身冲了过去。

“哥！”看到自己的大哥转身，张艳叫不住，也只好转身跟上。

孟天涯、孟天照、赵宇凌、赵宇飞四人这时也一起跟上，不过眨眼的时间，落星辰的旁边已经聚满了一群人，看着众人决然的神色，他的眼中蓄满了滚烫的泪水，那是感动。

黑暗种族，从他们出现的那一刻起，就一直是人类的死敌，血族最喜欢喝的是人血，最喜欢吃的是人类的心脏，恶鬼最喜欢吃人的脑髓，其他的黑暗种族也都纷纷以人类为食，两方之间几乎是非死即灭的关系。

面对一名五级血骑士的追杀，这一百多号人没有任何人能够抵挡，不过也正因为有一百多号人四散逃窜，哪怕血骑士实力再强也不可能全部击杀，总有人能够逃离出去。

特别是像落星辰这样实力的人，混在人群中全力逃窜的话，那么他有九成的把握逃脱血骑士的追杀。可是他怎能那样做？他是七班的班长，他曾答应过老师要尽量带同学们活着回去，如今遇到了这样的危机，他怎能顾着自己逃窜？再加上韩风啸的自爆，更是给了他极大的触动。他和自己的立场完全不同，这次出现在荒野中也是为了击杀自己，可却因为黑暗种族的出现，不仅立马放下恩怨，还不惜牺牲自己只为了给他换取一线报信的机会，他尚且能够这么做，自己又何尝不能？

男儿在世，有可为，有可不为。很多事情，哪怕明知道是死，也要去做。所以他直接选择了留下，那是他对南宫寻月的承诺，也是他对自己的交代。只是让他没有想到的是林万山也留下了，苏瞳也留下了，甚至张耀等人也全部选择了留下。看着一张张同样稚嫩的脸庞，一双双虽然畏惧却依旧坚定的目光，落星辰的心里流过阵阵暖流。

不管这个世界有多么的肮脏，多么的不公，在这黑暗笼罩的世界里，却总有着那么一丝光明，虽然少，却依旧温暖。

落婷婷一直跟随在落星辰的身边，在他停下的刹那就已经叫住了大银，灰色的眸子没有畏惧，没有紧张，甚至没有诧异，对于落星辰的任何决定，她都没有任何异议。

落星辰留，她留。落星辰逃，她逃。落星辰生，她生。落星辰死，她死！如此而已，甚至不需要思考。

“你们这群傻瓜，何必都留下来送死！”看着众人坚定的眼神，落星辰轻叹了一声，这个时候那名血骑士已经追了过来，他们就算想逃，也未必逃得了，而且落星辰明白，既然他们选择留下，就不会再次逃离。

“嘿，那家伙可受伤了，我们一起留下未必就是送死！”苏瞳却轻轻地笑了笑。深蓝色的眸子看向了一步一步走来的血骑士——隆·德古拉！

“说的是，若是我们能够联手斩杀一名血骑士，那也是大功一件，学院总不会亏待咱们吧？”林万山难得一次和苏瞳的意见一致。

“嘿嘿，就算学院不发放奖励，一头血骑士的尸体也价值不菲，别的不说，就说他的心核，价值最少也要好几百万金币吧，我们可是发大财了！”张耀也是咧嘴一笑道。

众人你一言我一语地开始讨论起利益的分配来，就好似那头血骑士已经死掉了一样。那种对血骑士的恐惧也在不知不觉之间消散。

可是这些话却全部落入了隆·德古拉的耳中，饶是以血族的冷血，隆·德古拉也气得浑身发抖。他是谁？他是隆·德古拉，即便是在血族之中，德古拉也是最高贵的姓氏之一，而他本人更是年纪轻轻就步入了五级骑士，这就有很大的机会冲击男爵之境，哪怕是在黑暗种族之中也受人尊敬。可是现在，竟然被一群如同蝼蚁一般的人类小家伙评头论足，这让他如何不怒！

“嘿，我听说血族的心脏也是上好的药引，可以青春常驻呢！”不知道是谁又道了一句。

“够了！”隆大吼了一声，全身的血气一阵翻滚，竟然有一股爆发的迹象。

之前因为大意，被韩风啸自爆的威力笼罩在其中，虽说靠着血族强悍的生命力活下来，但他本身也受到了极重的伤势，连控制体内的血气都办不到。一身战力也是大打折扣，或许此刻连全盛时期一成的实力都没有，但即便如此，要杀一群乳臭未干的小子也是轻而易举的事情。而且这些少年一个个血气旺盛，只要吞食了他们的心脏，对自己的伤势可是很有好处。愤怒的隆·德古拉直接将阿依扔在了地上，大步走向了众人，他要亲手掏出这些狂妄小子的心脏。

“上！”眼见对方大步走了过来，落星辰大呼一声，身体已经第一时间蹿了出去。

体内的星力全面爆发，身体犹如流星一般蹿出。只不过第一个照面，他就使出了战技——流星斩。面对一个血骑士，哪怕是一名受伤的血骑士，他也不敢有丝毫的保留。落星辰的速度快到了极致，眨眼的时间已经来到了血骑士的身前，手中的长刀全速斩下，这样的一刀，即便是二元境界的星士也不敢有丝毫大意。

可是隆·德古拉不是二元星士，他是一名五级血骑士。那是足以秒杀数名二元星士的存在，面对这样的一刀，他竟然不躲不闪，反而嘴角露出了一抹嘲讽的笑容。

落星辰心中不安，但这一刻已经没有其他的选择，手中的长刀直接斩在了血骑士的头上，一刀斩下。血骑士的身体被切成了两半，可却没有半点鲜血洒出，落星辰立马明白，自己斩中的不过是一个残影而已。

一股风声自耳边响起，血骑士的身影出现在他的左边，朝着他咧嘴一笑，露出了两颗尖锐的獠牙，一把抓向了他的心口。五根锋利的指甲发出刺骨的寒芒，若是被抓中，以落星辰的肉身根本无法抵挡。

在这生死关头，落星辰没有选择躲避，也没有选择抵挡，反而是右手握刀，顺手就朝血骑士的脑袋斩去，他这是要跟血骑士同归于尽。

隆·德古拉一愣，似乎没有想到这个少年竟然也如此拼命，不过惊愣之后，他只是扫了一眼那把暗淡无比的长刀，就继续伸手抓向落星辰的心口，而他的另一只手却朝着那把长刀抓去。不过是一个刚刚迈入元境的星武斗士，哪里能够伤到他。而且自己率先出手，完全可以先抓出对方的心脏。

“嗖！”就在隆·德古拉即将抓破落星辰心口的瞬间，一道银色的闪电自银狼王的口中射出，射在了隆·德古拉的身上，德古拉的身子顿时一僵，哪怕他是一名实力强大的血骑士，可是面对这头二级魔兽的闪电攻击，也有片刻的僵硬。

就这么片刻的僵硬，为落星辰换来了一线生机。把本该落后半息的长刀直接斩在了隆·德古拉的手掌之上，在德古拉惊骇的目光中破开了他的手掌，斩在了手骨之上，大片暗红色的血液流淌下来。

隆·德古拉一脸的惊骇，他怎么都没有想到，一个刚刚踏入元境没多久的人类少年能够伤到自己。惊愣之后，隆·德古拉强忍着手掌传来的剧痛，继续抓向落星辰的心脏，他要掏出落星辰的心脏。

可这时一道刺目的光芒自隆·德古拉的身后亮起，全身上下星芒大放，犹如一头太古大鹏的张耀狠狠地撞在他的身上，身上的星芒骤然粉碎，却也将隆·德古拉撞得飞了出去。

这时周文已经抬起了手中的巴雷特，毫不犹豫地扣动了扳机。“砰”的一声闷响，一颗子弹激射而出，瞬间射向了德古拉的心脏。

身子在半空之中的德古拉根本没办法闪避，他甚至没有抵挡，那颗子弹没有任何阻碍地射在了他的心口。可是让人没有想到的是，这么近的距离，重型狙击枪的子弹竟然没办法破开他的肉身，就好似射在了一团坚韧的橡皮上，被直接弹飞。

众人脸色皆变。

“没用的，试试这个！”周文的耳边传来了苏瞳的声音，苏瞳随手扔来了一具枪械，那是一把比巴雷特还要大上一号的重型狙击枪，只是枪口的直径就有婴儿的拳头大小。

没有任何犹豫，周文迅速扔掉手中的巴雷特，接过了这把巨大的狙击枪，对准德古拉再一次扣动了扳机。

“轰隆”一声闷响，一道蓝色的电光球射出。

此刻的隆·德古拉身子刚刚落在地上，还没有完全站稳，一颗拳头大小的电光球已经来到了身前，一股危机涌入心头，没有半点犹豫，迅速抬起双臂，护住了自己的要害。

“砰”的一声闷响，那颗电光球直接轰在了他的双臂之上，整个炸裂开来，无数的电光闪烁，将他本就破碎的燕尾服砸得支离破碎，就连身体表面也被炸出了许多焦痕。但也仅此而已，如此恐怖的一击，一般人早就被轰成了碎片，可是德古拉却只是身体表面被烧焦，再一次证明血骑士的强悍。

然而，由于身体表面被烧焦，隆·德古拉彻底怒了，他竟然被人类的能量武器伤到了，这绝对是一个巨大的耻辱。可是不等他张开双臂，林万山的身影已经来到了他的身前，手中正握着一根重达百斤的铁棍，双手持棍的他对着隆·德古拉的脑袋就这么全力砸了下去。

第二十八章　心向光明

“砰”的一声巨响，沉重的铁棍重重地砸在了隆·德古拉的头上，原本以为这一棍足以砸破德古拉的脑袋，可是谁也没有想到，林万山却感觉自己的这一棍砸在一块精钢之上。那根重达百斤的铁棍当场就被震断，发出了清脆的声响，而巨大的反震力也震得他的手腕一阵发麻，身子不由自主地朝后退了一步。

却也只是砸得血骑士头昏目眩而已，根本没有伤及分毫。如此恐怖的肉身再一次让落星辰等人暗暗咋舌，这肉身力量得有多大?

不过趁着血骑士头昏目眩的刹那，张艳的身影已经来到了他的身前，手中的长剑一抖，一道犀利的剑气破空而出，全速刺向血骑士的心脏。那是蕴含了她全身星力的一剑，在星力的笼罩下，她手中的长剑已经发出不堪重负的裂纹，似乎随时都可能碎裂。

而头昏目眩的隆·德古拉也感受到了一股威胁，迅速伸出右手，一把抓住了张艳聚满星力的剑。“咔嚓”一声，那把长剑被隆·德古拉一把捏得粉碎，无数的星力四溅开来，在血骑士的身上留下了一道道浅浅的伤痕，可是他却浑然不在意，反而继续抓向张艳的脖子。

这可是他看上的一个人类女子，就这般杀掉实在可惜了一点。血族本来就以速度见长，更何况隆·德古拉的实力远远超过张艳，张艳凝聚的星力又被一把捏碎，整个人都受到了星力反噬，体内的星力一阵紊乱，哪里能够避开这样的一抓。

眼看就要被血骑士一把扣住喉咙的时候，孟天照的身影已经来到了跟前，作为张耀的跟班，他的实力也并不弱，只不过比起落星辰等人来却差了许多，在这紧要的关头，孟天照手持一把军用战刀，疯狂地砍向血骑士的手臂。锋利的刀身发出呼呼的风声，狠狠地斩在了血骑士的手臂上，却也不过划出了一道浅浅的痕迹，孟天照的脸色大变。

“找死！”尽管这一刀没有砍伤隆·德古拉，却也彻底惹怒了隆·德古拉，身为一个高贵的血骑士，竟然接二连三地被一群蝼蚁一样的存在挑衅，心中的愤怒可想而知。本来扣向张艳的右手反手拍出，一掌拍在了孟天照的胸口。

“咔嚓”一声脆响，孟天照的胸骨瞬间断裂开来，整个胸腔都凹陷了下去，整个人也被拍得飞了出去，正好落在阿依的身边不远处。

“天照！”孟天涯惊呼，整个人已经不要命地冲向了隆·德古拉。

“退开，你伤不了他的！”张耀却一声冷哼，孟天照一刀都没办法破开血骑士的表皮，孟天涯冲上去又有什么用，不过是徒增伤亡而已。

面对血骑士强悍的肉身修为，也只有修出了星力的星武斗士才可能对他造成一定的伤害。一边惊呼的同时，张耀全身上下已经再一次亮起了星芒，全速冲向了血骑士，可是一切却已经来不及了，在孟天涯想要后退的刹那，隆·德古拉已经狞笑一声，骤然伸出左手，一把插入了孟天涯的胸口。孟天涯的身子一僵，血骑士直接掏出了孟天涯的心脏，一把塞进了嘴里，直接咀嚼了起来。

“天涯！”张耀悲痛欲绝。

张艳也脸色一变，眼中闪过一抹悲伤，体内的星力骤然爆发。

“我跟你拼啦！”被血骑士一掌拍飞出去的孟天照更是肝胆欲裂，那可是他的亲兄弟，如今就这么死在了自己的眼前，也顾不得自己的实力远远不如血骑士，更顾不得自己的胸口都凹陷了下去，整个人挣扎着想要爬起来冲上去，却听到一阵狰狞的声音自背后响起。

“你还是乖乖受死吧！”话音还在耳边回荡，孟天照已经感觉到自己的后心一痛，转头一看，那头本来奄奄一息的恶鬼不知何时爬了起来，一只强有力的利爪插入自己的后心。隐约间，他似乎看到了那头恶鬼掏出了一个血红的器官，塞进了嘴里，那似乎是自己的心脏。

“天照！”张耀大吼，眼中尽是悲痛之色，他怎么都没有想到，不过片刻的时间，自己就失去了两个要好的伙伴。

体内的星力疯狂地运转，他的双眼已经变得通红一片。

不仅是他，赵宇飞、赵宇凌兄弟也是双目圆睁，就要不顾一切地朝着血骑士冲去，却听到落星辰的声音响起，“你们先走，你们伤不了他！”

说话的同时，落星辰也爆发了体内的星力，手持长刀，全速冲向了血骑士。

“走呀！”张耀嚎叫着，血骑士肉身太过强大，没有修出星力的人根本就破不开他的防御，留下来也是送死而已。

赵宇飞、赵宇凌身子一顿，看着死去了的孟天照和孟天涯，心中悲痛不已，却又充满了无奈。

“你们也都走！”苏瞳也是轻喝一声，身子一步踏出，手中已经多出了一把通体深蓝的长枪，长枪之上光芒闪烁，一看就不是凡品。一道星力涌入，那把长枪骤然爆发出了恐怖的气息，竟然是一把星器。

苏瞳步子一迈，全速冲向了血骑士，手中的长枪一抖，一道枪芒闪烁，犹如一条神龙，直袭血骑士，正是传自苏家的战技——惊龙刺！

“你们也走！走一个算一个，不要都留下来送死！”林万山也在这个时候朝着唐潇等人大吼了一声，魁梧的身躯却朝着那头正在啃食孟天照尸体的恶鬼奔去。

他没有修出星力，空有一身蛮力，却奈何不了血骑士，那只能拿这头恶鬼下手，哪怕恶鬼也以肉身强悍著称，可是此刻的他已经顾不得了。

唐潇、五志等人面面相觑。孟天照和孟天涯的例子就在眼前，他们的实力和两人相差不多，他们都没办法破开血骑士的防御，他们留下又有什么用？可要让他们独自逃离，又如何迈得出脚步？

周文已经从容地抬起了那把雷暴狙击枪，再一次瞄准了血骑士，雷暴枪还能射出两发雷暴弹，虽说不能给血骑士带来致命的伤害，但总是一种威胁。

至于梁七，却在这个时候忽然蹿出，同样蹿向了血骑士，他的手中不知何时多出了一把细长的剑。

这时悲愤之中的张耀和张艳已经同时朝着血骑士轰出了一拳，他们体内的星力不要钱似的涌出，化为了两道巨大的拳芒，轰向了血骑士。

落星辰随后出现在血骑士的身前，双手举刀，同样一刀斩下。

数道攻击，几乎全数轰向了血骑士，血骑士隆·德古拉却轻笑一声，身子朝后微微一退，随手拍出了两掌，拍在了张耀兄妹的拳芒上，那星力凝聚的拳芒瞬间被拍得粉碎，两个血红色的手印直接印在了两人的胸膛。两人的身体同时如断线的风筝倒飞了出去，人还在空中，已经喷出了好儿口鲜血。

不过落星辰斩下的刀芒却在这个时候落下。血骑士轻轻一笑，身子一偏，就这么再一次避开了落星辰的一刀，可是这一次落星辰却早就料到了一样，斩到半空的长刀瞬间一顿，反手横斩而出，刀身上骤然亮起了刺目的星芒。

血骑士脸色微变，迅速抬起双臂护住要害，犀利的刀芒斩在了他的手臂上，直接划出了一道长长的口子，恐怖的星力骤然爆发开来，震得他的身子朝后退去，失去平衡，就这么刹那的时间，苏瞳的攻击到了。

手中的蓝色长枪犹如一条出世的神龙，全速刺向了血骑士的心脏，那里是血族的要害。

血骑士的脸色再变，他感受到了死亡的威胁。想要抵挡已经来不及了，躲避更是不可能，在这紧要的关头，血骑士身子强行一扭，用自己的肩头主动迎向了那极具攻击力的一枪。

“嗤”的一声，枪尖顺利地没入了他的肩头，苏瞳体内的星力疯狂地涌入血骑士的肩头，血骑士的肩头骤然炸出了一道血花，白森森的骨头都露了出来。

不过他却趁此机会连续后退了好几步，脸上全是惊讶之色，看向苏瞳手中长枪的眸子更是多出了一抹灼热。那竟然是一把星器！这小子家世不错的，在这样的年纪就有一把星器。只是，今日这把星器将属于自己。

体内的血气一阵涌动，就要稳住身形朝着苏瞳发起进攻，又传来了一声枪响，一道蓝色的电光球再一次来到了他的胸前，这一次没有任何防备的血骑士被这团雷光直接命中胸口，整个爆炸开来。哪怕他的肉身极为强悍，可是依然被蓝色的雷电撕开了一道深可见骨的伤口。

而他整个人被炸得飞了出去，就这么一瞬的时间，落星辰已经一步踏出，脚下星芒大放，一股凌厉的气息不断地爆发开来，那是——纵天七步！

“纵天七步”——落星辰如今能够使出威力最大的一招战技，一招之后，他将再无半点战力。不到迫不得已，他绝不会轻易地使出这一招，可是血骑士太过强大，哪怕已经受伤在先，但那恐怖的力量依然让众人束手无策。现场能够给他带来伤害的也只有自己这几个人而已，如今已经到了不得不拼命的时候。

丹田内的元星之力疯狂地涌动，脚下的光芒也越来越盛，好似要托着他一步登天一样。双手之间那把漆黑色的长刀之上，隐隐有纹路乍现，刀身上更是光芒大放。

“斩！”嘴里暴喝了一声，落星辰双手持刀，全力斩向了半空之中的血骑士。

这一刻，血骑士根本无法闪避，而刀身上也传来了足以威胁血骑士性命的力量。

“主人！”看到这一幕的阿依大吼了一声，庞大的身躯就要上前阻拦这一刀，可是林万山的身体却拦在了他的身前。

“你的对手是我！”林万山怒吼，抬起拳头就朝恶鬼砸去。

“找死！”阿依尽管受伤，实力也大打折扣，但他却不相信一个小鬼能拦住自己，顿时也是一拳轰出。

“砰！”两人的拳头撞击在一起，林万山的身子猛地一震，而那头恶鬼身子同样一震，眼中露出一抹惊骇，怎么都没有想到这个小鬼能够在力量上和自己对抗。哪怕他已经受伤，而且伤势极重，可是自己一拳的力量也超过了千斤啊，这小子怎么会有如此恐怖的力量？就这么一耽误的时间，落星辰斩出的刀芒已经来到了血骑士的头顶上方。

血骑士脸色微变，此刻的他根本没办法闪避，只能够抬起左臂，护住了脑袋。

“嗤”的一声，漆黑色的长刀斩在了血骑士的左臂上，坚韧的左臂被一刀斩断，在血骑士的胸前留下了一道长长的口子，而他整个人被这一刀劈得飞了出去。一头摔在地上，直接将地面砸出了一个大坑，无数的尘埃漫起。

“主人……”看到被斩飞出去的血骑士，恶鬼大惊，再也顾不得林万山的威胁，转身就朝血骑士冲去，林万山哪里会放过这样的机会，趁着恶鬼转身的刹那，又是一记重拳砸在恶鬼的后心，恶鬼阿依当场一口鲜血喷出，但他却毫不在乎，只是一个劲地冲到了血骑士的身边，伸手扶起了血骑士。

此刻，隆·德古拉不仅左臂被斩断，胸前还多出了一条长长的口子，甚至连胸骨都被切开了部分，一般的人类若是受了这么严重的伤势，早断气了，也只有血族强悍的生命力才吊住一口气。

周文哪里会放过这样的机会，直接抬起了手中的雷暴狙击枪，对着血骑士所在的位置就扣动了扳机，又是一道雷光闪烁，射向了血骑士。这样的一击放在平时根本不可能伤害到血骑士，可是此刻血骑士伤势极为惨重，一旦挨了这下，怕是也会死去。感受到雷光球所蕴含的威力，那头恶鬼没有任何犹豫，直接趴在了血骑士的身上，用自己的后背挡下了这一击。

蓝色的电弧乱窜，他的后背被撕出了大片的血肉，不过以恶鬼强悍的肉身来说，这样的伤害根本不算什么。可是阿依的身子却骤然一僵，眼中更露出不可置信的神色。缓缓地低头一看，隆·德古拉长着锋利指甲的右手已经插入了他的心脏。

“阿依，现在是你为主人我尽忠的时候了！”隆·德古拉的嘴里传来了冷酷的声音，他掏出了恶鬼那颗巨大的黑色心脏，塞进了嘴里。

几乎所有黑暗种族的动力能源都来自心脏，心脏也蕴含了黑暗种族大部分的生机，像血族这样的黑暗种族，只要心脏不坏，几乎就是不死之躯。恶鬼虽然没有这样的能耐，但心脏依旧蕴含着庞大的生机，随着恶鬼的心脏入口，磅礴的生机在隆·德古拉的体内滋生，他身上的伤势以肉眼可见的速度复原着，甚至连断掉的手臂也开始急速地增长。

众人脸色大变，谁都没有想到濒临死亡的血骑士会杀掉自己的仆从，补充自己的生命力。

苏瞳第一个蹿了出去，手中的长枪一抖，就要再次使出战技，血骑士的眼中忽然射出了一道血光，逼得苏瞳不得不闪身躲避，就这么一个刹那的时间，隆已经翻身跃了起来。

他的身上多出了一道浓厚的血雾，而被落星辰斩掉的左臂更是重新生长了出来，一身的气息虽然依旧有些虚弱，可那也只是相对全盛时期的他来说，至少这一刻，现场没有任何一个人是他的对手。

苏瞳骤然停下了脚步，哪怕是他也没有半点把握能够在这个时候击杀隆·德古拉。

“婷婷，带你哥先走，你们也都走！”一手持枪，苏瞳站在了最前方，一头深蓝色的长发无风自动，那张漂亮的脸蛋却全是肃杀之意。他知道，此刻的落星辰已经没有半点战力，留下来也只是送死而已。还不如由自己留下拦截血骑士，给众人换取一丝逃离的机会。在这样的绝境下，能够逃走一个算一个。

“苏瞳，我……”

“不要浪费时间了！”落星辰还想要说些什么，苏瞳已经直接打断道。

落婷婷也不再犹豫，招呼银狼王就朝落星辰扑去，准备强行带走落星辰。在她心目中，落星辰才是最重要的，虽说这样带着落星辰独自离去有些不太好，但只要星辰哥哥能够活下来，所有的罪责她愿意一力承担。

“你们谁也走不了！”隆·德古拉却冷哼了一声，直接就朝落星辰冲去。就是这个小家伙刚才差点要了他的命，他要杀了他，第一时间杀了他。

“这可不是你说了算！”一向从容的苏瞳冷哼了一声，手中的长枪一抖，已经拦在了隆·德古拉的前面。

“不自量力！”隆·德古拉狞笑一声，抬手就是一掌拍向了苏瞳。

得到了阿依庞大的鲜血滋养，他的实力已经恢复了全盛时期的三成左右，不要说这里最强的几人不过是一元星士，就算来几名二元甚至三元星士结果也是一样。

一道血色的掌印拍出，拍向了苏瞳。苏瞳瞳孔一缩，手中的深蓝色长枪一抖，迅速挽出了一朵枪花，护在了身前，形成了一个枪盾，那一掌就这么拍在了枪盾之上，苏瞳立马感觉到一股庞大到难以想象的巨力传来。握枪的手一抖，手中的长枪险些握不住，身子也被震得朝后一退，失去平衡，就这么刹那的时间，血骑士的身影来到了他的身前，一拳砸在了他的胸口。

苏瞳的身体表面瞬间亮起了一道星芒，不知他又激活了什么星宝，可是那足以抵挡三元星士全力一击的能量罩直接被血骑士一拳轰得粉碎，苏瞳的身体也被震得飞了出去，同样是一口鲜血喷出。绝美的脸蛋也“唰”的一下一片苍白。

隆·德古拉冷哼一声，不理飞出去的苏瞳，就要继续朝着落星辰奔去，可是林万山魁梧的身躯却挡在了他的身前。

“找死！”隆大怒，一个实力还算不错的苏瞳拦截自己也就算了，毕竟他手中还有一把星器，自身也是一名星武斗士，可是现在，一个连星力都没有修出的家伙也要拦截自己，这简直就是赤裸裸的挑衅。愤怒的隆紧握右拳，又是一拳轰向了林万山。

面对血骑士全力的一拳，林万山不闪不避，竟然同样抬拳迎去。

“砰”的一声闷响，他魁梧的身躯被震得连连后退，手臂也一阵发麻，一股阴冷的劲道涌入他的手臂，破坏着他的生机。

林万山脸色微变，然而隆·德古拉脸色更是变得极为难看，他全力的一拳竟然不能轰杀一名没有修出星力的人类？什么时候自己的拳头这么弱了？愤怒的他大步踏出，身子已经来到了林万山的跟前，抬起右手，一把抓向了林万山的天灵盖。此刻的林万山身体正处在失去平衡之中，哪里能够躲避。

“老大！”唐潇、阿米、林小宝等人同时惊呼，而梁七的身影更是出现在血骑士左侧，手中多出了一把细剑，一剑刺向隆·德古拉的心口。

“哼！”隆·德古拉冷哼了一声，反手一掌击在剑身之上，当场震断了剑身，巨大的反震力直接把梁七震飞出去，整只手臂都直接脱臼，不过这一阻拦，也让林万山避开了那一抓，可是血骑士却在这个时候踹出一脚，踹在了林万山的小腹，将他也踹飞了出去。

再一次扑向了落星辰，可是张耀的身影却再次拦在了他的身前。他的身上星芒大放，一道道银色的光芒不断亮起，体内的星力不要命地爆发出来，身上的气息也是越来越强。

“张耀！”

“哥，不要！”可是看到这样的情况的落星辰和张艳却脸色大变。

第二十九章　魔刀炼狱

感受到张耀身上越来越强的气息，落星辰的脸色变得极为难看，这家伙竟然在燃烧自身的星力，他要选择自爆。

“哥，不要啊！”张艳更是直接痛呼了出来，整个人不要命地朝着张耀扑去。

他们兄妹是这一代张家最有天赋的两人，在家族的时候，两人的关系虽然谈不上坏，但也好不到哪儿去，毕竟张家的资源只有那么多，同时分享给两人和分享给一人还是有区别的，为了争夺更多的资源，性格好强的张艳处处表现得极为强势，实力进展也一直快过张耀，久而久之，给人一种她的天赋还在张耀之上的错觉。而张耀也从来不多说什么，一直都被张艳压过一头，甘心做她的陪衬。

原本张艳还一直有些瞧不起自己的大哥，觉得如果不是因为他是男的，家族分配给自己的资源还会更多，可是直到这次试炼，她才明白大哥的天赋远在自己之上，他从来不和自己争夺家族的资源，不是他争不过，而是他根本不愿意争，那是他对自己的爱护。

如今，见到这个深爱自己的大哥竟然不要命地开始燃烧自身的星力，张艳慌了。她怕，她怕没有张耀的日子，想到了之前屠南袭击她的时候那种恐慌和孤独，张艳疯狂地冲向了张耀。她不能失去他，如果真要死，那么就让她来代替张耀好了。

张艳体内的星力也疯狂地运转了起来，一道道银色的星芒不断地爆发开来，丹田内的星力如同火山中的岩浆一样，彻底沸腾开来。

“你这个疯子，你快住手啊！”落星辰拼命地大喊着，心中好似有什么东西被触动了一样。

“星辰，照顾我妹妹！”张耀这个时候却朝着落星辰微微一笑，整个人疯一般扑向了血骑士隆·德古拉。

他深深明白，以他们这些人的实力根本不可能是血骑士的对手，唯有燃烧星力，才有机会重创他。黑暗种族，那是所有人类的大敌，即便是死，他也无憾。

“疯子！”感受到张耀体内疯狂燃烧的星力，血骑士脸色大变，一个韩风啸也就算了，现在连这些十几岁的家伙也不要命地选择自爆，他们就一点都不怕死亡吗？哪怕自身的实力强悍，但他也不想被一名一元星士抱住自爆。

当下再也顾不得朝前扑去，转身就要后退，可是他刚刚转过身子，一个同样刺眼的身影已经蹿了过来。那是张艳的身影，她就这么如同扑火的飞蛾，一头撞在了血骑士的身上，身上的星芒越来越亮，气息也越来越强烈。

“艳儿！”张耀大呼，他怎么都没有想到，自己的妹妹会在这个时候不要命地冲过来。

“大哥，对不起，你要好好地活下去。”张艳一把抱住了血骑士，回头朝着张耀凄凉一笑。那一笑，包含了她对张耀无尽的亏欠，那一笑，包含了她对生无限的眷恋，可是她丹田内的星力却在这个时候整个地爆发开来，一道银色的火焰瞬间蹿了起来，将她整个人连同被她抱住的隆·德古拉一起笼罩。

“不！”张耀的嘴里发出撕心裂肺的吼声，这一刻的他，只觉得自己的心好似被一只锋利的爪子给撕开了一样，是那样的剧痛。

那是他的妹妹，是他在这个世界上最亲的人之一，可是现在，却在他的面前选择和黑暗种族同归于尽。看着燃烧的银色火焰，耳边还回荡着她最后的一句话，“大哥，对不起，你要好好地活下去！”

对不起，该说对不起的是我啊。我是你大哥啊，就算要死，也是我先来啊。

泪水模糊了双眼，顺着脸颊一滴滴滑落，很快连胸间的衣裳也打湿了，可是他整个人却如同失去了灵魂一般，傻傻地站在原地，不知所措。自己的妹妹就这样走了，就这样永远地离开了他。

偌大的现场一片寂静，每一个人都感觉好似有一座山一样压在心头，沉甸甸的。看着熊熊燃烧的银色火焰，一阵悲凉。

落星辰的眼睛也早已经湿润，看着熊熊燃烧的银色火焰，他不由自主地看向了落婷婷，只看到落婷婷垂着脑袋，也不知道在哭泣还是在伤怀。但他知道，若是换成自己，落婷婷也会做出同样的选择。

“吼……”就在众人都以为血骑士会被银色的火焰焚烧殆尽的时候，火焰之中忽然传来了一声巨吼，一道血色的光芒冲天而起，瞬间将张艳还在燃烧的身体轰飞了出去，整个身体都炸裂开来，而隆·德古拉的身影却如同地狱走出的魔神一般，矗立在原地。

金色的长发再也没有之前的飘逸，原本白嫩的脸蛋也长出了黑色的鳞片，一对一寸多长的獠牙自嘴角长了出来，身上的燕尾服早已经破烂不堪，露出的部位更是焦黑一片，可是却有大量鳞片不断地长出来，整个人看上去极为恐怖，一股凶戾的气息不断地自他的身上弥漫开来。

众人的脸色再变，难道这样还杀不死他吗？

“我跟你拼了！”张耀骤然自悲痛中清醒，当看着自己妹妹的尸体被震得粉碎的时候，整个人如同一头发怒的狮子，毫不畏惧血骑士越来越凶戾的气息，发疯一般扑向了血骑士。他的身上星芒再一次亮起，隐隐有银色的火焰开始升腾。

“张耀，你给我回来！”看着发疯一般扑向血骑士的张耀，落星辰脸色大变。

他的妹妹才燃烧了自己解救了他，如今他竟然又要燃烧体内的星力，这岂不是辜负了张艳的一片心意。一边惊呼，落星辰一边从地上爬了起来，拼命地朝着张耀追去。

可是张耀却浑然没有听到一般，反而身上的银色火焰越来越旺盛，他的眼中露出一抹疯狂和决然。妹妹死了，自己做大哥的又岂能苟活？他要杀了这名血族，哪怕是死！

体内的星力疯狂地燃烧，可是这一次，不等张耀体内的星力全面爆发开来，全身上下布满鳞片的血骑士已经一步迈出，直接出现在张耀的身前，锋利的右爪一把插入了张耀的心口。

张耀的身子骤然一僵。那双原本疯狂的眼睛迅速黯淡下来，看了看眼前血骑士狰狞的脸庞，他的嘴角竟然露出了一抹笑意，那是一抹欣慰的笑意。

“妹妹，我来陪你了，黄泉路上，你不会孤独！”喃喃叨念了这一句，张耀的瞳孔迅速涣散，彻底失去了生息，身子直直地朝后倒去。

“不！”看着倒下去的张耀，还有血骑士手中那颗鲜红的心脏，落星辰只觉得自己的心也好似被掏出了一样，空空荡荡的。

如果说张艳的死只是触动了他的内心的话，张耀的死却让他整个人都陷入了一种狂怒状态。虽说与张耀认识的时间不过几天，可是这些天来，两人却在战斗之中结下了深厚的友谊。想到了第一次见他的时候他表现出来的狂妄，想到了他被他们联手打得狼狈不堪的一幕，想到了他和自己携手冲入狼群，斩杀狼王的一幕，想到了他在面对叶轻舞的挑拨，却依然站在自己一边的一幕，想到了当自己决定留下拦截血骑士的时候，他一边骂着傻逼，一边折回来的一幕，泪水模糊了落星辰的双眼。

一滴滴顺着脸颊滑落而下是那般的滚烫，落星辰恨，恨自己的决定，若非自己一意孤行地想要拦截血骑士，他们又怎会死？他恨，恨自己的无能，若是自己的实力再强一点，强大到足以击杀血骑士的程度，他们兄妹又怎会死？若不是遇上自己，他们本可以不死的啊。

“啊！”嘴里发出撕心裂肺的叫声，落星辰从来没有像这一刻一样想要拥有力量。

“快走啊！”耳边再一次传来了苏瞳的惊呼声，落星辰看到苏瞳的身上也亮起了一道星芒，那股气息也越来越强烈。这家伙，也要选择自爆了吗？

“你们都快走，以后为老子报仇！”林万山也在这个时候发出了一声怒吼，整个人如同一头发狂的野兽，冲向了血骑士。他没有修出星力，没办法选择自爆，他只想用自己强悍的肉身拦截血骑士一瞬的时间，为苏瞳这个娘娘腔换取一击必杀的机会。

“星辰哥哥。”落婷婷一向平淡的眼中也闪烁着泪光，就要劝落星辰先行逃离，却被落星辰打断。

“婷婷，你要好好地活下去！”一道淡漠但包含着无尽爱恋的声音自落星辰的口中响起。

落婷婷整个人都一愣，灰色的眸子中更是出现了一缕恐慌，一股不安的感觉出现在心头，就要上前拦住落星辰，却看到落星辰忽然抬起了手中的那把长刀，反手插入了自己的心脏。

“炼狱，出来吧！”一道没有任何感情的声音，自他的口中传出。

落婷婷的身子骤然一僵，一脸恐慌地看着将长刀插入自己心脏的落星辰。一股难以言表的悲痛传遍全身，整个人好似忽然来到了一个万年冰窖，全身一片冰凉。她忽然觉得，自己的世界整个地坍塌了。

落星辰的脸上却没有半点表情，稳健的双手握住长刀，漆黑的刀身整个地没入了心脏，却没有半点鲜血洒出。心脏中滚热的鲜血不停地被长刀所吸收，原本漆黑的刀身竟然出现了一道道裂痕，隐隐听到“咔嚓”的一声脆响，似乎某个封印破裂了一样，一道道血红色的光芒自裂痕之中射出，裂痕越来越大，最后竟然开始纷纷脱落，露出了长刀的全貌，那竟然是一把通体血红的长刀。

刀身之上，血芒大盛，血芒之下隐隐有一道紫色的魔纹出现在刀身之上，随着这一道魔纹的亮起，一股恐怖到让人窒息的气息弥漫开来。这是落星辰以自身的心血，唤醒了沉睡的“炼狱”。在遇上屠南使出纵天七步的时候，落星辰就企图唤醒“炼狱”了，可是当他凝聚了全身的星力之后，也没办法唤醒“炼狱”，他知道，想要让“炼狱”苏醒，哪怕只是一刹那，也需要一名三元星士全部的星力。他的修为没有达到三元星士，那么唯一能够做的就是以自身精血为引，以生命的代价唤醒这个恐怖的存在。

感受到这样的气息，全场所有人的身子都是一僵，一个个不由自主地看向了这边。苏瞳、林万山、唐潇、梁七等人一个个目瞪口呆地看着这一切，他们有些不明白到底发生了什么。

而正将张耀的心脏塞进嘴里的隆·德古拉却是一脸的惊骇，眼中露出了难以置信的神情。

至于那头本该凶悍的银狼王，此刻却如同小猫一样蜷缩在地上，巨大的身体不停地颤抖着，好似遇到了天敌一样。

落星辰的脸色越来越苍白，甚至连他原本漆黑的头发也开始逐步变白，不过十五六岁的稚嫩脸庞竟然也出现了道道皱纹，可是他的眼神却出奇地坚定，任由那把长刀吞噬着自己的鲜血。

随着鲜血的大量涌入，刀身之上紫色的魔纹也越来越亮。天空中不知何时笼罩着一层厚厚的乌云，乌云之中雷光闪烁，似乎有什么恐怖的存在即将降临。血芒越来越亮，那股气息也越来越浓烈，可是落星辰却越来越苍老。

落婷婷的眼中流出了泪水，她想要上前阻拦，可是却发现自己的身体动弹不得，好似被封住了一般。

苏瞳、林万山等人也感觉到了不妙，他们同样想要阻止，可却和落婷婷一样全身僵硬，动弹不得，只能够眼睁睁地看着落星辰的面容越来越老。

每一个人的脸上都充满了焦急的神色，可是不管他们如何运转体内的力量，都没办法动弹分毫。

反倒是血骑士隆·德古拉脸上的惊讶之色越来越浓。

“唔……”虚空之中，似乎传来了一声低吟，又仿佛什么都没有，可是处于惊愕之中的隆·德古拉却骤然清醒了过来。

一股前所未有的危机感传来，那是比韩风啸自爆的时候还让他感到恐怖的威胁，没有任何犹豫，体内的血气骤然爆发开来，全身的力量也全面爆发，脚下步子一迈，直接扑向了落星辰，而他的双眼却死死地盯着落星辰手中的那把刀。他的速度快到了极致，几十米的距离，几乎是一闪而逝，众人只看到空中出现了道道残影，隆·德古拉的身影已经来到了落星辰的跟前，一拳朝着落星辰的脑袋砸去，他要杀死这个家伙。

可是这时落星辰依然不为所动，只是身上的那股恐怖的气息不断攀升，好似无穷无尽一样。他的面容已经如同六七十岁的老人，一头乌黑的头发也白了不少，仿佛行将就木一般。就连握着长刀的手臂也布满了皱纹，整个人都好似被吸干了所有的生命一样。这个时候的他不要说面对一名血族骑士，怕是一个普通人都能够轻易地杀死他。

可就在血骑士的拳头即将砸在他头上的时候，他忽然抬头扫了一眼血骑士，只是简单的一眼，可是这一眼却让实力强大的血骑士全身一颤，身体不受控制地朝后飞了出去，似乎被一股无形的力量给轰飞了一样，而他的眼中更是露出了极度惊恐的神色，那是比常人看到恶鬼还要可怕的表情。直到他的身体落在地上，那只轰出的右臂才开始寸寸龟裂，那种感觉就仿佛一棵树木的水分被抽干，再被重力击碎一样，可是此刻枯萎的却是他的手臂。隆的嘴里发出一声怪叫，刚刚长出的左手骤然一记手刀斩下，将整只右臂斩落下来，他骤然一个翻身，头也不回地朝着远处逃去。

从那冷漠的眼神中他感受到了一股绝望，那绝不是应该出现在人类身上的眼神。想到了族里的那些古老传说，他整个灵魂都在颤抖。他的速度发挥到了极致，不过眨眼的时间已经奔出了上百米，而落星辰却依然不为所动，眼看他就要逃出众人视线的时候，落星辰忽然拔出了那把插在心口的长刀。

“轰隆隆！”在他拔出长刀的刹那，一道雷光自天空落下，轰在了刀身之上，原本血芒大放的刀身忽然光芒内敛，化为了一把普通得不能再普通的长刀，就如同之前一样。可是那股凶戾的气息却更加强烈了，落星辰也在这个时候双手举起了那把血色的长刀，隐约之间似乎有个巨大的虚影矗立在落星辰的身后，睁开了双眼一般。

众人只觉得自己的灵魂都好似冻住了一样，而落星辰却在这个时候朝前踏出了一步，一步之间，已经横跨百米，来到了隆·德古拉的身后，一刀斩下。

就在此时，数十公里外，一直在汇合地点等待学员的众多实力高强的老师也感觉到了一丝不安。特别是一身红色长裙的南宫寻月，绝美的脸蛋露出了一抹惊骇，骤然抬头看向了血色平原的方向，充满了惊恐，仿佛有个盖世魔头要出世一样，没来由地心头一阵狂跳。没有任何犹豫，拔腿就朝血色平原的方向掠去。

一直待在她身边的杜启喜也是微微一愣，直接跳上了一辆越野车，也是急驰而出。

其他的老师面面相觑，他们虽然也感应到了什么，但绝对不像南宫寻月这般清晰。

血色平原深处，四头身高超过三米的恶鬼正扛着一具沉重的棺材一步一步地朝前走着，在他们的身前，一名美丽得不像话的血族少女正在前面带路，这个时候却忽然停下了脚步，抬头看向了远方的天空，眼中露出了一抹惊恐。

四名恶鬼则茫然地看向了少女，不明白少女怎么会忽然停下。

也正是在这时那口沉重的棺材盖子忽然被弹开，一道身影自里面蹿出，出现在少女的身边，那是一名苍老到极点的身影，身上没有半点力量，可是不管是血族少女，还是那四名恶鬼，同时露出了谦卑的神态，四名恶鬼甚至直接跪倒在地。

“爷爷，那是……”看着眼前老者苍老的面孔，美丽的血族少女想要询问，却被老人伸手制止。

“没错，和传闻中一样，果然在这里，果然在这里，走……”老人整个人都有些癫狂，原本浑浊的眼中却露出了一抹狂热，也不管少女和四头恶鬼，身影直接就朝前方掠去，眨眼之间他已经在千米之外。

这时平原之上，正在奔逃的血骑士隆·德古拉的身体骤然一僵，落星辰手中的长刀整个没入了他的脑袋，如同切豆腐一般切了下去，直接将隆·德古拉切成了两半，他的身体骤然爆裂开来，化为一道浓厚的血雾，瞬间被“炼狱”吞噬得干干净净。

得到了如此浓郁的血气补给，一团血色的光芒顺着刀柄没入了落星辰的手臂，那原本枯萎的手臂如同枯木逢春一般，竟然迅速滋润起来。他的面容、头发也在急速恢复，就连他心口的伤势，也在疯狂地蠕动，可是他整个人却浑然不知一般，只是双手握着刀柄，长刀插入地上，矗立在那里，整个人犹如一尊魔神，亘古不变。

“星辰哥哥！”直到这时众人才恢复行动的能力，落婷婷第一个就朝落星辰跑去。

那股凶戾的气息也在这个时候消失，那把长刀又恢复成了往日的样子，只不过在漆黑的刀身上，隐隐多了一道紫色的魔纹。

落星辰好似被抽干了所有的力气一样，整个朝后倒去，被落婷婷一把扶住。而那把被他称为“炼狱”的魔刀却插在了地上，一动不动。

“星辰哥哥，你不要吓我。”感受到落星辰微弱的心跳，落婷婷完全没有在意魔刀的变化，只是抱着落星辰，一脸的紧张。

“给他吃下！”这时苏瞳的身影也赶了过来，也不知道从哪儿掏出了一粒金色的丹药，递给了落婷婷。

一股沁人的芳香传来，随后赶到的林万山等人只是闻了一下这气味，就觉得精神一振，由此可以想象这颗丹药的药效。

可是落婷婷却根本没有在意这些，一把抓过了药丸塞进了落星辰的嘴里，然而落星辰的气息，依旧没有半点好转的迹象。

第三十章　黑暗来临

落星辰甚至越发虚弱了，似乎随时都可能断气一样。看到这等情况，苏瞳眉头一皱，掏出了一瓶玉白色的药瓶，上前一步扶住了落星辰，一股脑儿倒入了他的口中。

若是不闻不语姐妹在这里，一定会惊呼出来。这可是比星灵露还要高级数倍的回生露，传闻每一滴都有让白骨生肉、起死回生的功效。这或许有些夸张，但即便是受到了致命的伤害，只要还有一口气在，也能挽回一条命，这绝对是保命的良药，也不是金钱能够买到的，哪怕以苏瞳的身价也不过只有这一瓶而已。这还是他的父亲担心他在试炼的时候遇上什么危险，花费了巨大的代价才弄来的一瓶。可是他却如同灌水一样灌进了落星辰的口中，好似那真的只是一瓶普通的水。

随着这股灵药入体，一股庞大的生机在落星辰体内扩散开来，终于将他体内的伤势稳住，他的气息也终于平静了一些，算是保住了一条性命，但他依然没有清醒的迹象。

“呼！”众人这才松了一口气。

“走，先离开这里！”苏瞳挑了挑眉，开口道。

落星辰刚才闹出的动静太过巨大，谁也不知道这平原上还隐藏着什么。而且他不认为黑暗种族出现在这里会只有两个人，这时还是尽早返回和学院的老师们汇合。

众人皆是点头。

苏瞳看了一眼那漆黑的长刀，伸手就要将其拔起，可是手掌刚刚碰触刀柄，一道电流激射而出，也亏得苏瞳反应够快，第一时间拿开，可是手掌依然被电了一下，出现了一道焦痕。

“这怎么办？”苏瞳一愣，这可不是一把普通的刀，总不能放在这里吧。

落婷婷没有说话，只是上前一步抓向了刀柄。

“小……”苏瞳惊呼，就要阻止，可是落婷婷却稳稳地抓住了刀柄，将其从地上拔了起来，拿出了布条，将刀柄绑在了背上，中途没有发生任何意外，看得苏瞳等人目瞪口呆。

这也太古怪了吧？难道这把刀能认主？这世间还有这样的武器？这可比一般的星器还要恐怖啊。不过想到了那把刀之前所带来的异象，苏瞳又是一阵释然，至少他手中的那把“碧血苍穹”没有这样的威能。

“走吧！”苏瞳招呼了一声，和落婷婷一起将昏迷的落星辰扶到了银狼王的背上。

经历了刚才的一幕，银狼王比之前还要听话，完全失去了应有的凶性。而林万山却走向了张耀的尸体，将其背在了背上。尽管他们相识也不过几日，但张耀的所作所为已经彻底让他折服了，他不仅是落星辰的兄弟，也是他林万山的兄弟。

看着张耀的尸体，众人又是一阵黯然，不久之前还是一个和他们有说有笑的人，如今却变成了一具冰冷的尸体，而他的妹妹更是连尸体都没有留下，众人心中一阵伤感。这一切，都因为黑暗种族。不管是谁，哪怕是年龄最小的林小宝，也深深地记住了这次仇恨。

众人快速地离开了现场，消失在夜色之中。

三个小时之后，一道苍老的身影出现在现场，正是那名从棺材中走出的血族老人。他仔细地将现场勘查了一遍，最后停在了那名血骑士死去的地方。

现场已经没有隆·德古拉的尸体，甚至连碎片都没有留下，可是那股独特的气息依然被老人捕捉到。感受到逐步消散的气息，老人轻叹了一声，“隆，你是个好孩子！”

说完了这一句话，老人又看向了落星辰等人离去的方向，就要追击，却忽然感觉到两股强大的气息自那个方向扑来，最终轻轻一叹，转身消失在黑暗之中。

落星辰并不知道这一切，此刻的他正躺在银狼王的背上，半个身子靠在落婷婷的怀中，陷入了昏迷状态。可是他的意识却以一种奇特的方式清醒着，他能够感觉到自己身体的一切变化，也能够意识到发生了什么，但却没办法控制自己的身体，也没办法感知身体之外的任何事情，此刻他的身体就好似一个经历了连场大战的战场，一片狼藉。

“炼狱”是那位传授了他太极心法的异人给他的武器。那一年，他不过十二岁，好不容易靠着自己的努力获得了两块黑面包，却正好遇上了一位可怜的流浪汉，好心的他将本打算留给自己的一块面包赠与了那位流浪汉，流浪汉极为诧异，似乎没有想到荒野中还有如此善良的少年。就传授了他太极心法，并且在离去的时候将那把随身携带的长刀交给了落星辰。并且叮嘱他，只有达到三元星士，才能勉强发挥这把刀的威力。那一刻，落星辰很震惊，因为那时候的他根本还没有修出星力，可是那位流浪汉却一眼看破了他已经在尝试修炼星力。不过流浪汉什么都没有说，就这样离去。

多年过去了，落星辰也终于在资源贫乏的荒野修出了星力，成为了一名星武斗士，而那位流浪汉传授给他的太极心法也发挥着巨大的作用。他也相信，这把刀绝对不是一把普通的刀。只可惜他的修为还没有达到三元星士，只能够以自身精血为引，爆发长刀的威力。

心脏，人之本命所在。任何一点伤害都足以致命，更不要说“炼狱”本就是一把吸血的魔刀。在此之前，已经不知道吞噬了多少魔物魔兽的血液。以落星辰的修为，哪里能够满足“炼狱”的需求，结果就是他差一点被吸成了人干。实际上在他做出决定的那一刻起，他就已经抱着必死之心。

只是谁能想到，“炼狱”在吞噬了血骑士的全身血气之后竟然回馈了他一道浓郁的能量，那起码有血骑士生前三分之一的能量。若是换成平日，如此磅礴的能量对落星辰来说绝对是大补。可是他的身体先被“炼狱”吸干，全身的经络、血脉都是一片枯萎，没有半点活性，就如同多年干旱的河道已经风沙化，堤坝都已经腐朽，却忽然遇上了滚滚洪流，如何经得起冲刷。唯一的结果就是被冲得七零八落，破碎不堪。虽说那一股能量让他的表面恢复了青春，可是他的身体内部却是一片破损，离死亡也只有一线而已。

正好这时落婷婷喂他服下了那颗回生丸，比起回生露来，回生丸的效力差了许多，一般的伤势也能修复，但落星辰全身上下都是伤口，一颗回生丸哪里管用。好在这个时候苏曈不计成本地将唯一的一瓶回生露倒入了他的口中，在这股精纯的能量之下，那些破碎的细胞开始急速修复，甚至比以前更加坚韧。

可是那股能量太过庞大，依然在他的体内四窜，依旧有不少部位被撑破，只是有了回生露的庞大生机滋润，这些撑破的地方不停地被修复着，他的肉身强度也在这样的一种循环下不断地提升着。只是回生露虽然珍贵，但毕竟量不多，按照这样的情况下去，一旦回生露的药力彻底用完，那么落星辰很可能会再次受伤，必须要在回生露的药力彻底消散之前控制住这股能量。只是落星辰此刻虽然能够清晰地看到这一切，却根本无法控制自己的身体，更不要说调动丹田内的星力去控制这股能量了。

就在落星辰束手无策的时候，他之前被捅破的心脏忽然轻微地震动了一下，一股磅礴的吸力传来，那些流向全身各处的血色能量竟然不受控制地被吸到了心脏的部位，心脏之前被刺破的地方骤然张开，如同一张大口将这股最少堪比三元星士全身血气的能量吞了进去。一道血色的光芒闪现，心脏部位的伤口也彻底愈合，可是在心脏的中心，却多出了一团血色的光晕。

“扑通！”心脏又一次跳动了一下，犹如压缩机一样朝内一压，那团血色的光晕骤然被压得凝聚了一些，有极少量的血气涌出，涌向全身，继续淬炼肉身。

但那团光晕小了一些，光芒则更加刺眼了一点儿。心脏又是一跳，那团光晕又一步凝练，依然有少量的血气冒出。如此循环了数千次，那团足以将落星辰撑爆的血色能量被凝聚成了一颗极小的晶体，沉浸在了落星辰的心脏深处，而得到了部分血气滋养的肉身凭空增强了不少。

感受着那颗血晶的存在，落星辰却整个人都不好了。血晶，那是只有血族才可能生成的东西，自己可是一个人类，怎么会在心脏中生出一颗血晶，哪怕这颗血晶是如此渺小，可是那的的确确是一颗血晶啊。只是现在的他连自己的身体都没办法控制，也是无可奈何。只能够眼睁睁地看着那颗血晶沉浸在自己的心脏部位，时不时地吞噬着心脏中精纯的血液慢慢增长，又时不时地反馈一道精粹的血气涌入全身，提升着他的细胞活力。

这样的状态不知道持续了多久，当落星辰的意识回到自己身体，彻底清醒过来的时候，已经是十五天之后。

刚刚睁开眼，一张绝美到极点的脸庞就这么出现在眼前。

“老师？”落星辰一声惊呼，本能地从床上坐了起来。

他怎么都没有想到，自己醒来后见到的第一个人是南宫寻月。今日的她还是穿着那套大红色的旗袍长裙，一对丰满的胸几乎要破衣而出，当落星辰跳起来的时候，鼻尖甚至差一点撞在上面。

“你这么大反应做什么？难道我很可怕吗？”看到落星辰夸张的动作，南宫寻月挑了挑眉，佯怒道。

“不……不是，我……我只是没有想到老师会在这里……”不知道为何，感受到她那明媚的眸子，落星辰竟然有些紧张。

“嘿，你可是昏迷了半个月，身为老师的我难道不该来看看你吗？”南宫寻月又轻轻哼了一声。

“该……该……”落星辰连连点头。

“该你个头，现在感觉怎么样了？可有什么不适？”看到落星辰慌张的样子，南宫寻月轻轻地敲了落星辰一个爆栗子，关切道。

当日她感觉到那股异常的气息之后就第一时间赶了过去，正好在半路碰上了落星辰等人，只不过那时候落星辰已经陷入了昏迷。更是从苏瞳等人的口中得知了路上发生的一切，当得知竟然有黑暗种族出没在血色平原的时候，南宫寻月立马通知了学院的高层，顿时无数强者尽出，扫荡了整个血色平原，还真碰上了一些黑暗种族，双方自然是一场大战。最终的结果自然是黑暗种族退去。

但原本十天的试炼也提前结束，昏迷的落星辰也被带回了学院。

整个白鹿市都陷入了警戒状态，在这时黑暗种族忽然出现在这里，必然另有所图。只不过那些都是学院高层以及军方关心的事情，南宫寻月才不去理会这些事，她只关心昏迷的落星辰。

要知道，这一次试炼落星辰可是为她大大地长了脸，先不说他击杀了一头血骑士的事迹，就说这次班级排名，因为黑暗种族的忽然出现，再加上其他班级的相互厮杀，参加试炼的一千人最后活着回到学校的不到六百人，接近一半的学员死在了血色平原。而她所带领的七班最后竟然只死了三个人，除了苏瞳所在的一班完好无损地回来外，这已经是最好的成绩。然而，再加上从屠南手中夺来的手环，七班总积分远远超过了一班，成为了第一名。下个月他们分配的资源将是原来的八倍，如此巨大的利润足以让七班的实力整体提升一大截了。

南宫寻月自然不在乎这些，她在乎的是面子。按照她之前的想法，能够保住前三就不错了，谁知道落星辰这么给力，竟然给夺了个第一回来。这可是大大长面子的事，以后谁还敢说她不会教导学生，她大可一个巴掌扇过去。

她更是明白，七班能够取得这么好的成绩，全是因为落星辰，若非他连番数次挺身而出，挡下了各种危机，甚至在面对黑暗种族的时候孤身断后，为同学们赢得逃跑的时间，七班怎么可能取得这样的成绩。更何况，他还斩杀了一名血骑士，哪怕是一头受伤的血骑士，那也是一名血骑士啊。这样的一个宝贝学生她怎么可能不关心，这些天来，她几乎每天都要来看一眼落星辰，更是亲自查看他的身体状况，若非落星辰体内的生机旺盛得连她都有些妒忌，怕是早已经要求学院打开疗伤舱让落星辰躺进去了。

疗伤舱，那可是完全以回生露这种等级的药水制成的舱，不要说体内受损，就算是断手断脚放进去也能恢复如初，可是花费也绝对是一个天文数字。

“没有，感觉很好！”看到南宫寻月关切的眼神，落星辰心里一阵感动，赶紧开口道。此刻，他的身体何止是很好，简直好的不得了。

虽说那名血骑士的能量没有让他的实力直接提升多少，甚至连肉身力量也没有增强太多，但他却感觉自己体内的每一个细胞都充满了活力，如同拥有了独立的生命一般。他甚至觉得，一般的伤势根本不需要疗伤药，就能够迅速自愈。

“既然没事，那就先把这些奖品消化了吧，等彻底消化之后，再来找我要特殊的奖品！”南宫寻月微微一笑，她最担心的还是落星辰留下什么后遗症，不过现在看到他的样子，也彻底放下心来，当下掏出了一只黑色的腕表递给了落星辰。

落星辰一愣，接过了腕表，却是茫然地看着南宫寻月。

“这是空间腕表，只需要输入一点星力就可打开，你这次试炼的表现很不错，我做主给你换取了一些你需要的东西，全在这里了！”看到落星辰茫然的眼神，南宫寻月解释了一句。

落星辰眼皮一阵狂跳，空间腕表？这竟然是一块空间腕表？

末日战争后千年，虽然星武斗士占据着绝对的地位，很多科技武器对星武斗士很难产生威胁，可是科技却一直都在进步，除了机甲、基因药剂的诞生，最伟大的成果应该就是在空间技术的突破了。到了现在，人类已经能够通过科技的手段制造一些稳定的空间装备，空间腕表就是其中之一。只不过这种空间装备却极为珍贵，哪怕只是一立方左右的小型空间装备，价格也要数十万金币以上。而且内部空间越大，价值越是以几何倍数地增长。很多大型的空间装备都被军方所拥有，流落到民间的极少。

谁能够想到，南宫寻月随手就给了自己一块空间腕表，哪怕是最差的那等空间容器，价值也绝对超过了自己所获得的所有奖品。当落星辰按照南宫寻月的吩咐输入星力，激活空间腕表的时候又是一惊，里面的空间竟然有十多立方米，如此巨大的空间腕表，那价值……

“老师……这……”落星辰有些不知道该说些什么，他已经根本无法计算出这块腕表的价值。

“好了，让你收下就手下，哪儿来那么多废话，记住，消化了那些药剂之后就来找我，还有一份特殊的奖品留给你呢！”看到落星辰傻乎乎的样子，南宫寻月轻笑了一声，揉了揉落星辰的头发才转身扬长而去。大步之间裙角飞扬，一双白嫩的美腿若隐若现，可是落星辰却无暇欣赏这香艳的一幕，他还处在空间腕表的震惊之中。

直到南宫寻月的身影消失，落星辰才回过神来，又仔细检查了下腕表内的东西，发现里面竟然放着十支七级基因药剂，还有三瓶蓝色的药瓶。拿出来一看，竟然有一瓶回生露。还有两瓶落星辰没见过的东西，但从那浓郁的星力可以判断，这应该是两瓶增强星力修为的药剂。增强星力的药剂？这绝对是有价无市的东西，每一瓶的价值都是数十万金币起。

哪怕这一次他立下了大功，甚至斩杀了一头血骑士，但也绝对不可能换来这么多东西。再看看手中那块黑色的腕表，落星辰心里一阵暖洋洋的。十支七级基因药剂，价值就在十万以上，更不要说这三瓶同样价值连城的药剂了，比起那块价值最少也在百万金币以上的空间腕表来，这又算不得什么。自己这一次虽然立下了大功，也得到了不少学分点，但所有学分点加起来能换到的东西价值不足这些东西的十分之一。越是想到这些，落星辰越感动。

看了看那十支基因药剂，落星辰却没有马上注射，十支七级基因药剂，也就是三千斤的肉体力量，这可是连韩风啸都没有达到的力量，足以看出这七级基因药剂的珍贵，而且这相当于三百支一级基因药剂。普通人因为身体免疫的原因，没办法服用三百支一级基因药剂，可是落星辰却没有这样的顾虑，他可以无限制地服用任何等级的基因药剂。十支七级基因药剂，价值在十万金币以上，而三百支一级基因药剂，也只需要三万金币而已，他若是直接将这十支基因药剂注射，那岂不是太浪费了吗？

从腕表中取出了五支基因药剂和那两瓶增强星力的药剂，又将腕表戴在了手上，落星辰大步走了出去，他准备先给婷婷几支基因药，自己再把剩下的兑换成一级基因药剂，慢慢注射。

就在这时离白鹿市一百多公里外的一处废弃小镇内，三口棺材静静地躺在一处早已经废弃的庄园内，数十名身材魁梧的恶鬼守候在庄园的四周。

在院子的中央，还站着一名美丽得不像话的少女，她的一头金色的秀发垂到了腰际，如同蓝宝石一般的双眸，看上去就如同童话中走出的公主一样，此刻的她正抬头看向天空。

天空中忽然出现了一片阴云，那片阴云很快靠近，这才发现那竟然是一大群蝙蝠。如此恐怖的蝙蝠群足以让人观之色变，可是少女却没有半点儿惊慌的神色，依旧静静地看着。

不过片刻的时间，那一大群蝙蝠已经靠近，一个个俯冲下来，在院子还有数十米的时候这群蝙蝠迅速化为一道道血光，超过十名长相都挺英俊的男子出现在院子之中。

“小姐。”众多男子同时恭敬地朝着少女致敬。

少女点了点头，朝着中间的那个棺材道了一声，“爷爷，他们回来了！”

随着少女话音的落下，中间的那口棺材发出了“咔”的一声脆响，棺盖从里面被推开，一名身形苍老的老人从里面站了出来，正是那名出现在血色平原的血族老人……

（第一部　完）